本性

伊岡 瞬

角川文庫
22368

目次

第一章　お見合いパーティー――梅田尚之

1

ガラス格子の開き戸から、明るい日が差し込んでいる。

「尚之《なおゆき》、出かけるの？」

梅田《うめだ》尚之が玄関で靴を履いていると、背中から声がかかった。

玉のれんのじゃらっという音が聞こえたから、リビングで様子をうかがっていた母親の品子《しなこ》が、我慢できずに廊下の突き当たりから顔をのぞかせたのだろう。

いつものことだ。

「うん。ちょっと」

尚之は、もうゴールデンウィークも終わるというのに、ひんやりと冷たい一枚板の式台に尻《しり》を落とし、こちらもいつもと同じく曖昧《あいまい》に答えた。顔を合わせたくないので、背中を向けたまま、今日初めて下ろす靴へ慎重に足を滑り込ませた。

「もしかして、またパーティー？」

声が次第に近づいてくる。どこか非難めいた臭いに少しいらだったが、こんな日の出がけに諍《いさか》いはいやだ。不機嫌が顔に出てしまうタイプだと、よく言われる。

「まあ、そんなとこだよ」

うまく靴を履けたことに満足し、立ち上がって靴ベラを置こうとしたはずみに、つい振り向いてしまった。案の定、品子のなにか言いたげな妙に白い顔が、うすぐらい廊下の真ん中あたりからこちらを見ている。

尚之はこの位置から廊下を見通すとき、子どものころに見たピノキオのアニメ映画に出てきた、巨鯨の体内を連想してしまう。品子のこだわりなのだろうが、照明にいまだに古臭い白熱灯を使い、壁には装飾もなく、夏でも冬でもただ薄暗く寒々としている。

心配と不満が混じったような母親の表情を見て、さらにいらいらがつのった。だがそれも、なんとか押し殺す。今日はすっきりした気分で出かけたい。

「心配しなくたって、大丈夫だって」

いらいらして、この日のために買った明るいグレーのジャケットのボタンを、はめたりはずしたりした。

いい歳した息子を、いちいち玄関先まで見送りに来るなよ。本当ならそう言ってやりたいところだ。だいたい、近所の主婦どもがどんな陰口を叩《たた》いているか知ってるか。

——お母さんが世話を焼き過ぎて、居心地がいいもんだから結婚できないんじゃない。

——たしか今年で四十歳でしょ。

——私立中学の先生だっていうから、もしかして女の人の趣味が若すぎたりして。

——あらいやだ、生徒と駆け落ちなんかしなけりゃいいけど。

実際に聞いたわけではないが、そんな噂をしているに決まっている。人の顔をみればこそこそ散会しやがって。ぜったい、そうに決まっている。いつか見返してやる——。

いや。考えるのをやめた。怒ると、頭に血が上って、まぶたが腫《は》れぼったくなるのだ。だから、出かける前は放っておいて欲しいのだ。しかし、今朝の品子はしつこい。

「じゃあ、この前のかたはどうするの？」

「この前のかたって、誰？」

もちろん、わかっていてとぼける。

「また、そんなこと言って。森脇《もりわき》さんよ。お写真も見せたでしょ」

「ああ、あれなら、断っておいてよ」

「お断りって——もっと、ちゃんと考えてみて。悪いお話じゃ……」

我慢が臨界点を超えそうだ。

「あんなブスと結婚なんかしたくないよ。お母さんは、おれが近所で笑いもんになってもいいのか」

見合い行為そのものは否定しない。浮いた話もない不惑の身で、あまりわがままがいえた立場でないことも理解している。しかし、ものには限度がある。二部上場企業の部長あたりの娘だからといって、ありがたがらなければいけない道理はない。

いや、母親がありがたがっているのは、あの女の父親の役職のことではない。それがわかっているから、なおさら腹が立つのだ。右から左に聞き流していたので正確には覚えていないが、たしか向こうの本家は、「十数代前から家系図のある家柄」だとか、「もと華族が親戚《しんせき》にいる」とか、そんなことを言っていた気がする。

家系図など、腹の足しにもならない。いや、そもそもいまどき「本家」ってなんだ。母親の満足のために、なぜ自分が犠牲にならなければいけないのだ。冷静に考えてみてくれ。それほど「とても気立てのよいお嬢さん」なら、どうしてまだ二十八歳の身空で、ひとまわりも年上のこれという「売り」もない男と見合いをするのだ。

「やっぱり公立の学校にいたほうがよかったんじゃないの。そうすれば、お相手の方も公務員でしょうし。公務員なら……」

またそれか。いったい何年前のことを蒸し返すのか。少しきつく言っておこう。

「いつまでそんな昔の話をしてるんだよ。いいかげんにしてくれよ。とにかく、もう出かけるから」

「何よ、よかれと思って言ってるのに。だって尚之、お母さん、この前みたいな人はちょっとどうかなって……」

来たな。要するにそれが言いたかったのだ。もう勝手に相手を探して連れてくるなと。

きりがない。喉《のど》から飛び出そうな罵声《ばせい》を唾《つば》と一緒に飲み込んで、玄関ドアを開けた。

「気をつけてね」

もはや答えもせず、派手な音を立ててドアを閉めた。

初夏という表現がぴったりの、強い日差しが目に刺さる。顔をしかめ、玄関先に敷き詰められた玉砂利を蹴《け》とばしながら歩いた。丸い小石が散弾銃のように飛び散って、きれいに造成された庭に転がった。しまった。いつもの癖が出て、せっかくぴかぴかに磨いたコードバンの靴が汚れてしまった。あとで拭《ふ》き取らねば。

とにかく、言いたいことをずけずけと言えたらストレスも発散できると思うのだが、母親には頭が上がらない理由もいくつかあって、よけいに鬱憤《うっぷん》は溜《た》まる。

尚之は、木製の引き戸を乱暴にあけて通りに出た。古い街並みによくある、車一台通るのがやっとの細い道だ。側溝あたりのゴミを掃いていた、三軒となりの主婦が、尚之を見て愛想笑いした。

「あ、いってらっしゃい」

いってらっしゃいじゃないだろう。どうして人の敷地の前まで出張して掃いてるんだ。どうせ、聞き耳を立てていたに決まっている。

腹が立ったので、挨拶《あいさつ》を無視して先を急いだ。

尚之が母と住んでいる家は、文京《ぶんきょう》区千駄木《せんだぎ》の、古い屋敷が並ぶこの界隈《かいわい》でも、広い部類に入る。

敷地は百二十坪ほどあって、純和風の造りの庭の奥に、二階建ての仰々《ぎょうぎょう》しい瓦《かわら》屋根が見える。

いまどきではめずらしい造作で、入母屋《いりもや》造りというらしい。だからなんだと思うが、この屋根は、維持費に金がかかるのがステイタスなのだそうだ。「らしい」とか「そうだ」などとしか言えないのは、尚之自身には関心がないので、すべて母からの受け売りだからだ。

柘植《つげ》だの松だの椿《つばき》だのといった辛気臭い常緑樹の植栽は、定期的に庭師を呼んで手入れをさせている。金がもったいないから、あんなものはすべて伐採してしまえばいいのにといつも思っている。

母の品子は、この古臭い家の、庭に面した一番広くて一番日当たりのいい和室を使って、生け花教室を開いている。

なんとかいう流派の師範の免状を持っているらしいが、父親が存命のころ「あいつは自分で一派を起こせるぐらい金を使った」とこぼしていた。もっとも、品子の実家は老舗《しにせ》の呉服店で、品子の親には、だいぶ金を融通してもらっていたらしい。母の兄、つまり尚之の伯父《おじ》が実家をついでからは、それも途絶えたらしいが。

尚之がトイレのライトをちょっと点《つ》けっぱなしにしていただけで、電気代がどうのと口やかましいくせに、来客用の和菓子は「やっぱり○○屋のきんつばでないと」などと言って、ひと口で数百円もするような高級品を取り寄せている。

自宅以外にも不動産はあって、コンクリートの塀で仕切られた隣接する土地に建つ、二階建て上下六部屋の古ぼけたアパートと、併設された五台分の月極《つきぎ》め駐車場も梅田家のものだ。

梅田家はもともと、江戸《えど》時代から続く大きな薬問屋で、戦前はほかにも土地を持っていたらしい。しかし戦後、国だかＧＨＱだかに接収されたり、借金の形に切り売りしたとかで、今はこれですべてだ。「世が世なら、あなたはご当主なのに」というのも品子の口癖だ。

そのくせ、父が死ぬとすぐに顔なじみの弁護士をつれてきて、尚之に相続放棄の書類を書かせ、いくばくかの現金や動産以外、ほとんどの資産を品子名義にしてしまった。強硬な態度に出る自信も後ろ盾もない尚之は、弁護士の説得に何も反論できず、言いなりになった。そしてそのことを、いまだに恨んでいる。

父親の代までは薬剤師の免許を持っていたが、数学の大嫌いな尚之が文学部へ進んだため、そちらの意味でも「先祖代々」は途絶えた。

それでも「とにかく公務員になってくれ」とせがまれて、あれもこれも受けまくったのだが、国も地方もことごとく討ち死にした。ところが、念のためとっておいた教員免許を生かして、奇跡的に東京都の教員採用試験にだけは受かった。

世間の人の多くが誤解しているのだが、これであとは自動的に、仕事に就けるわけではない。さらに、教育委員会や学校単位の面接を経て、定員に空きがあればようやく赴任校が決まる。

この最後の難関を、尚之は意外なことにあっさりとクリアした。公立中学校の国語教師として採用されることになったのだ。忘れもしない、足立《あだち》区立竹野原《たけのはら》中学校という名だった。

悔しいが、完全なる自力で採用されたのではない。こんな事情が発生するまで関心がなかったのだが、梅田家から一キロと離れていない場所に、梅田家の「分家筋」にあたる青木《あおき》という家がある。この家もそこそこの資産家らしいのだが、それはともかく、その青木家の敦《あつし》という人物が、竹野原中学の教頭を務めており、教育委員会にも伝手《つて》があって、事実上のコネ採用だということだった。

しかし、せっかく採用された中学校も、わずか二年半ほどしかいなかった。ちょっとしたトラブルがあって居づらくなったのと、そもそも校風が合わなかった。いっぱしの口をきくくせにニキビ面で、暇さえあればそこらの物陰で煙草を吸う男子生徒や、あどけない顔をしているのに妙にフェロモンを振りまく女子生徒に囲まれているのが息苦しかった。顔を合わせるたびに、青木教頭が恩着せがましくうなずくのも腹が立った。

突然「もう辞めたから」と打ち明けたときの母親の落胆ぶりは、申し訳ないというより、むしろ小気味よかった。

母親が公務員にこだわった理由も、聞けばばからしいのだ。なんでも、「英国の貴族は公共に奉仕する仕事に就く」のだそうだ。イギリスの貴族と千駄木の薬問屋がどんな関係があるのか理解できないし、あのガキどもの面倒をみることが「公共に奉仕」することだとはとても思えない。

　もともとこのあたりは、文豪ゆかりの史跡などが多く、閑静な住宅地だった。それがここ十数年、いやもっと前からだろうか、『谷根千《やねせん》』などと称して、テレビや雑誌で散歩コースとしてとりあげられるようになった。その影響で、ただうろつくだけのよそ者が増えた。つい先日も、散歩ガイドを手にした中年女性に、「あのう、『平塚《ひらつか》らいてうの青鞜《せいとう》社跡』はどこですか」などと訊《き》かれたが、完全に無視してやった。

　とにもかくにも、この中途半端に由緒ある土地の、中途半端な家柄の、中途半端な資産家という立場も、そこに寄生している中途半端な自分自身すらも尚之は嫌いだった。

　売れば二億は下らない、いや三億だ、もっとだ、などと近所の人間によけいな値踏みをされる不動産も、そのほとんどは土地の値段だ。築三十年近いアパートもそうだが、特に母屋は維持費のかかるでかい粗大ゴミだとしか思えない。歴史的価値があるからぜひ保存を、などと何かの団体の職員がときどき訪ねてくるが、ではよい値で買い取ってくれるのかと問えば視線を逸《そ》らす。

　母親が死んだらもちろん、事情が許すなら生きているうちに老人ホームにでもぶち込んで、家屋敷を売りとばし、その金で中目黒《なかめぐろ》か三軒茶屋《さんげんぢゃや》あたりにマンションを買うつもりでいる。そして、車もお望み通り、英国製のジャガーかアストンマーティンあたりに乗ってやる。

「ざまみろ」

小さく吐き捨てながら、駅の方向に向かってだらだら坂を下りていく。真正面には、このあたりではめずらしく東京スカイツリーがほぼその全容を見せている。ここから数キロの空間に、偶然、遮るものがないのだ。

快晴の五月の空めがけて屹立《きつりつ》する、スカイツリーを見ながら深呼吸したら、いくらか気分は落ち着いた。なんとなく、幸先《さいさき》がいい感じだ。

きょうこそはいい相手を見つけるぞ――。

そう自分を鼓舞して、渋谷《しぶや》駅近くのパーティー会場へ向かった。

2

「あら、じゃあ資産家でいらっしゃるんですね」

《サトウミサキ》という名札をつけた女が目を輝かせた。

この会が主催するパーティーでは、名札に漢字を使用しない決まりになっている。入会前の説明で「それなりの立場があるかたばかりなので」と説明を受けた。

たしかにこの会は――とくに男性は、十万円を超える年会費を一括前納することが条件の――それなりの収入があることを前提とした会員で、構成されている。

仮に珍しい氏名で社会的地位があったりすると、検索して個人情報を割り出すことも不可能ではない。結果、ストーカー的なことをされないとも限らないというのだ。そこまでいかなくとも、こういったたぐいのパーティーに出席していることを知られたくないメンバーもいるに違いない。

だから、一対一の「おつき合い」が始まるまで、片仮名の名前と職業、およその年収以外の情報は極力流さない、というのが会の方針だ。

「そんな、資産家というほどのものじゃないです」

半分ぐらいは本気で謙遜《けんそん》し、頭を掻《か》いた。サトウミサキは、照れている尚之の顔を覗《のぞ》き込むようにした。

「でも、山の手にそんな立派なご自宅と、アパートと駐車場をお持ちなんでしょ、充分な資産家ですよ」

はたしてあのあたりを山の手と呼ぶのだろうか。正確にはわからないが悪い気はしない。

「そうですか、じゃあ、そういうことにしておきます」

尚之は、「これはヒットするかもしれない」と思い、にやにや笑いが浮かびそうになるのを、必死にこらえた。

ミサキは、美人というよりも、いわゆる男好きのする顔をしていた。くりくりっとした目に、薄い上唇とぷっくりとした下唇、ぽっちゃりしていそうな印象なのに、実際の顔は小さめで顎《あご》は細くとがっている。体も、清楚な印象の、少しゆったりめのワンピースドレスの上からでもわかる、肉感的なスタイルだ。すべてが、尚之の好みに合っている。

同じことを考える男もいるらしく、パーティー会場でミサキは人気者だった。

「お仕事は——私立中学の先生でいらっしゃるの？」

「ええ、たいしたもんじゃないです」

「私立だと、進学のこととか大変じゃないですか。それこそ、お盆も正月もないとか」

危ない危ない。ブラックな職場だと警戒させてはいけない。

「そんなことはないですよ。生徒たちはあれこれと大変ですけど、こちらは監督して課題を出すだけですから。夏休みなんて、毎年海外旅行に行けます」

実際には海外旅行になど行かないが、行くことは可能だ。

「お休みが多いのはすてきですね」

ミサキが胸の前で手を組んで感激している。こちらは余裕で、にっこりとうなずき返す。

今の勤務先である私立中学は、竹野原中学を辞めたあと五年ほど経ってから就職できた。その間、塾の講師をふたつ掛け持ちしていた。

今のところに入れたきっかけは、学期の途中で国語教師が急死し、すぐにでも代わりに入れる臨時の教師を募集していたのだ。これに応募し、そのまま正規雇用になった。

かれこれ十年近い職歴だが、あっという間だった。単なる職業のひとつと考えているので、学校に対する愛着も特には感じない。

いわゆる進学校ではない。親は金を持っているが、子どもが学力にも意欲にも恵まれない家庭の、受け皿になっている。長いエスカレーターが延びていて、ある程度の寄付金を出し、大きな問題を起こさなければ、幼稚園から大学まで受験をせずに上ってゆける。

ストレスが少ないせいか、生徒たちが荒れていないのが救いだ。尚之が十代だったころのように、派手な髪型をして校舎の脇で車座になって、煙草をふかすような連中はいない。かといって勉学やスポーツに燃えているわけでもない。目に輝きもない。ただ来て帰っていくだけ。要するに覇気がないのだ。だから、一流校に教え子を送り込みたいような熱血教師にはあまり人気がない。

ただし、ごく少数だが勉学に目覚め、国立大の付属や難関私立校を志望する生徒もいる。彼らのクラスを担当する教師は、この連休中も特別講習授業なるものを受け持っているはずだ。出世欲などない尚之は、間違ってもそんなクラスを志願しない。

「知的で時間的余裕があって、社会的にも尊敬を受けるご職業なんですね」

「いや、それほどの……」

「ちょっとよろしいですか」

せっかくいい気分になっていたのに、強引に割り込んで来た男がいた。

尚之より何歳か若そうで、背が高く痩《や》せている。はじめて見る顔だ。なんだこいつ、と思った。新顔のくせに、今日で十三回目の古参に対して失礼なやつだ。しかし、ミサキが許しを請う目でこちらを見たので「どうぞどうぞ」と鷹揚《おうよう》なところを見せた。

ミサキに代わる女を探して、最近ではすっかり食いあきた料理の並ぶ会場を徘徊《はいかい》したが、つねに視線は彼女を追い求めていた。


一階にあるラウンジでコーヒーを飲みながら、ミサキは両手を合わせた。

「なんだか信じられない」

「それは、ぼくもですよ」

尚之は照れて頭をかいた。

パーティーの最後に、第一希望から第三希望までの、気に入った相手の名前をカードに書いて提出する仕組みになっている。そして、より上位どうしで「マッチ」したカップルが優先される。

尚之とミサキは、お互い第一希望でマッチした。途中から割り込んでしきりにミサキにアタックしていたあの新顔は、負けを察知したのか、いつのまにかいなくなっていた。

マッチした男女は、主催者からラウンジのドリンク券を渡され、第二部に入る。マッチしなかったメンバーはそこで帰還となる。周囲を見回すと、七組ほどカップリングしたようだ。とっさに、残り六人の女を値踏みしたが、やはりミサキが一番だ。

こんなふうに、誇らしげな気持ちになったのは、いつ以来のことだろう。

「ぼくの、どこが気に入ったんですか」

ミサキの湿り気のある瞳《ひとみ》を見ていると、練習してきた話題はどこかにすっ飛んで、つい本音が出てしまった。年齢は三十三歳だという。

「一番は、誠実そうなところ」

尚之の目を見ながら、ミサキは迷わずに答えた。ごくわずかだが、会場にいたときより、くだけた口調になっている。それがまた尚之の心をくすぐる。しかも、その言葉に嘘はないように思えた。

もちろん、多少の資産があることはプラスポイントになっただろう。しかし、生理的に嫌悪感を抱く相手を一位には選ばないと思うのだ。

「ナオユキさんは？」

軽く首をかしげて訊いてきた。しかも下の名前で呼んでくれた。

パーティーのあいだずっと、このまま別れたくないと思っていた女の顔が、息のかかる距離にある。たぶん、今日の一番人気だったこの女を、自分はいま独占している。そう考えただけで、股間《こかん》のあたりが熱を持った。幸い、テーブルに隠れて見えないが、自分の意思ではどうにもならない器官が蠢動《しゅんどう》を始めた。トイレに行っておいてよかった。しばらく、立ち上がれないだろう。

「ナオユキさん？」

しまった。ぼうっとしてしまった。

「あ、ごめん。つい見とれてしまって。――正直に白状すると、やっぱりミサキさんが可愛いからです」

「やだ。おじょうずですね」

照れるしぐさに、すれた感じがない。

「ぜんぜんお世辞じゃないですよ。それと、優しそうだなと思って」

「どうだかわからないですよー。悪女かも」

こんどは、いたずらっぽい目で軽く睨《にら》む。

「ミサキさんみたいな悪女なら、生き血を吸われてもいいです」

普段なら絶対に口にできないせりふが、自然に口をついて出た。

「あんまり褒められると、なんだか警戒しちゃいます」

「そんな、本心ですから」

「じゃあ、確かめてみます」

そう言って、ミサキはテーブルに置いた尚之の右手に、自分の手を重ねてきた。

あ、と言ったきり、続く言葉が出てこない。あわてて左右を見回すが、テーブル間の距離に余裕があるし、今日はパーティーの主催者が借り切っているらしく、一般客の姿はない。どのテーブルも自分たちの話に夢中で、ほかのカップルのことなど興味はなさそうだった。

尚之はやや視線を伏せたまま、ミサキの手の上に左手を重ねた。

柔らかくしっとりした手だった。伏せた視線の先に胸の膨らみがあった。詰め物ではない自然な柔らかさを感じる。ミサキの手を握りながら、ミサキの服の下の肉体を想像し、尚之の体をめぐる血は温度を上げる一方だった。

ズボンの中で、それはすでに痛いほどこわばっていた。

名残は惜しかったが、第二部は六十分と時間が区切られていた。裏の事情を察すれば、会場は時限付きの貸し切りなのだろう。

別れ際に、ぜひ食事だけでも、と誘ったのだが、今日はどうしても先約があると、断られてしまった。

「もしかして、彼氏とかですか」

見栄《みえ》はすっかりどこかへ消えていた。

「やだ、違いますよ」

そう言って笑った顔に嘘はない、いや、ないと思いたかった。

終了間際になって、電話番号を教え合った。ただし、とミサキから断りが入った。

「お仕事の関係で、すぐに出られないことが多いと思います。そんなときは、伝言を残すか、ショートメッセージを送ってください。都合がつきしだい、折り返しますから」

「了解です」

ちょうどよい流れだったので職業をたずねると、会社名は教えてもらえなかったが「外資系コンサルタント会社の日本支社長の、五人いる秘書のひとり」と答えた。

「すごく忙しい日が続いたり、支社長が本国に帰っているときは毎日お休み状態だったり、波が激しいんです」

「それは大変ですね」

さらに、『梅田尚之』の字を教えて、ミサキのほうも訊いてみたが、それははぐらかされた。

「どこにでもありそうな名前でしょ。それに、名前なんてしょせんは記号だと思うんです」

「たしかに、そうですよね」

タクシーで帰るという彼女を見送って、そのテールランプが車の群れにまぎれて見えなくなるまで見つめていた。

どうしてもそのまま帰宅することができず、かといって一人で酒を飲む気分でもなく、一時期の行きつけだった、鶯谷《うぐいすだに》にあるソープランドに電話を入れた。たしか、ミサキに雰囲気の似た女がいたはずだ。

もしまだ辞めていなければの話だが。

3

尚之には結婚の経験がない。それどころか、世間でいう恋愛と呼べるような経験もない。

肉体的な女性経験はあるが、すべてソープランドやデリヘルと呼ばれる出張型の風俗嬢が相手だった。しかもデリヘル嬢のときは、「本番がお店にばれたらクビなんだから」とさんざん恩に着せられた上に、倍の料金をふんだくられた。

金銭応酬のない一般的な恋愛の結果としては、キスすらしたことがない。自分のような人種を『素人童貞』と呼ぶのだそうだ。余計なお世話だと思う一方で、ぶつけどころのない悔しさも感じる——。

いや、本当はある。

あまりに暗い過去なので、あえて記憶の奥底に封印し、「なかったこと」にしているだけで、実は一度だけ「素人娘」と経験があるのだ。いや、あの少女が本当に「完全な素人」と呼べるのかどうか、今では疑問に思っている。

当時尚之は二十五歳だった。そう、竹野原中学の国語の教師として教鞭《きょうべん》をとって、まだ三年目だった。

担任している三年生のクラスの女子が、何日も続けて学校に来なかったので、家を訪ねた。私的なことにかかわりを持ちたくなかったが、学年主任の指示とあって従うしかない。

たしか彼女は、もともとは東北のある県の出身なのだが、両親に少し複雑な事情があるとかで、親戚の家に預けられていたのだ。ちなみにその家にも同い年の少年がいて、やはり尚之の受け持ちのクラスだった。ただし、男子のほうはまじめに登校していた。

まず、インターフォンを鳴らしたが、応答がない。玄関ドアのハンドルに手をかけてみると、鍵《かぎ》がかかっていなかったので、半分ほど開けて声をかけた。

「こんにちは。だれかいませんか」

返事はないが、明らかに奥のほうからゲームの音が聞こえている。

「失礼しますよ」

何かあったのかもしれないと思い、靴を脱いであがった。

何のことはない、問題の女子生徒がひとり、リビングでテレビゲームをしていた。センターラグの上に置かれたテーブルの上に、缶ビールの空き缶がいくつか転がり、灰皿の中には煙草の吸殻が何本も折れ曲がっていた。

「どうして学校に来ないんだ」

背中に声をかけたが、反応がない。

「こんなことしてたらだめだろ」

隣に座り込んで説教するうちに、無言のままの彼女の手が伸びてきて、尚之の股間に触れた。驚いて彼女の顔を見ると、尚之に挑発的な視線を向け、笑った。

　気づけば唇を合わせていた。彼女の息は煙草とビールの匂いがした。そのあとのことはよく覚えていないが、十歳も年下の少女にリードされ、無我夢中で結合した。快感や感触を味わう暇もなく、一分ともたずに果てた。ばれたら馘《くび》だなと思った。

　恥ずかしがるようすもなく、全裸のまま床に尻を落とした彼女が、煙草を慣れたしぐさで吸いながら、「もしかして初めて？」と訊いた。答えに躊躇《ちゅうちょ》していると、さらに続けて「ねえ。カンパ、してくんない？　お小遣い、足んなくて」と、かすかに訛《なま》りのあるイントネーションで言われた。財布から万札を二枚出して渡した。

　彼女はくわえ煙草で受け取りながら、けらけらと笑った。むき出しの、とても中学生とは思えない豊かな胸が揺れるのを見て、なぜか吐き気を覚えた。とても恋愛と呼べるようなしろものではなかった。

　あの少女のことは鮮明に覚えている。顔はぼやけているが、笑い声に合わせて揺れていた乳房と、猛々《たけだけ》しいほどに茂っていた陰毛が目に焼きついている。どうしても記憶から消せない。初体験の相手であり、受け持ちのクラスの生徒だったのだ。

　あのときの情けない状況も、彼女の態度も、その後におきたことも、すべて封印してしまいたい。あれを初体験として呼び起こすぐらいなら、『素人童貞』と呼ばれたほうがまだましだと思っている。

　たとえ何十年経とうと、受け持ちクラスの中学生に手を出したなどと、知られてはいけないのだ。

あの「過去」と因果関係があるのかどうかわからないが、尚之は五年ほど前、風俗にはまった時期があった。

それまでは年に二度か三度遊ぶ程度だったのだが、ふとしたきっかけで、毎週のように通い詰めた。今にしておもえば、そのときの風俗嬢はあの少女にどこか面影が似ていたような気もする。

尚之は、得た給料のほとんどすべてを小遣いにしているが、それでもあっというまに足らなくなった。

母親の品子に無心するのも限りがあり、とうとう消費者金融に手を出した。たちまちに十倍近くに膨れ上がってしまった。結局、品子に泣きついて尻拭《しりぬぐ》いしてもらった。品子がお見合いの写真を持ってくるようになったのはそれからだ。

結婚を否定する気などない。むしろ、自分こそ純愛に飢えているのだ。相性のいい結婚相手がみつからないのは、ただタイミングが悪かったのだ。

高身長というほどではないが、尚之の背の丈は百七十センチをわずかに超えているし、腹もほとんど出ていない。やや地肌が見えるようになったが、髪は自前だし、顔つきも平均以下ということはないだろう。当面は母親の面倒を見るという心配もない。

品子は、数年前からもらいはじめた年金に加えて、生け花教室の月謝やアパートと駐車場の賃貸収入などがあって、尚之などよりはるかに年収が多い。したがって、屋敷の維持費などもすべて母親持ちであるため、尚之も同世代の中では自由になる金は多いほうだろう。将来的に住む家の心配もない。

　マイナスポイントは少ないと思うのだが、私立中学の教師という職業がら、一般の若い独身女性と出会うきっかけが極端に少ないのだ。

　六本木《ろっぽんぎ》あたりのクラブや、相手探しが目的のバーなどにも何度か足を運んだが、たまに声をかけてくる女は、あからさまにおごらせることだけが目的で、こちらがもう一歩踏み込もうとすると、するするっと離れて行く。

　ああいうたぐいの女はごめんだ――。

　それでも一度、見た目はいまひとつだが、素直そうな女とつきあい始めたことがある。今から二年前のことで、彼女の歳は二十六歳、当時の尚之よりちょうどひとまわり若かった。

　そこそこ高級なレストランで何度か食事をし、「すごく行きたい」と言うので、K-POPの男性グループのコンサートチケットを、三倍もの値で買って、連れていったことがあった。

　まだそのほかにも金をかけたが、「今夜こそ」と思っても、門限があるとか、お祖母《ばあ》ちゃんが田舎から出てきているからなどと、毎回、いかにもその場しのぎの答えではぐらかされた。

　〝彼女〟と呼ぶにはいま一歩だ。向こうはこの自分をどう思っているのか――。

それをはっきりさせるために、あまり望ましくはなかったが、母親に会わせることにした。

家に呼ぶのはハードルが高いと思い、三人で外で会って食事をすることで話を進めた。恵比寿《えびす》にある、ランチなのにひとり二万円近くもする高級レストランを予約した。しかし、料理の味などわからない結果になった。母親が、尚之にしゃべる暇も与えず、相手の女に「ご両親は何をなさってるの」「あら民間企業なの」「大学はどちらを？ あら専門学校なの」「おつきあいされた男性はいらっしゃるの」などと質問を浴びせ、雰囲気を台無しにしたからだ。

その夜のうちに《やっぱり、わたしたち合わないね。いままでありがと》という、短いメールが届いて、それきりになった。

品子がことあるごとに「この前みたいな人は――」と口にするのは彼女のことだ。

その一件があってすぐ、セレブリティを対象にしたお見合いパーティーに申し込んだ。

これまで、今一歩のところで、成果があがらずにいる。きょうは――あまり縁起のいい数字ではないが――すでに十三回目だ。早く相手をみつけないと、金がかかってしかたがない。これまでに、すでに百万円近くは使っただろう。

なにしろ、一回二万五千円のパーティー参加費を払えばいいというものではなく、参加の有無に関係なく、十万円を超える年会費も払わねばならない。

もったいないと思うが「その金を払える甲斐性《かいしょう》がある」という事実がステイタスにな

っていると説明され、それももっともだと思った。

今の自分には、そんなことでしか立ち位置を示せないのだから、しかたない。

4

お見合いパーティーからわずか五日後、ミサキをデートに誘うことができた。

ミサキが大ファンだという、男性アイドルタレントが座長を務める舞台を、前から五列目という絶好の席で見て、そのあとはディナーだ。タレントの名前と料理の好みは、最初に会った日に聞いていたので、翌日すぐに手配した。

レストランはともかく、舞台のほうは危ないところだった。わずかに残っていた一人二万円のS席がネットで買えたので、大急ぎでミサキに電話をかけた。二度かけたが応答がなかったので、ショートメッセージで用件を伝えると、ほどなく向こうから折り返しが来て無事用件を伝えた。

〈行動力とそれを支える経済力のある男性は好きです〉

電話の向こうでそう言われた。

「経済力なんておおげさな。たかがチケットですから」

舞台を見ている途中からミサキは興奮気味で、笑ったり泣いたりするたびに尚之の腕をつかんだ。二人の間には肘《ひじ》かけがあるにもかかわらず、ミサキの胸の柔らかみを感じた。そのたびに、またしても平常とは違う血流が下腹部に生じて、尚之は舞台の内容をほとんど覚えていなかった。

日本橋《にほんばし》にある外資系高級ホテルの、三十七階にあるレストランで、一人三万五千円のディナーを食べた。ワインその他を加えると、合計で十万円ほどになった。

「ミサキさんは、ご自宅がたしか横浜《よこはま》でしたよね」

パーティーの二次会のときに、そう聞いていた。

「ええ、でも横浜駅からさらに私鉄に乗り換えた、田舎なんです。市内ですけど、駅前には百均のお店とか、チェーン店の居酒屋が入ったビルぐらいしかなくて」

そう言って、屈託なく笑う。

「これからだと、帰るのが大変ですね」

明日は土曜日で、尚之はもちろんだが、ミサキも仕事は休みだろう、という計算が頭の隅にあった。

「そうなんです。もうめんどくさいから、今夜は都内に泊まろうかなって。このホテルなんか素敵《すてき》ですけど、でも高そうですよね」

どこまで冗談でどこまで本気なのかわからない。しかし、少なくとも駆け引きをしたり、尚之の純真をからかっているようには感じられない。

「あの」

そう切り出したところで、喉がぐきゅっと鳴った。

「はい？」くりっとした目を見開いている。

尚之は、あわててグラスの水を流し込み、もう一度ゆっくり切り出した。

「あの、実は、そんなこともあるかと思って、このホテルの、部屋を、取ってあります」

すでにチェックインの手続きを終えたキーカードをテーブルに載せた。

「多めにデポジットを払ってありますので、よほど高いルームサービスを頼まなければ、追加のお金は必要ないと思います」

ぽかんとした顔で聞いていたミサキが、のぞきこむように訊いた。

「これって、つまり、そういう意味ですか」

「い、いえ」

目の前で、手のひらをちぎれんばかりに振った。

「――ち、違うんです。ぼ、ぼくは、か、帰ります。タクシーで」

尚之のあわてぶりに、ミサキがくすっと笑った。

「部屋はシングルですか？」

「い、いえ、その、ツインです」

顔を見ることができない。ミサキの反応がないのでつけ加えた。

「それも、ち、違うんです。シングルの部屋がもうなくて、それしか取れなかったので、深い意味はなくて、もしあれなら……」

「嘘はきらいです」

軽い口調に思わずミサキの顔を見た。笑っている。

「嘘じゃ……」

「だったら、正直に『きみと泊まりたい』って言ってくださるほうが、男らしいし、わたしのことを思ってくれているんだなって、嬉《うれ》しいです」

「で、でも」

水が入ったグラスをつかんだままの尚之の手を、初めて会ったときのように、ミサキがそっとくるんだ。

「一緒に泊まりませんか。もし、どうしてもお母様のところへ、帰らないとならないのでなければ」

女子生徒との悪夢のようなできごとのあと、三年ほど女性恐怖症になって、その肌に触れたいとも思わなかった。

あるとき、酔った勢いでほとんど衝動的にソープランドに入った。そこで二度目の体験をしたのだが、あまりの快感にわずか数秒で果てた。時間内のリベンジが許されたので、もう一度挑戦した。やはり一分と持たなかった。

快感は感じるが、生理的排泄《はいせつ》、という印象だった。特に終わったあとの虚《むな》しさは、そのたびに二度と来るまい、と決心させた。五年前の熱病期は例外として、自分は結婚願望はあるが、性に対しては淡白なのだと思っていた。

ミサキとの行為は、これまでの体験の何倍もの感動を与えてくれた。

もちろん、ミサキは普通の女性だ。あれこれのサービスや手際は、プロとはくらべものにならない。たとえば自分の体をスポンジ代わりにして、尚之の全身を洗ってくれたりはしないし、そもそも、一緒にバスルームに入ったりしない。

だが、照明を落としてベッドで体を合わせると、ミサキは別人――いや別種の生き物のように変わった。

尚之の体じゅうを、ミサキのぷっくりとした唇と湿った舌が這《は》いまわり、あるところはそっけないほどあっさり、あるところは執拗《しつよう》なほど長くとどまって、いつくしむように愛撫《あいぶ》してくれた。

「念のために着けて」

いよいよとなったとき、そう言われた。

「うん、わかった」

少し残念な気もしたが、当然かもしれない。

「着けずにするのは、結婚したあとって決めてるから」

残念が感動に変わった。つまり、過去の男――悔しいがいないはずがない――とも、その一線は守ってきたということだろう。

「じゃあ、いくね」

何時間も前からたけり狂っていたものが、ようやくミサキの柔らかく温かい内臓に包まれたとき、尚之は本心から「このまま死んでもいい」と思った。

結局、ミサキは「急に、明日の仕事の予定が入ったので、やはり泊まれない」と言ってタクシーで帰った。尚之は始発電車を待って帰宅した。母親が何か言いかけたが、逃げるようにして部屋にこもり、すぐに寝た。

土曜日で、尚之の受け持ちの授業はないため、昼過ぎに起き出し、上野《うえの》に出かけた。デパートで紳士服のバーゲンをやっていると、電車内の広告で知ったからだ。

高額ではないがそこそこ見栄えのしそうな夏用スーツを二着と、水色の麻のジャケットと紺色のパンツを買った。靴やシャツ、ネクタイまで買い揃え、カードで十五万ほど支払った。引き落としが若干心配だったが、なんとかなるだろうという気がする。これまでもなんとかなってきた。その日の夜にミサキから電話がかかった。

「また会っていただけますか」

「もちろんです」

最初のデートからわずか三日後、ミサキがたまに行くという、丸《まる》の内《うち》のビルにあるレストランバーで食事をすることになった。

事前に東京駅近くのシティホテルを予約しておき、デザートのころを見計らって、おずおずと「あの、ホテルを予約してあるんですけど」と切り出した。ホテルの名を告げるとミサキは胸の前で手を組んで喜んだ。「一度泊まってみたかったの」

レストランは割り勘にしましょうとミサキが言ったのだが、強引に尚之がすべてもった。

ホテルは、ダブルの素泊まりで一泊五万円を少し超えた。

夢のような時間だったが、ひとつだけ心残りなのは、やはり明日があるからと、泊まりができないことだった。尚之は早朝に出るか、最悪の場合そのまま出勤しても大丈夫だが、ミサキはそうはいかないという。

「終電のあるうちに帰る」というミサキと、これも彼女の強い希望なのだが外までは見送らずに、部屋の中で別れを告げた。ひと晩であわせて十万円近い出費だったが、後悔はなかった。

その日以来、起きている限り――しばしば夢の中でも――尚之の頭はミサキのことで占領された。

もちろん授業中もだ。

今度はいつ連絡が来るだろうという期待と、ミサキと過ごした時間の回想で満たされている。

尚之はもともと宿題を出すほうではなかったが、それが一切なくなった。準備や採点によけいな時間をとられたくないからだ。授業も、教科書をただ生徒に読ませて、指導書に沿ってざっと解説するだけだ。

皮肉なことに、生徒の受けは良くなった。ほとんどが勉強をしたくない連中の集まりなので、指名して答えさせたりしない尚之はいないも同然だ。ただし、騒ぐと外に聞こえて、うるさ型の指導教員がかけつけてくることを知っているので、ほとんどの生徒がスマートフォンをいじるか漫画や雑誌を広げていた。

　ミサキは数日に一度ほどのペースで、尚之が昼休みの頃合を見計らって「今夜、もしくは明日、会えます？」と電話をかけてくる。せめてたまの電話ぐらいは長く話したいのだが、休憩時間中ということもあり、どこに耳があるかもわからないので、事務的に応対して終わってしまう。残念だがミサキにはミサキの都合があるのだろう。

　最初に番号を交換したときの予言どおり、尚之から掛けても、ミサキが一回で出ることはまったくない。かならず折り返し掛かってくる。それだけがもどかしいが、仕事の都合とあればしかたがない。何度も電話をかけて、しつこい男だと嫌われたくない。

　いつ誘いの電話が来るかわからないため、身だしなみの油断ができなかった。さらに、ジャケットとスラックスを買い足した。以前着ていた、くたびれた印象のスーツはもう袖《そで》を通すことはない。

　二人でいるあいだの支払いは、それこそ食事もホテル代も尚之がすべて持った。尚之がそう望んだからだ。

　最初のうちこそミサキは遠慮していたが、しだいにごく普通におごられるようになった。といって、「男が出してあたりまえ」という態度でもない。親が子に、兄が妹に飯をごちそうするような、そんな自然な関係で、尚之はそれが嬉しかった。

ホテルに入ったあとのミサキは、いつも変わらず新鮮で刺激的だった。最初の感動が大きすぎたので、逢瀬《おうせ》を重ねるごとに醒《さ》めてゆくのではないかとおかしな心配をしたが、ミサキの体と技巧は、いつも変わらない愉悦を与えてくれた。

全力疾走したあとのような激しい息遣いをしながら、ミサキの体にしがみつき、そのたびに「これは現実だろうか」と思った。もしこの女性と結婚できるなら、自分が持っているすべてのものと交換してもいいと思った。

ただ、何度会っても、ミサキの謎めいた部分はそのまま残っていた。たとえていえば、最初にいきなり家の玄関の鍵を与えてくれたのに、いざ家の中に入ってみると、さらに鍵のかかった秘密の部屋がいくつもあるような、そんな印象だ。

まず、名前は片仮名で『サトウミサキ』のままだ。どういう字を書くのかわからない。勤務先の会社名も、いまだに教えてもらっていない。それに、家族のこともあまり話したがらない。どうやら、親戚などはほとんどいなくて、身寄りはなさそうだ。

「マンションは女子専用、男子禁制なのでお招きできないの。でも、こうしていつでも外で会えるから同じことね」

そう言われ、とりあえずは納得した。子どものころの話なども、やんわりとはぐらかされることに気づいて、あまりしつこく訊くのはやめた。

女はせっかちな男が好きではないと、ネットの恋愛講座に書いてあったからだ。

5

五月中だけで、すでに四回の逢瀬を重ねていた。

この間の費用はほとんど尚之が負担している。食事やホテル代、それにチケットの類も含めると、相当な金額になる。それだけではない。三回目のデートの日には、想定外の出費があった。ミサキが、世話になった知人の葬式に出るのに、まともな真珠のネックレスがない、と言うのだ。少し予定をずらして、デパートへ寄った。「見るだけ」と笑いながら腕を組み、宝飾品売り場をのぞいているうちに、改装セールをやっている売り場があった。

「奥様にとてもお似合いですよ」

などと、ミサキに劣らず化粧の上手な店員に薦められているうちに、三十二万円の真珠のネックレスを買っていた。

そんな出費の甲斐もあって、とうとう五月の末から、一泊二日で軽井《かるい》沢《ざわ》に小旅行をすることになった。

尚之は親戚で不幸があったと嘘をついて、平日に二日間学校を休んだ。どうせ生徒は自習になって喜んでいる。

尚之は車を持っていないのでレンタカーを借りようとしたのだが、ミサキのＢＭＷで行くことになった。意外にも、高級外車に乗っているので、少し驚いた。しかし、余計なせんさくはしない。運転役は尚之だ。

すきを見て、車検証をチェックする、という考えが一瞬浮かんだが、もしもばれたらすべて水の泡になると、思いとどまった。

平日とはいえ、軽井沢はすでに賑《にぎ》わいをみせているのではないかと心配していたが、雨が降るという予報が影響したのか、思ったほどの混雑はなかった。

車を停めて旧軽《きゅうかる》の商店街を歩き、お決まりの有名な観光スポットをいくつか回り、ガイドブックに載った飲食店に入るだけの、気軽なドライブ旅行に、ミサキはとても満足してくれたようだった。

ホテルのラウンジから夕陽を望み、部屋の窓から朝日を拝んだ。

二日目の朝になって、「夜に女性の友達に会うことになったので、夕方の混みあう前に早めに帰りたい」とミサキが言う。昼頃に軽井沢を出れば充分間に合うので、せわしないというほどの予定切り上げではなかった。

ところが、関越《かんえつ》自動車道を走っているとき、ミサキがこんどは「景色が単調でつまらない」と言いだした。「信号があってもいいから、下の道を行きたい」と。

ミサキにはこういうわがままなところがあった。用事ができたから早めに帰りたいと言ったのは自分なのにと思ったが、もちろん口にも表情にも出さない。言われるまま、所沢《ところざわ》インターで降りて川越《かわごえ》街道を南東に向かった。

環七を過ぎたあたりで、こんどは突然「あの店に入りたい」と指を差した。

「えっ、どこ？」

「あの、赤い看板の店」

たしかに、赤い看板のファミレスが見える。尚之は入ったことはないが、中の雰囲気も料理の味も、だいたい想像がつく。

走行中いきなりのことだったし、何かの勘違いかと思っているうちに、あっけなく通り過ぎてしまった。

「ああ、残念」ミサキが落胆したように言う。

「いまのファミレスのこと？」

「うん」

尚之の正直な気分としては、せっかくの軽井沢旅行の余韻が残っているときに、入りたい店ではない。

「昔、何度か来たことがあって、懐かしかったから」

その言い方が、いつものミサキのあっけらかんとした雰囲気ではなかったので、なにか事情があるのかも知れない。

「わかった、戻るよ」

黄色に変わった信号を左に折れた。

店に一歩踏み入れて、やはり後悔した。

高校生のグループや、ぎゃあぎゃあさわぐ子どもづれのママさん集団ばかりだ。

いつのまにそこに来たのか、顔色も物腰も幽霊のような女の店員に、軽めの食事とコーヒーを頼んだ。

幽霊のような女が、緊張のせいか小刻みに震える手でコーヒーを置くとき、カップから皿に少しこぼれた。

尚之が、ため息をついて周囲を見回すと、テーブルの脇を通りかかった男の店員と目が合った。店員の男は、尚之の向かいに座るミサキの存在に気づくと、少し驚いたようだった。どういう意味だよ。おれが、こんないい女連れてちゃいけないか――。

その後もちらちらとミサキを見るので、思いきり睨んでやった。

「どいつもこいつも失礼な店員ばっかりだね」

スマートフォンをいじっていたミサキが顔を上げた。

「どういう意味？」

「あの幽霊みたいな女はガタガタ震えてるし、あっちの男の店員は、通るたびにきみのことをじろじろ見る」

「あら、そうなの」

興味を抱いたらしくミサキが店内をぐるっとみまわした。だがすぐに興味を失ったらしく、スマートフォンのスケジュール帳をいじりはじめた。

6

軽井沢旅行から戻った翌週、土曜日のことだ。

「ねえ、尚之、十一時よね」

「しつこいな。何回訊くんだよ」

母親の品子に向かってそう答えながらも、尚之自身が落ち着かず、用もないのに家の中をうろうろ歩き回っている。ほんとに来るよね、と誰かに確かめたい気分が一番強いのは尚之だ。

二日前にミサキからかかってきた電話の中身が、いつもと違った。

〈一度お母様に会わせてもらえないかしら〉

「それは、どういう意味？」とつっかえながら問うと、〈会ってから直接お話しします〉と答えた。

「わかった。待ってます」

スマートフォンを耳に当てたままお辞儀をした。

母親の品子に相談すると、彼女もまた興奮した。

尚之が、家に女性を連れてきたことなど、一度もなかったからだ。最近、帰りが遅かったり朝帰りの日があるのを気にしているのはわかっていた。さすがに、息子のようすから相手は女だと感づいたようだが、尚之からは一切説明していない。結婚したいと思っているなどと言えば、また、実家はどんな家柄だとか、父親の職業はなんだとか、不愉快なことを訊かれるのが、目に見えているからだ。それに、レストランの会食で破局を迎えた一件以来、品子は「相手の方を連れてきなさい」とは言わなくなった。

　ところが、久しぶりに尚之のほうから、彼女を家に連れてくる、挨拶にくる、と言ったので、品子が興奮するのも無理はないだろう。

　さんざんああでもないこうでもないと迷ったあげく、結局は近くの仕出し屋から料理を取り寄せることにした。品子自身の身仕度に時間がかかりそうだったからだ。

　すっかり準備を済ませ、手持ち無沙汰《ぶさた》になり、リビングで郵便物のチェックをしていた品子が、はがきのようなものを手に、首をかしげている。

「なんだか、最近どうしちゃったのかしら。――あらこれもだわ。なんだか気持ち悪い」

　ひとり言のふりをして、本当は尚之に話しかけているのだ。

「どうかした？」

「なんだか、最近ね、こんなのばっかり来るの」

　品子が差し出した郵便物を受け取った。

「なんだこれ？」どこにでもありそうなＤＭのはがきや封筒だ。

「銀行とか、なんとかローンとか、そんなのばっかりなの。ご融資の特別枠がありますとか、いまなら金利何パーセントキャンペーンだとか。ほとんど毎日のように」

こめかみのあたりからすっと血が引くのを感じたが、そらとぼける。

「土地も広いし、アパート経営なんかしてるからじゃないのか」

「でも、いままではこんなことほとんどなかったのに。昨日だってね、銀行から電話がかかってきて、『アパート経営の効率化にご興味ありませんか』とか言って、セミナーに申し込めってしつこいの。どうしても、ことわりきれなくて『息子に相談します』って言って、ようやく切ってもらったのよ」

「適当なこと言わないでくれよ。おれ、何も知らないからね」

「だって、なんだか変じゃない？　急にローンのＤＭだとか、セミナーの勧誘だとか。いままでそんなのほとんどなかったのに。アパートの建て直しの計画もないし。――ねえ尚之。あなた、何か心当たりない？」

いままでなかったのに、のことばを当てつけのように感じるのは、たぶん気のせいだ。落ちつけ落ちつけと、自分に言い聞かせる。落ちついて考えるのだ。ＤＭが来ただけで、現在すでにローンを組んでいることがばれるだろうか。

文面の中身を精読すれば、どこかに《現在ローンを組まれているかたに、おすすめの借り換えのご案内》のようなことが書いてあるかもしれない。しかし、品子は頭からうさんくさいと決めてかかっているので、読むことはないだろう。

こめかみあたりに浮いた汗を、指先でぬぐいながらわざと軽い口調で答える。

「ただのＤＭだろ。最近は銀行もノルマが厳しいらしいから」

みんなまとめてひねって丸めてしまった。

「あら、そうなの？　でも、銀行以外の消費者金融とかもまじってるのよ」

尚之がダストボックスに投げ入れたＤＭを、まだ目で追っている。

「そんなこと知らないよ。だいたいさ、母屋だってアパートだって、全部お母さんの名義なんだから」

話題をそらす目的もあって、多少の嫌みを織り込んだ。

七年前、父親が亡くなった。

このとき、品子が連れてきた弁護士に説得され、《相続放棄申述書》に署名捺印《なついん》した。同意せず、きっちり時価の遺留分を要求する選択肢もあったのだが、「どうせ母親が死ねば全部おれのものだから」と自分を納得させた。なぜなら、当時からたびたび母親に無心していたので、「だったらそのお金を返して」と言われるのを怖れたのだ。未来の不動産より目の前の現金というわけだ。

それを今になって、激しく後悔している。どうして、せめてアパートの一軒だけでも、自分名義にしなかったのか。そうすれば、それを担保に誰に気兼ねすることもなく、一千万や二千万は軽く借りられたのに――。

「こんど電話がかかって来たら、かわりに断ってくれる？」

どうしておれがそんなこと、と拒否しかけて思いとどまった。

仮に、品子がその電話に出てしまい、勧誘を断り切れずに、『セミナー』なるものに参加し、下手に啓蒙《けいもう》されて、我が家の『資産と負債』について調べ始めたら、尚之が設定した抵当権のことがばれてしまう。まさかと思うが、可能性はゼロではない。

「わかったよ。電話が来たら断ってやるから、へんなものに入らないでくれよ」

「ありがと。やっぱり男の子はいざというとき、頼りになるわ。それがね、ほら吉野《よしの》さんているでしょう、たしかあなたより学年が……」

近所の噂話を始めた母の言葉を聞き流し、危ない危ない、とひとりごちた。

ローンを申し込む際に、支払い明細や支払い予定の郵送は《不要》にチェックをつけた。むしろペーパーレス推奨だから、支払い状況などはweb上で確認できる。

そう思って安心していたら、勧誘などという余計なことをしはじめた。そもそも、個人情報保護を謳《うた》いながら、どうして複数の社から接触があるのか。そんな不満を抱きながらも、最近の尚之の口座残高の増減を見れば、少なくとも取引銀行が関心を抱くのは無理もないか、とも思う。

実は最近、尚之には、母親に知られてはまずい秘密ができた。

ミサキと出会ってから一か月余り、この間にディナーからホテルまでのフルコースのデートを四回し、一泊旅行までした。それだけではない。会うたびに、コンサートや観劇もしたし、真珠のネックレスもプレゼントした。自分の服飾にも金はかかる。さすがに資金が続かなくなってきた。

母親に「もしものときに恥をかかないように」と渡された、額面百万円の通帳の残高も、限りなくゼロに近づいている。あと一回か二回デートをしたら、底をついてしまうだろう。

さすがに、これ以上母親に無心はできない。「あの百万円はどうしたの？」と訊かれるに決まっている。

ネックレスは自己名義のカードで買ったが、次回の引き落としは残高がマイナスになってしまう。

どうしようかと考えていたら、以前聞いた話を思い出した。

口うるさい母親とあまり顔を合わせたくなくて、最近よく顔を出すようになった地元の居酒屋でのことだ。以前から顔見知りの、個人経営の靴屋の息子が得意げに言ったのだ。

「消費者金融より、ノンバンクで融資という形にしたほうが条件はいいぞ。銀行系より審査が甘いし、金利も低い」

「しかし、甘いっていったって、保証人か担保が必要だろう？」

「ただのサラリーマンだと、総量規制とかうるさいこと言うけど、尚さんとこは、土地があるじゃないの、土地が」

「あれはぜんぶ母親のものだよ」

「そんなのなんとでもなるだろう。何か理由をつけて、実印とか登記簿とか借りて、抵当権をつければいいんだよ」

「本人じゃなくていいのか」

「委任状で問題ない」

「そんなもの書いてもらえない」

「ばかだな。自分で書けばいいだろ」

靴屋の息子は、真っ赤に酔った顔で笑った。

そんな簡単にいくものだろうかと思ったが、ネックレスを買った翌日、靴屋の息子が以前利用したという金融機関に、さっそく電話で問い合わせ、必要な書類を聞き出した。品子の目を盗んで印鑑登録証明を取り、実印も持ち出し、筆跡を真似て自分で書いた委任状、そのほか抵当権をつけるにあたって必要な一式を持って、ノンバンクの窓口を訪れた。

審査の結果は、二日後に出た。一千万までならすぐに融資できると言われたので驚いた。しかし、返済のことを考えると、そこまで踏み外すわけにはいかなかった。当初決めていたとおり、「アパート経営資金として」三百万円を借りることにした。

ふだんより豊かな気分で、軽井沢のホテルで過ごした夜を思い出す。ディナーの最中から、ミサキにむしゃぶりつきたかった。部屋に戻るなり大あわてでシャワーを浴び、彼女のぷっくりとした唇に吸い付き、手のひらに余る柔らかい乳房をもみしだいた。

「やだ、尚之さん、なんだか激しい」

鼻にかかったミサキの声に全身の血が沸騰して、そのあとの細かい流れは覚えていない。ただ、クライマックスではいつものように頭の中が真っ白になるほどの興奮を覚えた。

ひと息ついたとき、カーテンを開け放したままの窓から、深い夜の森が見えた。

「そろそろ、式場を探さないと」

窓に映った、半分透けて見える自分の顔に語り掛けた。

ミサキは定刻の五分前にやってきた。

尚之が玄関まで迎えに出た。

生け花教室に使っている部屋の、となりの和室へ招いた。このために、朝からエアコンを回している。季節は梅雨のど真ん中といってもよく、雨は降っていないが空は重く、空気はじっとりと湿《し》気《け》っている。

祖父のころからあるという、一枚板の大きなテーブルに、料理が載りきらないほど並んでいる。このほかに、デザート系の皿などはキッチンで待機させている。

あいにくの曇り空だったが、ミサキは、シンプルだが高級そうな質感のブルーのワンピースを着て、その上に白いサマージャケット、という恰好《かっこう》で来た。そこだけ日が差しているように感じた。

出迎えた尚之に案内され、部屋に通されたミサキは、畳に三つ指をついて挨拶をした。

「若い人には畳じゃないほうがよかったかしらね」

挨拶を返したあと、品子が臆面《おくめん》もなく言った。尚之はあやうく口を挟みそうになったが、ようやくのところで思いとどまった。

品子が「会うのは和室にする」と言いだしたとき、尚之が「足がしびれるから、リビングのソファにしてくれ」と頼んだのに「きちんとした挨拶は和室でするものです」と拒否したのは、ほかならぬ品子だ。おそらく、ミサキが畳での所作や正座にどの程度慣れているか、テストしようとしたのだ。

いまの品子の口調からすると、とりあえずは及第点のようだ。

「さ、それじゃあ、さっそく、お食事にしましょうか」

「その前に、お父様にお線香を上げさせてください」

ミサキのさりげない気配りに、品子の顔がぱっと明るくなるのを、尚之は見逃さなかった。

尚之は、料理が非常に美味《うま》いと思ったが、ミサキはときおり、最低限の儀礼的な称賛を口にするだけだった。おそらく仕出しとわかって、必要以上に話題にすることを避けたのだろう。

それよりも、家の造りだとか、この部屋からも見える庭のみごとさをほめたたえて、品子をますます喜ばせた。

「ところでお母様」

食事も一段落したところで、ミサキがあらたまった口調になった。

「なにかしら」

品子が機嫌よく返事をした。

例の「前の彼女」を会わせたときは、彼女が「お母さん」と呼んだ瞬間に品子の目つきが変わったのを、尚之はいまでも覚えている。

「わたしはあなたにそんなふうに呼ばれる覚えはありませんし、将来もそのつもりはありませんから」

口もとは無理に笑みを作っていたが、目のあたりにはそう書いてあった。

その品子がこの対応ということは、よほど気に入ったのだろう。

「わたしにも、お花を教えていただけないでしょうか」

「あら、お花を？」

「はい。もちろん、お月謝はお支払いいたします。何か、初心者向けのコースみたいなものがありましたら、ぜひ加えていただきたいのですが」

品子は本業にかかわる話題とあって、さすがに即答は避けた。しかし、悪い気はしていないことが、その表情から見て取れる。

「いままでに、ご経験は？」

「ほんの少しだけですが」

品子は少し考えて、ほっと息を吐いた。

「まあいいわ。尚之のお友達ですから、特別ご指導させていただきます」

ミサキの用件とはそれだった。結婚のことはおくびにも出さない。かといって尚之のほうから切り出すこともできず、その話題は棚上げになった。

和テーブルいっぱいに並んだ仕出し料理を腹に収め、駅までの見送りを固辞するミサキを門のところから見送った。

7

生け花教室の生徒となったミサキは、週に三日も通うことになった。

これまで、あれこれ苦労してデートの約束をとりつけてきたが、何もせずとも、ミサキのほうから自宅にやってくるのだ。

ただ、問題なのはすべて平日の午後三時から四時半までのコースを選んだことだ。平日は、尚之には仕事がある。同僚たちから白い目で見られるのを無視し、どんなに急いで帰宅しても六時を少し回る。この一時間半をどうつなぐか。自宅で待ってもらうもよし、あるいは何か時間をつぶす方法を考えて、外で待ち合わせるのもいいかもしれない。

週に三回も濃密な時間を共有できる。考えただけで鼻血が出そうだ。

ミサキが初めて教室に顔を出したのは翌月曜日だったが、たまたま尚之の勤め先の学校は、受験生向けの見学イベントのある日で、一般の教員は「自宅研修」という名の、実質的な休日だった。自分には幸運の女神がついていると思った。

前夜は眠れなかった。生け花教室が終わったあとにどこへ行こうかと、こまかいシミュレーションを何通りも考えた。まさか家の自分のベッドでということはないよな。いやまて、万一のことを考えてシーツを買い換えるか、などと思いは尽きない。

タクシーを呼んで都心へ出る手もあるが、こんなときこそ、地元の穴場的なお店につれていくのも洒脱《しゃだつ》ではないか。その場合、ホテルより、旅館という手もある。このあたりから日暮里《にっぽり》、鶯谷界隈にかけては、意外な場所に連れ込み旅館があったりするのだ——。

どう転んでもいいように、あれこれと下調べはすませておいた。

和服姿で現れたミサキを見た瞬間、尚之の興奮は一気に最高潮に達した。和風旅館の畳に敷かれたふかふかの布団の上で、ミサキの帯をほどく姿を想像しただけで、爆発してしまいそうだった。

教室が終わったあと、うっかりミサキが帰ってしまわないように、ひとつおいたリビングで読書するふりをしながら、一時間半待った。もちろん、いつでも外出できる恰好で。

「ありがとうございました」

女たちのそんな声が、重なって聞こえてくる。教室が終わったようだ。耳を澄まして気配をうかがう。品子がひとりひとりの挨拶に答えている。ミサキがこちらへ来る気配はない。やがて、最後のひとりを送りだしたようだ。

あわててリビングから廊下に飛び出すと、こちらへやってくる品子とぶつかりそうになった。

「危ないっ。なんですか、あわてて。――どうしたの」

「ミサキさんは？」

「帰ったわよ」

「帰った？」

「なんだか、さっそくお教室でお知り合いができたみたいで、簡単な歓迎会をしていただくんですって」

その場にへたりこみそうになった。

ずうずうしい性格なら、あとを追いかけていって「ぼくも仲間に入れてください」とさりげなく言えるのだが。しかし、尚之にはそれができない。それができるなら、とっくに彼女がいるはずなのだ。

しょうがない。あさってもまた来るんだ――。

待っていてくれるように伝言を残して、大急ぎで仕事から帰ってこよう。

そう自分に言い聞かせた。二時間近くも持続させていた興奮状態にすっかり疲れてしまい、これから風俗店へ出かける元気もなかった。いつの間に降り出したのか、庭を見ればじっとりとねばつくような雨が落ちている。

これじゃあ、生殺しだ――。

庭の松を見ながら嘆息した。

その都度事情は違ったが、ミサキが休んだり、さっさと帰ったりと、すれ違いの状態が二週間ほど続いた。これはたまたまなのか――。

電話の折り返しも、さっぱり来ない。気分はむしゃくしゃするし、下半身は限界を超えそうで、風俗店に行くのをぎりぎり思いとどまっている。

この先どうしたものかと思い悩みつつ、土曜日にひとりで銀座《ぎんざ》へ買い物に出た。梅雨の晴れ間の青空が広がっている。

そろそろ真夏用の、リゾート風の服を買おうかと思った。夏休みに入ってしまえば、すれ違いなどということはなくなる。山でも海でもプールでも、行きたいところは山ほどある。肌を露出させたミサキを思い浮かべただけで、何も手につかなくなる。

最初に、昔母親とよく来た三越《みつこし》デパートに入った。

紳士服売り場をぶらぶら歩いていると、次々に声をかけられ、一番可愛くて胸の張りが目立った店員の笑顔に抗しきれず、二万円近い黒い麻のシャツを買ってしまった。たしかに物はいいかもしれないが、自分のワードローブには不釣り合いだ。

やはりデパートでは気おくれしてしまって、自分のペースで買い物ができないと、四丁目の交差点角に立って嘆息した。

あれは――。

歩道を歩いていく男女二人連れ、その女性のほうはほかでもない、ミサキだ。間違いない。どうしてこんなところにという疑問は、すぐに嫉妬《しっと》心に変わった。

一緒に歩いているのは若い男だ。誰だか知らない。どこかで見たような気もするが、すぐに思い出せない。なんだかそれがもどかしい。

二人は腕を組み、笑い、じゃれ合いながら歩いている。

へその少し上のあたりに、冷たい炎が灯《とも》るのを自覚した。

二股《ふたまた》をかけられているかもしれない、という可能性はずっと頭の隅にあった。ミサキにのぼせ上がってはいたが、さすがに自分という人間の魅力だけでつきあってくれていると考えるほどには甘くないつもりだった。

では何かといえば、金だ。ミサキとの逢瀬に使った金額は、すでに百万を超えている。

それにしてもあの若造、どこで会ったのか。思い出せない。知人ではなく、芸能人か、スポーツ選手か。それにしては、着ているものがずいぶん地味だ。

十メートルほど空けて、人波を縫うようにしてあとをつけていく。

視線を二人の後ろ姿に固定したまま、向こうからやってくる歩行者をよけているつもりだったが、真っ赤なポロシャツを着てサングラスをかけた小太りの男に、真正面からぶつかってしまった。

相手の男は中国語らしき言葉で、なにかまくしたてている。片手を上げて拝むようにしてそれで済ませようとすると、こんどは連れらしい女が絡んできた。ブランド物らしいバッグを肘からぶら下げた手で、顔の半分ぐらいあるサングラスをずりあげながら、早口で何か言っている。

女が指さしている先を見ると、ぶつかったはずみで、歩きながら食べていたクレープを落としてしまったらしい。めんどうなので、財布から千円札を出し、女に握らせてその場を去った。

すでに二人の姿はなかった。

どこかのビルに入ったのか、と小走りで建物ごとの入口をのぞいた。どこにもいない。交差点で車にクラクションを鳴らされた。左を見ると尚之でも名前を聞いたことのある、高級テーラーの路面店があった。なんとなく、二人はあの店に入ったのではないかという気がした。

「くそっ」

毒づいて街灯を蹴飛ばした。

その日、五百回ほど迷ったすえ、夜の八時近くなってミサキに電話をかけた。

珍しいことに、数回のコールでつながった。

〈もしもし〉

背後からピアノの生演奏らしい音が割り込んでくる。

「あ、ええと」どぎまぎしてしまう。「いま、どこか外？」

〈うん。お友達とお食事中〉

「だったら、かけ直すよ」

〈だいじょうぶ。もうお食事は終わって、コーヒーいただいているところだから。それより、なあに？〉

「もしかして、銀座にいる？」

短い沈黙があった。図星だ、と思った。こんな時刻まで、どこで何をしていたのか。想像したくもない。

〈違うけど、どうして？〉

勇気を振り絞って、切り出した。

「今日、銀座でミサキさんによく似た人を見たから」

〈あら、そうなの〉

肯定も否定もしない。

「あれ、たぶんミサキさんだよね」

〈だから？〉

普段の会話より、少しだけよそよそしい気がする。

「ぼくもね、午後三時ごろ、三越でちょっと買い物をしたんだ。そして、店を出たら、中央《ちゅうおう》通りを楽しそうに歩いているミサキさんを見かけたんだ」

返事がない。

「若い男と楽しそうに歩いていたよね」

〈そんな言いかた、嫌だな。どうして声をかけてくれなかったの〉

「すごく楽しそうだったから」

〈それで、跡をつけたの？〉

今度は尚之が黙る番だった。

〈つけたのね。声をかけずに跡をつけるなんて〉

「そうじゃないんだ。声をかけなかったのは、なんだか割り込めない雰囲気だったから。それに、跡なんかつけてないよ。だから、どこに行ったのかも知らないし」

見失ったとは言えない。

〈ま、いいわ。やきもち焼いてくれたのね。あれはね、弟の友達なの〉

「弟さんの？」

弟がいるなんて聞いてないぞ——。

これが別な女だったら、「もう少しましな嘘をつけよ」と罵倒《ばとう》したいぐらいだ。

〈そう、銀座でお買い物してたら偶然出会ったので、一緒にスーツを選んであげたの。いま、失職して就活中なんだって〉

「へえ、そうだったのか」

〈変な気を遣わないで、もし声をかけてくれれば、その場で紹介できたのに〉

「ねえ」
〈なに？〉
「明日会えないかな」

唐突だとは思ったが、これ以上我慢ができなかった。今は、ミサキのそんなとりつくろった言葉ではなく、ミサキの体で愛情を確かめたかった。明日は日曜日だ。そう何度も「仕事が」という言い訳は使えないだろうという腹積もりもあった。

迷っているのか、スケジュールを確認しているのか、短い沈黙があった。

〈いいわ〉声の感じでは怒ってはいないようだ。

ミサキは、明日の午後六時にと、丸の内にあるレストランの名を告げた。

〈きれいになった東京駅が見えるレストランでお食事して、仕切り直し。それじゃあ、楽しみにしています〉

「あの」

今、一緒にいるのは誰、と訊こうとしたが、すでに通話を切られたあとだった。

ふと、こんな日に限って電話に出たのは、銀座で尚之に見られたことに気づいていて、「何も後ろめたいことはない」と弁明するためではなかったか、という気がした。

8

「思い出したよ。弟さんの友達って、このあいだ、ファミレスで働いていた子じゃない？」

答えを聞くのが恐くて、なかなか切り出せなかったことをようやく口にしたとき、デザートの皿が運ばれてきた。

今夜はミサキがごちそうしてくれることになっている。

ミサキとつきあい始めるまでは、コース料理など年に一度食べるかどうかだったが、次第に慣れてきて、値段の相場がわかるようになってきた。今日の料理は、ドリンク別で一万五千円といったところか。

デザートのケーキをくずしながら、尚之はできるだけさりげない口調で、あの男のことを切り出した。

「ほら、軽井沢からの帰りに寄った、なんとかいう店の店員」

ミサキがくすっと笑う。

「ああ、あの子ね。バイトなの。バイトリーダー。もっとも、店長も同い年らしいけど」

あっさりと認めた。しかも、なんだか詳しく知っている。

「ということは、もしかして彼が働いているのを知ってて、あの店に寄ったの？」

たまたまそこにいた、というのは偶然が過ぎるだろう。

「うん。あの子に渡して欲しいものがあるって、急に弟に頼まれちゃって。でも、せっかくの旅行の帰りに気分を悪くさせちゃいけないと思って言わなかった。ごめんね。怒った？」

「いや、怒ってはいないけど」

そう答えるしかない。おそらく、尚之がやきもちをやくと考えたのだろう。それは図星なのだからしかたない。しかたないが、なんとなく面白くない。

「ねえ、尚之さん」

え、と軽く答えてミサキを見た。一瞬前までは、詫《わ》びる目つきだったのが、いまはさぐるような色に変わっている。脈が速くなる。

「彼のこと見覚えない？」

「彼って、あの若い男？」

「うん」

意味がよくわからないので、再度訊《き》き返した。

「あのファミレスに寄るより前に、ってこと？」

「そう」

少し考えた。銀座で見かけたときでさえ、顔をはっきり覚えていたわけではない。背が高く、ちょっと気が強そうな、少しだけワルの匂いのする全体的な雰囲気で、それと気づいただけなのだ。

「ごめん。ちょっと思い出せない。どこかで会ってる？」

「もう十数年前だけど」

「十数年か。――けっこう昔だね」

「そう。彼は中学生」

「だめだ」と笑った。「さすがに、それじゃ覚えていないよ。出会ってるかもしれないけど」

「そうね」

「もしかして、ぼくの教え子だったとか」

　ミサキはふふっと笑って肯定も否定もしなかった。

「もういいわ。とにかく、ひとり暮らしで苦労してて、なんとなく面倒を見ちゃうのよね。尚之さんが想像するような、男女の関係とかじゃないの」

「べ、べつにそんな想像してないけど」

「そうならいいけど」くすくす笑っている。

「それよりさ。――そうだ。そんなことより、弟さんがいるなんて聞いてなかったから、驚いたよ」

　突然の話題の切り替えにも、ミサキは懐かしむような笑みを浮かべてゆっくり説明した。

「ごめんなさい。隠すつもりはなかったんだけど。実は三つ年下の弟がいるの。ちょっと病気がちであまり外に出られないので、わたしがいろいろ面倒見てあげてるの。尚之さんに話したら、重荷に感じられちゃうんじゃないかって、ちょっと不安で切り出せなかった」

「そんな水臭いこと言わないでくれよ。重荷どころか、ぼくにできることがあったら、何でも言ってよ」

「ほんとに」

「もちろんさ」

ミサキの瞳《ひとみ》が輝き、ピンク色の舌の先で、唇の端をちろりと舐《な》めるのが見えた。尚之の下腹部に早くも血流が集まり始める。

「だってもしかすると、将来——」

義理の弟になるかもしれないんだし、と言いかけて、言葉を飲み込んだ。

「将来、何？」

「将来、なんていうか、大物になるかも知れないし」

「じゃあ、お言葉に甘えて、ちょっとだけお願いしちゃおうかな」

「どうぞ」

「生活支援に、三百万円ほど、貸してくれないかしら」

「さんびゃく——」

舌がからまって、その先に詰まった。集まりかけた熱い血が、すーっと引いて行く。

目をむいた尚之を見て、ミサキは面白そうに微笑んでいる。

「冗談よ」

「冗談？」

「そ。お金のことを持ち出されると、人間て本性が出るでしょ。だから、ちょっと試してみた」

そういって、さっきよりはっきりと舌の先で唇を舐めた。

コーヒーを飲み終えたミサキが、ねえ、と訊いてきた。

「どこかのバーで飲み直す？　それとも、お部屋で静かに飲む？」

答える前に、ごくりと唾《つば》を飲み下した。

いつもは、尚之のあとにシャワーを浴びることが多いミサキが、今日は先に入った。

手持ち無沙汰《ぶさた》で、ミサキが出てくるのを待つ。

テーブルに置かれたバッグを見ると、いつものグッチのバッグよりひとまわり大きいトート型のバッグだ。ふと、何が入っているのだろうと興味が湧いたが、もちろん触ったりはしない。ここまで来て、イメージを悪くしたくない。

冷蔵庫からビールを出して、グラスに注ぎ喉《のど》を鳴らして飲んだ。

髪をアップにして、ローブをまとったミサキがうなじの水滴をぬぐいながら出てくると、すぐにもとびかかりたかったが、なんとかこらえてバスルームに駆け込んだ。

尚之は、いつもより気持ちが高ぶっているのは、自分だけではないような気がした。

ミサキはいつにも増して積極的でかつナーバスだった。行為のあいだじゅう、ベッドの上での姿勢や枕の位置、シーツのかぶさり具合まで気にしていた。頂点に近づいたころ、耳もとでねばっこい言葉をささやかれ、心臓が爆発するのではないかと思うほど張り切った。

そしていつにも増して「このまま死んでもいい」と深く思いながら果てた。

ぐったりしている尚之に、ミサキがねえと背中を叩《たた》いた。

「なに？」

「わたしとのことって、遊び？」

「なんで——」

あわてて上半身を起こす。

「どうして、そんなこと言うんだよ。ぼくはこんなに好きなのに」

やはり、三百万のことを根に持ったのだろうか。

「ほんとに？」

「絶対ほんとだって」

「だったら、結婚するつもりある？」

はじめ、心臓が止まるかと思った。次に、なぜか涙が込み上げてきた。放り出してあったバスタオルで、ぼろぼろこぼれる涙を押さえた。

「ねえ、はっきり言葉で言って」

「ある」

「聞こえない。もっときちんと言って」

「ミサキさんと結婚したい。一生大事にするよ」

「ありがと」

ミサキが抱きついてきて、柔らかい胸が当たった。

9

いよいよ〝蜜月《みつげつ》〟の始まりかと期待したが、それはあっさりと裏切られた。

それ以降も生け花教室には通って来るのだが、ほとんど毎回「急用」ができて、終わった後のデートはない。

一度、廊下のすみでミサキをつかまえて、強めに迫ったことがある。「もっと会う機会が欲しい」と。

ミサキの説明によれば、生け花を習い始めたのを契機に、思うところあってあれこれと始めたらしいのだ。簿記、料理、英会話、ヨガ、それらに通うのが忙しいと言う。

「だって、結婚したら毎日一緒にいられるでしょ。いまのうちに、自分の時間を自分のために使いたいの。それともあなた、わたしをいまから束縛する？」

そう言われては、やめてくれとは言えなかった。

腹立ちまぎれに、そして時間も余っていたので、ファミレスの若い男について調べた。

「弟の友達」という説明を、完全に信じたわけではない。三百万という大金を、あの男に貢ぐつもりだったのではないのか——。

記憶を頼りに例のファミレスを捜し出し、出勤しているのを確認し、店の前をぶららと何往復もしながら仕事が終わるのを待ち、アパートまでつけた。公道から少し奥まった場所にあって、ほとんど耕してもいないような畑の中の道を進んだ先にある。長時間張り込むための身を隠す場所がない。もちろん、うまい具合に喫茶店やコンビニもない。

「ボロいアパートに住みやがって」

腹立ちまぎれに毒づいた。

しかたないので、やや人通りのある公道を、二百メートルほどにわたって、いったりきたりを繰り返した。

夜になると、周囲に家がないのが幸いして、大胆に近づくことができた。男の名が「小《お》田《だ》切《ぎり》」というのだと、初めてわかった。ちょうど角部屋だったので、そっと玄関の反対側に回り、窓の隅からのぞいてみた。

狭くて汚い部屋に不釣り合いの、やけに大きなテーブルが見えた。

小田切はテレビをつけっぱなしにして、ベッドに寝転んで携帯をいじっていた。誰かとメールをやりとりするというよりは、ゲームでもやっている雰囲気だった。

ようやく、少し安心した。このありさまでは、あのサトウミサキと恋人関係にあるとは、とても思えなかったからだ。

　七月に入って十日ほどが過ぎていた。このところ、ミサキは教室に顔をだしていないようだ。電話にも、ショートメッセージにも、反応がない。寂しくはあるが、結婚前の準備でもしているのだろうと考えることにした。

　昼近くなって起き出した尚之が、見るとはなしにテレビをつけ、残り物のおかずを箸《はし》でつつきながらカップ麺《めん》をすすっていると、品子が険しい表情で外から帰ってきた。知らんぷりをしてテレビに目を向けていると、品子のほうから声をかけてきた。

「ねえ尚之」

「何？」

　そちらは見ずに答える。

「ちょっと噂に聞いたんだけど、あの人、青木さんのところにも出入りしているんだって」

「青木さんて、あの青木さん？」

「そうよ」

　梅田家の分家筋にあたるとかいう、もと教頭の青木敦の家だ。

「どんな用事だろうね」

「あなた訊いてみてよ。どういったお知り合いなのか。偶然なのかしらね」

「教室に来たとき自分で訊けばいいじゃない」

「それが、ここ十日ばかりお休みなのよ。それも連絡もなく。意外に見込み違いだったかしらね」

わざとらしいため息をついた。

「ごちそうさま」

適当に片づけをすませて、尚之はさっさと自分の部屋に上がった。

まるでそのやりとりを聞いていたかのように、その日の夕方、ミサキのほうから「あらたまってお話がある」と、品子宛てに連絡してきた。数日後に、梅田家で話し合いの場が設定された。もちろん、尚之も同席する。

七月も半ばの、とても暑い日だった。朝から風もなく、頭痛がするほどセミが鳴いている。尚之はなるべく母親とは顔をあわせないようにして、エアコンをがんがんにかけた自分の部屋で、ネット動画を見ながら午後三時になるのを待った。

ふだん通り教室が始まったらしいので、そっと部屋を出た。音を立てないように階段を下り廊下を進み、教室の扉に耳を押し当てるようにして中の気配をさぐった。

品子のすました声が聞こえる。

「――今日は、〝根締め〟の大切さを一緒に学んでいきましょう。ここをおろそかにすると、たとえどんなに高価で派手な素材を使っても、すべて台無しになってしまいます。

人の装いと同じことですね。どんな高級ブランドのスーツを着ても――」

普段と変わらない、落ち着いた、そして説教くさい口ぶりで講釈をしている。

にじみ出た汗をぬぐい、冷蔵庫の冷えた麦茶を出し、リビングで飲んだ。このまま、どこかへ遊びに出てしまいたかったが、さすがにそれは我慢した。おそらく、話し合いは教室のあとに行われるのだろう。万一の場合はミサキの肩を持たなければならない。

人の気配で目がさめた。いつのまにか寝てしまったようだ。

見れば、品子がシンクのところで教室の後片付けらしきことをしている。背中の気配には、なんとなく険しい雰囲気がある。

玄関戸の開く気配がした。教室の生徒は、いちいちインターフォンを鳴らさずに入ってよい決まりになっている。

「こんにちは」

ミサキの声だ。尚之はすぐに立って、迎えに出た。

「いらっしゃい。暑かったでしょう」

「ええ、まあ」

ミサキを見て驚き、立ちすくんだ。一瞬、よく似た別人かと思ったほどだ。

何が違うのか、まずは顔つきだ。これまで尚之に見せていた愛嬌《あいきょう》のようなものはみじんもなく、ただ冷たいだけの印象だ。服装も、いつものカラフルな装いでも、まして和服でもなく、白いワイシャツに濃紺のスーツを着ている。

こんなに蒸し暑いのに、汗をかくどころか涼し気な顔をしている。

「どうかした」

思わず訊いてしまったが、ミサキは「何が？」とでも問いたげに片方の眉《まゆ》を少し上げただけだった。

「ど、どうぞ」

品子に言われているとおり和室の客間に通そうとすると、ミサキが立ち止まった。

「すみませんが、テーブルにしていただけますか。スーツが皺《しわ》になるし、正座は健康と美容に良くないので」

よそよそしく、冷たい口調だ。

「わ、わかったけど、どうしちゃったの？」

「なにがですか」

「なんだかよそよそしいから」

「そうかしら」

リビングのソファに案内した。客間で正座して待っていた品子にそれを報告すると、最初は口を半開きにしてあきれ、すぐに目の周囲を赤くして怒りだした。

「やっぱり猫をかぶっていたのかしら」

ふだんはすり足のようにして、ほとんど足音を立てない品子が、大股《おおまた》で廊下を歩いてリビングに顔を出した。

「こんにちは」

ミサキが、座ったまま軽く上半身を倒して会釈した。品子はそれには答えず、憤然とした表情でソファに腰を下ろした。

品子は、自分に敬意を払わない人間を敵とみなす。具体的な話は何も聞いていないようだが、すでにミサキを見る目は攻撃的だ。

何も載っていないローテーブルを挟んで、尚之親子とミサキが向かい合う形になった。

「お話というのは、何かしら」

「わたしと尚之さんの結婚についてです」

「あ、その話はまだ――」

口ごもりながら、ミサキと品子の顔を素早く見比べた。母親にはまだ話していないのだ。タイミングを見てと思っているうちに、今日まで時間が過ぎてしまった。ミサキにはどこか蔑《さげす》むような、品子にははっきりとした怒りの表情が、それぞれ浮いている。

「どうせまたたぶらかされて、そんなことなんだろうと思いました。わたしは認めません」

「ちょっと、勝手に決めるなよ」

抗議する尚之に、品子はちらりと視線を向けただけだ。

「だってそうでしょ。まだ、こちらさんのご両親にもお会いしていないし、どんなお宅なのかもぜんぜん知らないんですもの」

　ここでミサキが口を挟んだ。

「成人の男女は本人どうしの意思で婚姻できることになっていますが、まあ、お母様の気持ちもわかります」

「ごめんね、ミサキさん。後で話しとくから」

「それよりあなた、青木さんとどういうご関係かしら」

「どういう意味でしょうか」ミサキが首をかしげる。

「言葉通りの意味です」

「そんなこと、お答えする必要がありますか。ただの知り合いです」

「まさかと思うけど、うちにしても、青木さんのところにしても、財産狙いとかそういうつもりじゃないでしょうね」

「ちょっと待ってくれよ」

　さすがに腹が立ってきた。完全に品子のほうへ向き直った。

「ミサキさんに失礼じゃないか。どうしてそんなこと言うんだ。おれの婚約者だぜ」

「だから、結婚なんて許しません」

　その言いぐさに、ますます怒りがふくらむ。

「べつに許してもらう必要なんかないよ。いいよ、勝手に結婚するから。家も出ていく。そのかわり、本来相続するべきだった不動産はおれの名義に変えてもらうから」

　品子が、はっとした表情になった。

「やっぱりそうだったのね」

「何がだよ」

「この女にたらし込まれて、不動産をまきあげられそうなんでしょ」

「何言ってんだよ。そんな話をしたのは、今がはじめてだよ。おれは、ミサキさんとそんな話をしたことはない」

「とにかく」

　品子が声のトーンをさらに上げた。

「――結婚のことは一度白紙にしてもらいます」

「わかりました」

　ミサキが答えた。あまりにあっさりした言いかただったので、尚之も一瞬怒りを忘れるほどだった。

「結婚をするなと、それはお母様の命令ですね」

「そうです。わたしの命令です」

「結婚するなと命令されたので、結婚はあきらめます」ミサキは尚之の目をじっと見た。

「――残念だけど、お別れしましょう。短い間だったけどありがとうございました」

「ちょっと待ってよ」

　身を乗り出した。こんなことで、はいそうですかと納得するわけにいかない。

「本当に結婚とりやめるの？」

「なんだか、気持ちが冷めちゃった。いい歳して母親の言いなりなんて、気持ち悪い」

「そ、そんな言いかたはないんじゃない。ぼくは、ずいぶんお金を使ったよ。食事代とかホテルとか」

「ほらはじまった。すぐそんなことを言いだす人と、結婚なんかしたら大変。毎日毎日、今日何を買った、いくら使った、無駄遣いするな、自分で稼いでみろ」

「そんなこと言わないよ」

「とにかく、もう結婚するつもりはありません」

「だ、だったら、つ、使ったお金を返せとは言わないけど、し、真珠とかは返してくれないかな」

「尚之さん、誤解してない？　返して欲しいのはわたしのほう」

「何を？」

「時間よ。わたしは、あなたが結婚してくれると思って、わたしの貴重な時間をあなたのために捧《ささ》げた。その貴重な時間を、安物の真珠や時計で買えると思う？」

　そういってちらりと見せた手首には、パテックフィリップの時計がはめられていた。よく見ればバッグはバーキンのようだし、首もとで光るのは大豆ほどもありそうなダイヤだ。尚之が贈ったネックレスなど取るに足らないとでも言いたげだ。

　がっくりと力が抜けた。

「でも、でもいまさら――」

尚之のことばを無視して、ミサキはバーキンのバッグをごそごそとやって、中から小ぶりの機械を取り出した。ＩＣレコーダーのようだ。

「聞いていただきたいものがあります」

そういって、再生ボタンを押した。

部屋の中で録音されたものらしく、音声はこもっていた。

男の声がぼそぼそとつぶやき、女の小さな声がそれに答える。

尚之はこれがなんなのか、すぐにわかった。

「ミサキさん」

止めるように言おうとしたが、ミサキが微笑みながら自分の唇に人差し指を立てるのを見て、何も言えなくなった。

まだ事情が呑《の》み込めない品子は、眉をひそめ、耳を傾けるようにして聞いている。まがまがしいものだという予感はあるようだが、その正体はまさか想像もしていないだろう。

これは尚之とミサキの声だ。それもおそらくあの夜——ひさしぶりに、そして初めてミサキが手配したホテルで会ったあの夜に、こっそり隠し録《ど》りされたものに違いない。

ようやくその内容に気づいた品子が、何か言おうと大きく息を吸った瞬間だった。

尚之の情けない声が〈ほんとにいいの、生でいいの〉と言った。

「やめて、止めなさい」

品子がレコーダーに手を伸ばしたが、それよりもわずかに早く、ミサキがつかんで立ちあがった。窓に背を向けて立ち、ボリュームを上げ、腰を抜かしたように座っている親子に機械を向けた。

尚之が、ああーああーと大型の草食動物を連想させる声を上げたあと、短い沈黙があり〈ぼく、死んでもいい〉とつぶやくのが聞き取れた。

ミサキが低い声で何か答えたが、そちらはノイズのせいで聞きとれない。

〈ミサキさんと結婚したい。一生大事にするよ〉

尚之が宣言したところでミサキはようやく再生を止めた。立ったまま、二人を交互に見下ろす口もとには、変わらずに微笑みが浮いている。

「ご希望とあれば、映像もあります」

「映像って、そんな——」

そこまで言って、尚之は思い出した。ミサキが、いつになく枕の位置だとか体の向きだとかを気にしていたのは、このためだったのだ。一度先にチェックインして、ビデオカメラを部屋にセットしておいたのだ。枕元にリモコンでも忍ばせておけば、好きに操作できる。

「わかった。金なら払うよ」

張りのない声を出した尚之に向かって、品子が声を荒くした。

「な、何言ってるのよ、尚之。言いなりになることなんか、な、ないでしょ」

怒りのあまり、ことばがつかえている。

「うるさいな、少し黙っててくれよ。――その音声も動画も削除してくれ。信用するから、それで清算ということにして欲しい。いくら欲しい」

「二千万円ください」

「に、二千万円」

品子が声を上げた。

「二千万円って」

母親からひと呼吸遅れて、尚之もつぶやいた。

「少なかったかしら」

「どうして、こんな個人的な問題に二千万も払わないとならないの」

ミサキはぴんと背筋を伸ばしたまま、商談のような口調で答える。

「手切れ金、慰謝料、口止め料、どう考えていただいても結構です。五日以内に、これからお教えする口座に、二千万円振り込んでいただきませんと、いろいろ不都合が生じるかと思います」

「ふざけてる。お話になりません。警察に訴えます」

裏返りそうな声で品子が叫んだが、ミサキは顔色ひとつ変えずに見つめ返した。

「お母様」

「なんですか」

「お母様は、生け花の師匠《せんせい》をしていらっしゃいますね」

「それが何か」

品子が尚之を睨《にら》んだが、ミサキはそれにかまわず先を続けた。

「尚之さんに、生徒の数を聞いたら『五十人ぐらいじゃないか』と言っていました」

「わたしが正確に数えたところ、五十二人でした。コースにもよりますが、一人あたり、平均八千円のお月謝をいただいていますね。これだけで四十万円以上になります。そのほか、知り合いの生花店から仕入れたお花を教室で使って、材料費として二倍にふっかけています。こちらの収入が少なく見て、月に十数万円。合わせて、毎月五十万から六十万円の収入があることになります。年収にすれば六百万から七百万円です」

品子の顔は赤らむというより、酒を一気飲みしたか、逆立ちでもしたように、真っ赤に鬱血《うっけつ》していた。

「そ、そんなこと、あなたに……」

「わたしは、区役所の税務課に知り合いがいます。そのかたに、少し個人的な貸しがあったので、梅田品子さんの申告の内容を調べてもらいました。不動産収入以外はゼロになっています。すくなくともこの十年間、生け花教室の収入に関しては、所得税にしろ住民税にしろ、一円も払っていませんね。追徴金を払うのも痛いですが、これがニュースになることは、もっと社会的に痛手でしょうね。家系図なんてない、庶民の出のわたしには想像もつきませんが」

顔を伏せた品子のこめかみあたりのほつれ毛が、小刻みに揺れている。目の周囲が上気しているのが見て取れる。

「きょ、脅迫よ。恐喝です。それに、名誉毀損《きそん》。それと……」

ふだんは毅然《きぜん》としてぶれることのない品子の声が、はっきりわかるほど震えている。

ミサキはそれには答えず、話題を変えた。

「それから、これはもう十五年も前のことになりますけど、尚之さんは、受け持ちのクラスの女子生徒と不適切な関係を持ちましたね」

「何を――いや、何でそれを」

この反応ではうっかり認めてしまったようなものだが、ミサキがいったい何をどこまで知っているのか、それは気になる。唾を飲み込む尚之に微笑みかけながら、ミサキが続ける。

「当時から『援助交際』っていう言葉はあったのかしら。とにかく、金を渡した。それだけじゃなく、彼女が中心になったいじめ事件も、口裏を合わせてなかったことにした」

「何を言ってるんだかよくわからない」

「では、もうひとつ見ていただきたいものがあります」

ミサキは、バッグの中から、こんどは書類入れの封筒を取り出した。細く白い指をその中に入れ、引き出したものをテーブルに置いた。一枚の写真と、Ａ４サイズの紙を綴《と》じたものだ。

「この写真を入手するのも、レポートをまとめるのも少し苦労しました」

ミサキは、レポートと呼んだ紙は伏せ、まず写真を二人の目前に差し出した。

「何よ、これ」

まず、品子が声を発した。尚之は黙って見つめたが、すぐには何を写したものかわからない。援助交際がどうのと発言した直後だったので、それに関するものかと身構えたのだが、違ったようだ。

もう一度、よく見た。うす暗がりの屋外で、数人の少年が写っている。何かをとり囲んでいるようだ。まさか――。

はっきり見ないようにして、返した。

「悪いけど、何のことだかわからないよ」

「ならば教えて差し上げます」

ミサキは、伏せていたＡ４サイズの紙を表に向けて、尚之の前に置いた。

横組みで、文字の大きさも段組みも普通のレポートのような体裁だ。左上の端が留めてあり、三枚綴《つづ》りになっている。

いぶかしむ尚之に、ミサキが微笑みながら続ける。

「たいした枚数はありませんから、この場で目を通していただけますか。その写真が何を写したものかわかるはずです」

10

夕陽が、玄関扉のガラス格子から差し込んでいる。

品子がリビングで見ているテレビが、大きな声を上げている。あれ以来、品子の中で何かが壊れたらしく、これまでと性格が少し変わった。やけに大きな音量でテレビを見るのもそのひとつだ。

飲めば爽《さわ》やか清涼飲料水の賑《にぎ》やかなＣＭ、夢のような住み心地の住宅——。

今日から尚之の学校も夏季休暇に入った。進学校でないせいか、周辺の小中学校と同じ日程だ。教員は出勤しなければならないが、休みをとった。ある大切な用事があるからだ。

「尚之、出かけるの？」

玄関で靴を履いていると、背中から声がかかった。

玉のれんのじゃらっという音が聞こえたから、リビングで様子をうかがっていた母親の品子が、廊下の突き当たりから顔をのぞかせたのだろう。

いつものことだ。

尚之は式台に尻《しり》を落としたまま母親のことばは無視し、少しかかとがすり減ってきた靴へするりと足を滑り込ませた。

「もしかして、またパーティー？」

つけっぱなしのテレビの音に負けない大声だ。

半身で振り返って適当に答える。

「違うよ」

「もううちにはお金がないんだから、無駄遣いはやめてね。今の学校も辞めずに済んだんだし」

「だから違うって言ってるだろ」

結局、ミサキに手渡された書類に署名捺印《なついん》する見返りに、慰謝料を半額の一千万にまけてもらった。それでも充分な高額だと思うが、弱みを握られているので断る選択肢はない。

不動産を担保に一千万を借りて、ミサキに支払った。その過程で、尚之が勝手に抵当権をつけて別に三百万円を借りていたことも、当然ながら知られてしまった。

〈――続きまして、おととい、大田《おおた》区の多摩川《たまがわ》河川敷近くのレンタルコンテナから見つかった、一部腐乱した女性の遺体についての続報です。依然としてこの女性の身元は判明しておらず、個人の特定につながる遺留品などもないことが警察への取材でわかりました――〉

「じゃあ、こんな時間からどこへ行くのよ」

なにか察するところがあるのか、品子もなかなか引き下がらない。

「うるさいな。ほうっておいてくれよ」

「だったら、お金返しなさいよ」

　とうとう品子は、尚之の怒りのスイッチに触れた。尚之は口から罵倒《ばとう》の言葉が飛び出しそうになるのを、こらえて振り返った。

「ぜんぶ、おれが悪いってのか」

「だってそうじゃない。——それにね、お母さん、体調悪いのよ。知ってるでしょ」

　医者に通っているのは知っていた。しかし、内臓の病気ではない。夜眠れないと言って、心療内科通いをし、睡眠導入剤を処方してもらっているのだ。そしてそれらはすべて、尚之に対するあてつけであることもわかっている。

〈遺体は、死後一〜二か月は経過しているものとみられ、年齢は二十代から四十代、出産の経験はなく骨折などの痕《あと》もないということです。警察は引き続き、行方不明者の——〉

「だからなんだよ」

「遊びになんか行かないで、少しは家のことでも手伝ってよ」

「甲斐性《かいしょう》もないくせに、口だけは立派なんだから」

　尚之は母親をにらみつけた。

「言っていいことと悪いことがあるぞ」

「だったら、もう少しましなことしてよ。就職も親に頼って、それも三年ともたずに辞めちゃう。四十にもなるのに、結婚相手もみつからない。せっかくいただいてきたいいお話は断って、詐欺師みたいな淫乱《いんらん》女に入れあげる。どこまで世話を焼かせるの」

「世話なんて頼んでない」

「だったら、お金を返しなさいって言ってるの」

どうどうめぐりだった。それに、結局口では母親に勝てないことは知っている。何より、きょうの自分にはなすべきことがある。いまここで、母親に暴力をふるうような騒ぎを起こすわけにはいかない。

まだ罵声を浴びせている母親を残して、玄関の戸を閉め外に出た。

顔をあげると、東京スカイツリーがほぼその全容を見せている。

坂道を下っていくと、路地にすっと人影が引っ込むのを見た。

刑事だ。あれは刑事に違いない。きのう来た二人組か？

あいつら、名前はなんといったか。――そうだ、いやな目をしたおやじのほうが安井《やすい》とかいった。蛇とマングースを足してそのままにしたみたいな、不快なやつだった。なるべく目を見ないようにしていた。若い方は宮下《みやした》とかいった。あいつならちょろい。これからけりをつけに行くあの若僧と同世代だ。

刑事がなんだ。あいつら、暇でやることがないから、あら探しみたいなことをしているんだ。

おれは男のけじめをつけに行く。

そう自分に言い聞かせたら、勇気が湧いてきた。予定通りに行くことに決めた。あいつらがついてくるようなら、まいてしまえばいい。刑事なんて何人尾行されようと怖くなどない――。

尚之は足を速めた。上下に揺れるショルダーバッグを手で押さえる。万一にもありえないが、中のものが飛び出てきそうな気がしたのだ。

これから電車を乗り継ぎ、板橋《いたばし》区にある汚いアパートを目指す。

きのうの夜、ミサキからかかってきた電話でのやりとりを、もう何度頭の中で反芻《はんすう》したかわからない。

〈尚之さん、怒ってる？〉以前の甘えるような声に戻っていた。

「そりゃ、そうだよ」

〈わたし、あのあとよく考えて、やっぱりやりすぎだったかなって〉

「うん」

〈でね、もう一度、初めて出会ったころからやり直してみたいなって思った〉

「結婚のことは？」

〈それも含めて〉

「――ほんとに？」舞い上がってしまい、言おうかどうしようか迷っていたことを口にした。「じつは、きょう、うちに刑事が来たよ」

〈警察が？　なんて？〉

「なんだか、昔のことをあれこれ訊いていった。ミサキさんのことは話題に出していない」

多少は恩に着せたつもりだったが、ミサキはさらりと受け流した。

〈ありがとう、それでね。お金のことなんだけど――〉

まさか、もっと寄こせというのかと身構えたらその反対だった。

〈いずれ結婚するまでには、お返ししたいって思ってるんだけど、ちょっと親の借金とかも肩代わりしていて、すぐには無理なの〉

涙がにじんできた。

「お金なんていつだっていいよ」口から唾が飛んだ。「どうせ、うちのくそばばあが、がめつく貯め込んだ金なんだから」

〈ふふっ〉急に声の調子が変わる。〈でもね、ひとつだけ、自分じゃ解決できない障害があるの〉

「それって何？」

〈あいつ、あの男〉

すぐにぴんときた。

「まさか、いつかの若造？」スマートフォンを握る手に力が籠《こも》る。

〈そうなの、まとわりつかれて、ちょっとした弱み握られて、お金もたかられてる。弟

の友達なんて嘘なの〉

「やっぱり。そんなことじゃないかと思ってた。じゃあ、あの金も？」

〈大部分はそうなの。ごめんなさい、ほんとのことが言えなくて〉

　一気に頭に血が上る。

「――ぶっ殺してやる」

〈やめて。尚之さんに迷惑かけるわけにいかない。わたしが我慢すればいいだけだから〉

　涙声になっている。ありったけの自制心で嘘をついた。

「――わかってるよ。変な気は起こさない」

〈ほんとに？　ほんとに変な気起こさないでね。わたしのために〉

「わかってる」

　おかしいと思っていた。あれほど愛し合ったのに、あんなに簡単に豹変《ひょうへん》できるはずがないと。

　あいつのせいなのだ。あの小田切とかいう、あんな男が現れたから、ミサキの態度が変わったのだ。そうでなかったら、いまでもうまくやっていられたはずだ。母親によけいな借りを作ることもなかった。

　それだけではない。きのう来た刑事たちに、昔のことをあることないこと吹き込んだのも小田切だ。ミサキがわざわざそんなことを吹聴《ふいちょう》するわけがない。

　あいつのせいだ。あいつがすべてぶち壊したのだ。

ミサキの、やわらかく尚之を包み込む四肢を思い出すと、もういてもたってもいられなかった。

思い知らせてやる。ただそればかりをくり返した。

第二章　無垢材のローテーブル——小田切琢磨

1

「だから、わかったって。来週あたり顔出すから」

　小田切琢磨《たくま》は、母親との通話を終えたスマートフォンを、小さな折り畳み式のテーブルに放り出して、ひとり毒づいた。

　これから出勤だというのに、気勢を削《そ》がれたような気分だ。

「まったく、しつこいんだよ」

　最近、母親のくどさが、だんだんひどくなる気がする。せっかく二世帯住宅になっているんだから、実家に帰ってこい。だめならせめて顔を見せろ。心配でしかたがない。

などと延々並べたてる。

〈最近はいろいろ物騒だし〉

　毎回決まってそう言う。続くやり取りも、似たようなものだ。

「物騒って、何が」

〈ほら、通り魔とか、強盗とか〉

「そんなの、どこに住んでたって同じだろう」

もちろん、ひとりっ子の琢磨の身を心配してというのもあるだろうが、そこそこ広い家に父親とふたり暮らしで、間が持たず寂しいのではないかと考えている。母に愚痴を言われるのか、最近では急に老けだした父親まで、似たようなことを言いだした。しかし、ふたことめには「二世帯」と言うが、琢磨のために造ったわけではない。

琢磨が小学生のころ、父方の祖父母と同居するために建て直した家だ。しかし、完成して三年と経たないうちに、祖父母ともまるで手を取り合って旅立つかのように、続けて病死してしまった。

中学生のころに、父の妹とその娘、つまり琢磨にとっては叔母《おば》と従妹《いとこ》を居候させた時期もあったが、それを過ぎてのちは、またなんとなく家の中ががらんとした雰囲気だ。

建物そのものの居心地はそう悪くないのだが、琢磨自身が家にいたくない理由は、さっさと就職しろ、そして結婚しろ、という両親の態度だ。

言われるまでもなく、目下最大の目標は就職だ。きちんとした会社に正社員として採用されることだ。アパートを借りてひとり暮らしを始めれば、切羽詰まって活動に魂が入るかもしれないなどと思ったが、甘かった。そんな精神論で就職できれば苦労はしないということを知った。

とにかく、軒並み討ち死にしている。

今年、とうとう三十歳だぜ――。

つい、ぼやきたくなる。

今は、『ヘブンズダイナ』という名の、低価格が売りのファミリーレストランでアルバイトをしている。どちらかといえば、あまり金のない連中が客層のファミレスだ。そこで、琢磨と同い年の店長にこき使われる毎日だ。

ヘブンズダイナ栗山町《くりやまちょう》店は、川越街道が環七通りと交差する、すぐ近くにある。通勤は歩きだ。最寄りの駅まで行くより、アルバイト先のほうがアパートから近い。

客の入りは多い。軽か三ナンバーかの違いはあるが、どれもこれもまるで申し合わせたように、真っ黒かデコった真っ白のワンボックスカーだ。

家族連れの場合、母親がまだらの金髪で妙に口のききかたが乱暴なのと、父親が微妙な無精ひげを生やしてシルバーのごついペンダントを胸元まで垂らし、見た目がいかついわりにママの言いなりという共通点もある。どう見ても小学生の子どもにメッシュの金髪、そして家族そろってジャージ姿ならば完璧《かんぺき》なモデル一家だ。

それはともかく、琢磨は本来ただの調理場担当なのに、いつしかなんでもありの、マネージャーのような存在になってしまった。人柄を買われたわけではない。単に店長がものぐさなのだ。

最近では店の鍵《かぎ》をあずかって、開店準備までしている。何やってんだおれ、と思うが、琢磨が行かなければ店が開かない。幸い、昔から早起きが苦ではないので、どうにかこなしている。

「もっと人を増やしてくれ」と、四つに割ったリンゴみたいに尖《とが》った顔をした店長に何度訴えても、にやにやしながら「そのうちね」と「小田切君のおかげで助かってるよ」としか返ってこない。いつか辞める日には、裏手のボイラー室の陰で殴ってやろうと思っている。

バイトの店員にもろくなメンバーがいないが、きょうのシフトは最悪の組み合わせだ。「仲良し女子高生コンビ」が顔を揃える。調理担当もフロア担当も、どっちも同じぐらいに使えない。

たとえば「調理」といっても、もちろん資格も熟練のテクニックもいらない。フライヤーで唐揚げだのコロッケだのを揚げて、トングでつまんで皿に盛るだけの、しごく単純な作業だ。それができないのだ。危なっかしくて見ていられないが、下手に手を出すと甘えて自分で作らなくなるから、見て見ぬふりをする。

「フロア」のほうも、しょっちゅう品番や出す順番を間違えて、トラブルを起こす。

今朝はそれでも、開店して一時間ほどは何事もなく済んだ。ゴールデンウィーク中の、気絶しそうな混雑がいち段落して、比較的落ち着いた雰囲気が戻った。

午前十一時を少し回ったころ、琢磨が今月のフェア商品であるカニクリームコロッケを揚げていると、もうひとりのフロア担当の女が、口をとがらせて報告に来た。

「あのう。八番の客が『店長呼べ』とか言ってんすけどお」

純和風の扁平《へんぺい》な顔に、青いカラコンを入れた国籍不詳の女店員が、語尾を上げながら不満げに言う。歳はおそらく十八から二十五歳のあいだのどこかだ。

何が「店長呼べ」だ。おれは店長でもなんでもないし、自分が蒔《ま》いた種は自分で刈れよと言ってやりたいが、刈れないことはわかっている。琢磨が出ていかなければ収拾がつかず騒ぎがどんどん大きくなっていくことを、これまでの経験で覚えた。

小さなガキどもが、店の中で追いかけっこをして走り回ってもまったく気にとめない、おしゃべり母親グループの脇を抜けて、しぶしぶ喫煙席コーナーへ入った。八番テーブルに近寄ると、クレームの内容を聞かずともわかった。それでも、手順としてまずは訊く。

「何かございましたか」

「何かじゃねえよ」

胸元が開いたシャツの中から、プラチナっぽいネックレスをのぞかせた男が、薄い茶色のサングラス越しに琢磨を睨んだ。向かいの席では、ふてくされた顔に厚化粧をした女が、股のつけ根が見えそうなほど短い黄色いワンピースから出た足を組んで、メントールの煙草をふかしている。

「おめえ、これ食う気するか？」

あごで指した先には、生まれて初めてフライパンを持った中学生の試作品のようなオムレツが、ケチャップライスの上に載っている。

「申し訳ありません」

素直に頭を下げる。この客の怒りはもっともだ。失敗するのは仕方がないとしても、それを何の躊躇《ちゅうちょ》もなくテーブルに出せる神経が信じられない。こんなものを作って皿に載せた調理担当のばかも、それを平気で客に出したフロア担当のばかも。

「よく見ろよ」

ぐいっと出されたそのオムレツもどきを、もう一度よく見れば、中からレシートの切れ端がのぞいている。コンビニの名が見えた。調理担当の女子高生が、作っている途中で破いて捨てるか何かしたのだろう。

「申し訳ありません」

ぺこぺこと三回ほど頭を下げ、すぐに作り直しを提供することと、その代金は不要なことを申し出た。そこまでは小康状態だったが、次回五百円引きのサービス券を二枚テーブルに置こうとしたところで、なぜか突然噴火した。

「ばかにしてんのか、てめえ。二度と来るかよ。こんな店」

殴られるかと思ったが、男はテーブルに置いたサービス券を通路に放り投げ、女はふんと鼻先で笑いながら出て行った。その背中にもう一度「申し訳ありませんでした」と頭を下げた。

近くに座っていた親子連れの五歳ぐらいの男児がサービス券を拾ったので、親には見られないように睨みつけ、力ずくでむしりとった。

かかわったバイト二名をキッチンに呼んだ。

「まず、おまえ」調理担当の女子高生の顔を指差す。「これ、食ってみろ」

レシートがのぞいている面を向けて突き出した。女子高生はのけぞるようにして、顔をゆがめた。ただそれだけで、すみませんでも気をつけますでもない。

「それにおまえ」こんどはフロア担当を睨む。「出す前にチェックしろって言ってるだろうが」

こちらはうつむいて、やはり反応がない。

「聞いてんのかよ」

調理場の壁を蹴《け》る。ごすんと音がして、足の裏に痛みが走った。

「――おまえら、頭ん中に蛆《うじ》でもわいてんじゃねえか。頼むからさ、いっかい塩素消毒してくれよ。なあ。おまえらみたいなバカの後始末はうんざりなんだよ」

ため込んだマグマの量からすれば、爆発と呼ぶには程遠い。水蒸気を少し噴き上げただけのつもりだったが、いきなりフロア担当の女子高生がめそめそ泣きだした。

もちろん、反省してのことではないとわかっている。叱られた自分が可哀想なだけだ。「わたしが作ったんじゃないのに、どうして叱られるの」と思っているはずだ。どうせこのあとすぐ、ＳＮＳで客や琢磨の悪口を拡散するのだろう。

ばからしくなって、もう一度、こんどは少し加減をして壁を蹴飛ばし、説教をやめた。

それから三十分もたたないうちに、また同じフロア担当が、こんどはテーブルに置くときに皿から落ちたポテトフライを、とっさにつまんで皿に戻した。

責任者を呼べ保健所に通報すると烈火のごとく怒っている六十過ぎの男に、さっきのカップルが受け取らなかった千円分のサービス券を渡して、なんとか収めた。

ポテトフライおやじを見送ったあと、無言でキッチンに入り、ふたたび壁をスニーカーの裏で蹴った。ごすん、と鈍い音がして、さらに足の裏が痛くなった。調理場の空気が固まる。

おまえら、と喉まで出かかった言葉を飲み下した。こんど噴火したら、水蒸気ぐらいでは済まないかもしれない。蹴飛ばす相手も壁ではないかもしれない。責任問題などは気にならないが、あまり叱るとこのままぷいっと帰ってしまうかもしれない。そうなると、自分にしわ寄せがくる。

今日のシフトで、さすがにこれ以上人数が減っては、仕事にならない。

今はどこのファストフード店も人手不足だ。低価格競争から脱落しないためには、材料費と人件費を抑えるしかない。特にここの『ヘブンズダイナ』は、通勤的な立地が悪い上に、法律ぎりぎりの時給で募集するから、集まってくるのはほかで採用されなかったような、できの悪い高校生かニートくずればかりだ。

たとえば、調理したものを絶対に指で触るなと指導する。「だったらどうして手を消毒するんですか」と訊き返すのはまだましなほうだ。中には「どうせ食べるとき指でつまむじゃん」とうそぶくやつもいる。オムレツの形が崩れていても「どうせ、食べるとき崩すのに」だし、焦げたフランクフルトは「生よりマシじゃん」だ。

うんざりだった。

そもそも、社員でも、店長でもないのに、どうして自分ばかりこんな損な役割なのか。バイトリーダーなどというそれらしい肩書をもらって、時給にたった二十円上乗せされただけで、店長の身代わりをさせられたらたまらない。

プレーリードッグ並みの脳味噌《のうみそ》しかない連中のめんどうを見ながら、六百八十円のランチにケチをつけるやくざ気取りの客の相手をさせられて、時給千円に届かないのだ。政府の経済政策が悪いとか、企業の内部留保がいかんとか、そういうレベルの話じゃないだろうと思う。

そもそも、店を琢磨にまかせきりで、どこかで油を売っている店長に一番腹が立つ。あまり腹が立つので、どす黒く濁ったフライヤーの油をそこらじゅうにぶちまけて、仕事を放り出して帰ろうかと思った。

こんなことなら、最初に就職した会社で我慢しているほうが、どれだけましだったかわからない。

「二度と来るかよ、こんな店」

この世界でそれを一番叫びたいのは、たぶんこの自分だ。

早出シフトだったので、午後四時に仕事が終わった。

早めに終わったからといって、新宿《しんじゅく》だとか渋谷だとかまで出て遊ぶ金はない。パチンコなどもってのほかだ。かといって、漫画喫茶も興味がない。

少し回り道になるが、最寄りの私鉄の駅まで出て、コンビニで雑誌を何冊か立ち読みし、近くのスーパーで安売りのチューハイとカップ麺を買って、アパートに戻った。

車通りから路地に入って住宅街を進むと、いかにも「土地を遊ばせておくよりはまし」といった風の、やる気の感じられない駐車場が見えてくる。その角を曲がり、細い私道を二十メートルほど進んだ突き当たりに、琢磨が暮らすアパートはある。ちなみに、全部で六部屋あるアパートよりも大きな大家の母屋は、そのさらに奥にそびえている。もとはこの場所に、蔵でも建っていたのかもしれない。

アパートの郵便受けに、数枚のチラシにまじって封書が一通入っていた。

差出人を見て鼓動が速くなる。

だがその胸の高鳴りは、急速に静まってゆく。

表書きを見ると速達でも書留でもない。それに、ずいぶん薄いからだ。

それでも一縷《いちる》の望みを抱いて、部屋に入るなり指先で封を切った。

《――このたびはご希望に添えなかったことを深くお詫び申し上げますとともに、小田切琢磨様の今後のますますのご活躍をお祈り申し上げて――》

暗唱できるほど見慣れた言い回しが並ぶ。やはり不採用通知だった。

「ちぇっ」

学生時代に就職活動をしていたときも、不採用通知――正確には「次回の面接には来なくて結構です通知」――を何通も受け取った。あのときもがっかりはしたが、周囲の学生のほとんどが同じような境遇にいて、どっちがたくさん落ちたかを競う雰囲気さえあった。どこかゲームのような感覚を持っていた。

それが、気づけばもう三十歳だ。

こっちは、ばからしくてやっていられるかと、何もかも投げ出したくなる気持ちをどうにか奮い立たせて、筆記試験や面接を受けているのだ。それを、こんな血の通っていない通知一通で絶縁宣言されると、人格を否定されているような気がしてくる。

いや、気のせいではない。人格を否定されたから不採用なのだ。

「ばかにするんじゃねえよ。潰《つぶ》れちまえ」

丸めてゴミ箱に投げ入れた。

就職活動などとっくにうんざりだが、このままティーンどもにまじってバイトリーダーを続けるわけにもいかない。かといって、中途半端にデスクワーク系のバイトになどついたなら、同世代やへたをしたら年下の正社員たちから、コピーを取れだとか荷物の発送をしろだとか、あごで使われるだろうことは目に見えている。

「くそっ」

安物のベッドに、仰向《あおむ》けに倒れ込んだ。

「辞めなきゃよかったかな」

安っぽい化粧板の天井を睨みながら、ひとり言を漏らす。大学卒業以来、すでに四回仕事を辞めている。四度とも、我慢できずに自分から退職願を書いた。

新卒で入った会社は、大手家電系列の部品メーカーで、営業職だった。やはり、新卒で入っただけあって、ここが一番よかったような気がする。営業といっても顧客は固定的で、いわゆる飛び込みセールスのようなことはない。仕事にあまり不満はなかったのだが、直接の上司である係長がとてつもなく嫌みなやつで、職場の皆がいるまえでよく琢磨をあざ笑った。

書類の不備やアポの取り方などで、あらさがしのようにねちねちと説教をするのだ。琢磨としては、新人なのだから最初から仕事が完璧にこなせるわけがないと主張したかったが、覚えが悪いとか機転が利かないとか、しまいには面接書類か何かの手違いで入社したんだろう、などと言い出した。

この係長のもとで半年ほどは我慢したのだが、秋の異動の歓送迎会の席で「うちのお荷物も異動しないかね」などと赤い顔で嫌みを言われ、少しだけ気があった事務の女子社員にも笑われ、とうとうぶち切れた。

「だったら辞めてやるよ」

グラスに残っていたビールを係長の顔に浴びせかけて席を立った。そのまま二度と会社には顔を出さなかった。総務からしつこく連絡が来たので、しかたなくワープロ打ちした退職届に署名捺印だけして返送した。

次は大手の事務機販売・リース会社にもぐりこめた。支店採用とはいえ一部上場の企業だ。こんどこそ続くかと思ったが、ペーパーレスの荒波が押し寄せ、コピー機、複合機の需要が急激に落ち始めた。給与は下がり、ノルマは上がり、やはり上司と喧嘩《けんか》して辞めた。

よかったのはそのあたりまでだろうか。その後、二社勤めて二社とも辞めた。早いもので、アルバイト生活になってすでに三年近く経つ。学生時代まではそこそこにモテたような気もするのだが、自分に自信がもてないせいか、最近さっぱり縁がない。

ため息をついたら、ベッドの硬いスプリングが、ぎしぎしと鳴った。

テーブルに置いたスマートフォンに着信があった。

どうせまた母親だろうと思って、のんびり起き上がり、画面を見た。同い年の従妹、小谷《こたに》沙帆里《さほり》からだ。

「あ、おれ。久しぶり」

〈もしもし、あたし、沙帆里。今、話せる？〉

「いいよ。ちょうど暇してたとこ」

端末を耳に当てたまま、ふたたびベッドにごろんと寝転んだ。

〈あたしさ、東京行こうかと思って〉

「何、また旅行？」

沙帆里は結婚して——正確には「していた」だが——地方都市に住んでいる。去年の六月、東京へ泊まりがけで遊びに来たことがあった。琢磨はバイトの時間をやりくりして、ほぼ丸二日つきあってやった。

〈違う違う。そっちで働こうかと思って〉

「役場は？」

沙帆里は町役場に勤める公務員だ。

〈なんだか、仕事も人間関係もなんもかんもつまんなくなって〉

「贅沢《ぜいたく》だな。替わってほしいよ」

本音だった。地方都市の事情は知らないが、都心の公務員一般職などは、びっくりするほど激しい競争率だ。

そのあとしばらく、沙帆里の愚痴につきあった。閉鎖的な人間関係と刺激のない町でいかに飽き飽きしたかについて。

「まあ、なにはともあれ、旦那《だんな》が死んだばっかりなのに、元気そうだな」

言ってしまってからまずかったかなと思ったが、沙帆里はまったく気にしていないようすだ。

〈あんまり大きな声で言えないけど、むしろせいせいしているし〉

「死んでどれぐらいだっけ？」

〈明日で三か月かな〉

「保険金、入ったんだろ。入るって言ってたよな」

〈それがさ、保険屋がぐずぐず言ってさ。まだなんだよね〉

「まじ？　払い渋ってるの？」

〈たぶんね。でもさ、なんも事件性なんてないし、『弁護士に相談する』って言ってやったら態度が変わったから、そろそろもらえそうだし、そうしたらその金持って東京行こうかなって〉

　ややハスキーな沙帆里の声を聞くうち、下半身がむずがゆくなってきた。

沙帆里の、やや外側に向いた豊かな乳房、薄い唇から笑うとのぞく左の八重歯、その口でくわえてもらったときの、ねっとりとした舌の感触がよみがえったせいだ。

〈そしてさ、こざっぱりしたマンションでも借りて――〉

「いいねえ」

　適当に相槌《あいづち》を打ちながら、スウェットとパンツをずり下げた。七割ほど硬くなったものがぽろんと飛び出た。スマートフォンを左手に持ち替え、硬くなりかけのそれを右手でさすった。

〈ねえ、聞いてる？〉

「ああ、聞いてる。――なあ、そのうちとかじゃなくて、明日とか来ないか。役所なんていつでも休めんだろ」

〈休めるけどさ〉ふんと鼻で笑う気配があった。〈もしかして、たまってるの？〉

「そんなこともない」

〈そっち行ったら――。ふふっ、楽しみにしてな。それじゃ〉

「んじゃ」

通話を終える寸前に沙帆里が何かいいかけたようだが、どうせ下ネタだろう。

琢磨は、沙帆里の体を想像して中途半端にその気になったことを後悔しつつも、去年の六月に寝たときのことを思い出しながら、右手をせわしなく動かした。

2

翌日、ランチタイムの波が引いたころ、幽霊に足が生えただけのような元気のないフロア担当の女が、琢磨の袖《そで》を、くいくいと引いた。

今日の昼間のシフトに入っている、二十代後半の女だ。その都度名札を見ないと名前すら覚えられないほど、影の薄い存在だ。

無視もできず何か用かと問うと、怒っている客がいるから一緒に謝ってくれと言う。

店長はいないかと見回したが、例によって肝心な時に姿はない。

今ちょっと手が離せないからと断ったら、突っ立ったまままめそめそ泣いている。実はこの女は「一緒に謝ってくれ」の常習犯なのだ。

しかたなく付き添って行くと、三十を少し超えたあたりに見える、肉感的な女がいた。ひとり客のようだ。

幽霊女が琢磨の後ろに隠れてしまったので、しかたなく琢磨が事情を聞くはめになった。

「申し訳ありません。何か不都合がございましたか」

「なんだか、大げさになっちゃったわね」

女が笑った。

事情を聞けば、たいしたことで怒っていたわけではなかった。食後に頼んだホットコーヒーが、食事の途中にレモンティーになって出てきたと言う。怒っているというより、訂正を求めたのに、幽霊女にまったく話が通じないというか、話を聞こうとすらしないことにあきれていたのだった。

「こちらはお下げして、食後にコーヒーをお持ちします」

「よろしくね」

二日後のことだ。店内を見回っていると、向こうのほうで手をあげた客がいた。店員を呼んでいるのだ。いやな予感がして、視線をあわせずに周囲を見回したが、自分しかいない。しかたなく近づいて行くと、あの肉感的な女だった。

「いらっしゃいませ。先日は失礼いたしました」

「あれ、覚えていてくれたんだ」

「はい」

もちろん、相手によりけりだ。それに、たとえ覚えていたとしても、知らんぷりしたい客がほとんどだ。

女は微笑みながら、この店で一番高いメニューの特選サーロインステーキとサラダ、それに〝食後のコーヒー〟を注文した。

「コーヒーは食後ですね」琢磨が復唱すると、女が微笑んだ。

「あなた、店長さん？」

「いえ違います」

「そう、変わってるわね」

「はあ、何がでしょうか」

女は、フロアの向こうの奥に見える、幽霊女をあごで指してこう言った。

「自分のせいでもないのに一緒になって謝るのって、ストレス溜《た》まるでしょ」

はあ、まあ、と苦笑する。

「それともお人よし？」

「さあ、よくわかりません」

「家はこの近く？」

「すみません、仕事中なので」

「じゃあ、いつ終わるの？」

「四時です」

つい正直に答えてしまった。女は時計を見た。

「あと一時間もないじゃない。じゃあ、今の料理はキャンセルして。コーヒーだけでいい」

「はあ」

「もっと美味《おい》しいもの食べに行きましょ」

あとにも先にも、女からこんなふうに誘いを受けたことはない。

期待が三割に不安が七割だったが、気もそぞろなことに違いはない。それからの一時間、めずらしく皿を一枚割り、コロッケをふたつ焦がした。ふだんばかにしている女子高生が鼻で笑うのを見た。

琢磨が駐車場に行くと、短くクラクションが鳴った。女は白いＢＭＷで来ていた。

「どうも」

「乗って」

女が助手席に軽く顔を振った。高飛車な態度だが、なぜかあまり腹は立たない。もちろん、無視して背を向ける選択肢もある。だが女は、琢磨に断らせない香気のようなものを発していた。

それに何より、琢磨自身、もう一年近く女性との接触がなかった。去年の六月に沙帆里と会ったときに、一泊二日で三回やったのが最後だ。

話があまりにうまいので、これが話に聞く美人局《つつもたせ》かとも思ったが、自分には金も地位も売りになるような特技も秘密もない。なるようになれと思って、助手席に座った。近くで女の匂いをかいだけで、股間《こかん》に血流が集まるのを感じ、さりげなく、使い込んだショルダーバッグを置いて隠した。

そのまま渋谷駅の近くまで連れて行かれ、パーキングに車を置き、ごみごみした路地の地下にあるレストランへ入った。

『ヘブンズダイナ』のメニューよりゼロがひとつ多い料理をアラカルトで注文し、赤ワインをボトルで注文する。

女はサトウミサキと名乗った。どういう字を書くのか尋ねると、笑って答えなかった。年齢は琢磨より「少し上」と言った。

「じゃあ、ミサキさんと呼べばいい？」

「お好きに」

食事のあいだは、問われるまま仕事のことを話した。下品な客やばかな女子高生店員の話を、多少尾ひれをつけて話すと、ミサキは喜んで聞いていた。調子に乗って、実家のことや転職の遍歴など、プライベートなことも話していた。

あっという間に二時間ほどが経ち、もう食えないというほど腹に詰め込んだ。

「食べた？」

「三年分ぐらい」

「じゃあ、行きましょうか」

どこへとも聞かずしばらく後をついて行くと、いつのまに予約したのかシティホテルへ入った。

「シャワー浴びてからでいい？」

ジャケットを脱ぎながら、ミサキが訊いた。

フロントを抜けるころから、股間のふくらみはショルダーバッグでも隠しきれないほどになっている。

「ええと、これって――」

「大丈夫よ。怖いお兄さんが中から現れたりしないから」

そう言って、クローゼットの扉を勢いよく開けた。思わず身構えたが、中は空っぽだった。

「でも、いいんですか。なんていうか、初めて会ったのに」

「二度目でしょ」

「ああ、たしかに」

こんなところまでついて来ていながら、なんだか間が抜けたやりとりだと、自分で気づいた。それ以上、よけいなことを言うのはやめた。

ミサキが先にシャワーを浴びるあいだ、部屋の中をざっとチェックした。

まだ完全に信用したわけではない。話がうますぎる。隠しカメラでもあって、あとで脅されたりしないだろうか。自分はしがないフリーターだが、父親は一応大手の印刷会社に勤めている。しかし、役員まで上り詰めるほどの出世コースではないようだし、たいした貯金もないはずだ。

まだ一部分だけ冷静さが残る頭で、そんなことを考える。

しかし、怪しい物は何もみつからず、あきらめてベッドに腰を下ろしたとき、ミサキが出てきた。

うすいベージュ色の、ふわふわしたバスローブをまとったミサキの姿を見たとき、そのまま裸に剝《む》きたい衝動に駆られたが、「シャワーを浴びてから」のことばを思い出して、こらえた。

人生でもっとも手際よく体を洗い、体の雫《しずく》もまだ完全に拭《ぬぐ》えていないうちから、ミネラルウォーターを飲んでいるミサキを押し倒した。唇を押し付け、歯をこじ開けるとミサキのほうから舌をからませてきた。言葉もなく、夢中になってバスローブのベルトをほどく。

「痛い。乱暴にしないで」

返事もせず、ローブの前を開いた。思ったとおり、ミサキは下着をつけていなかった。おおいかぶさるようにして、横になってもまだ膨らみを保っている胸に吸い付いた。

「皮膚が弱いから、歯は立てないで」

ミサキが耳もとでささやいた。

同世代の話を聞く限り、女性経験は平均より多いほうだと思っていたが、ミサキの前ではまるで初めてのときのようにぎこちなくなってしまった。最初にむしゃぶりついて、されるがままのミサキの体を何か所か舐めまわしたあとは、完全にミサキに主導権を握られた。しかし、不満はなかった。

　ミサキの体は、これまで出会った女の中で、最高だった。全体に柔らかく肉感的なのだが、太っているという印象ではなく、ぎゅっと抱きしめると、それを全身で跳ね返すような弾力があった。

「着けてね」

　いよいよ覆いかぶさろうとしたときに、冷静な口調でそう言われた。少しだけ興醒《きょうざ》めの気持ちもあったが、それがマナーだろう。ベッドサイドのテーブルに小さな四角い包みが載っていた。シティホテルでもこんなふうに用意しておいてくれるのか、知らぬ間にミサキが用意したのか、ラブホテルぐらいしか使ったことのない、琢磨にはわからない。

　そんなことはどうでもいい。大急ぎで、しかし中身まで切ってしまわないように注意して、袋を破いた。

「わたし、ひと目見てピンときたのよ。この子、悪い子じゃないって。そして、わたしの言うことときいてくれるって」

　ふふふっと笑う。

琢磨は口を開くのも億劫《おっくう》になっていた。ミサキの中で三回果てた。さすがにホテルに、それもシティホテルに、そんなに避妊具が置いてあるとも思えないから、やはりミサキが用意してきたのだろう。それとも、いつも持ち歩いているのか。

「きみも満足したでしょ」

「うん」

答えて、そのまま眠りに落ちた。

何かの気配で目が覚めた。女が身支度をしている。デジタル時計を見ると、時刻は午前一時近い。

「どうしたんですか」

「わたし、帰るから。きみは泊まっていいよ」

「車はどうするんですか」

「運転代行頼んだから。それとここは現金でデポジットしてあるから、朝になったら精算して。おつりはあげる」

「ええと」

よほど不安そうな表情をしていたのかもしれない。女はぷっと噴き出した。

「大丈夫よ、踏み倒したりしないから。まだ信用できない？」

「いえ、そういうわけじゃ」

あわてて手を振ると、女はくすくす笑いながら身を屈《かが》め、琢磨の額にキスをして部屋を出ていった。

電話番号も聞いていなかったことにようやく気付いた。

3

次にミサキが店にやってきたのは、いきなりホテルに行った一週間後だった。

勤務の終わりぎりぎりにやってきて、コーヒーだけを飲みながら、琢磨の仕事が終わるのを待っている。しかし、この日はBMWではなくタクシーで来たらしく、琢磨が終わると別の車を呼んで、そのまま新宿に出た。

「あの幽霊みたいな女の店員はまだいるの？」

「います」

「たいへんね」

ふだん、あまり車に乗る機会のない琢磨は、どこをどう走ったのかよくわからなかったが、ふと気づけば車窓の向こうに、都庁の双子のビルがそびえたっていた。

都庁からも近い、高層ビルの三十何階かにある店で、霜降り和牛のしゃぶしゃぶをごちそうになった。生ビールとワインとウィスキーを飲んで、肉は二人前食べた。食事を終えると、そのままるで決まりごとのように、歩いてホテルに向かった。

ミサキがチェックインするのをロビーで待ち、エレベーターに乗り、十九階のボタンを押すのを黙ってみていた。内心は疑問でいっぱいだった。

部屋に入るなり、切り出した。

「あの、やっぱり訊いちゃうけど、これってどういうことですか」

「どうって？」

冷蔵庫からミネラルウォーターのボトルを出したミサキが、琢磨に視線を向けた。

「なんていうか、お金、ないですけど」

口に出してしまってから、なんと気の利かないことを言ったのかと胸の内で唇を噛《か》んだ。ミサキも口角を上げて笑った。

「お金なんていらないわよ。そんなこと、言ってないでしょ」

「でも、なんていうか。話が出来すぎっていうか。どうしておれなんかと？」

ミサキはスツールに腰を下ろし、ボトルに口をあて、ひと口飲んだ。

「そんなに自信ないの？」

「そういう問題じゃなくて……」

「だから最初に言ったじゃない。この子、悪い子じゃないって思ったから。相性みたいなものね」

出会ってからの会話で、聡明《そうめい》な女だと感じていた。だから理詰めの答えが返ってくるものだと思っていた。

一時の気晴らし、現在の、たとえば金だけはあるが老いたパートナーに対する当てつけ、あるいは最初に思ったように、琢磨自身ないしその家族への脅迫もありえなくはない。しかし「相性」と言われてしまうと、切り返しようがなかった。

最初のときと同じように、先にミサキがシャワーを浴び、琢磨がそれに続き、ベッドで待つミサキのバスローブをはぎ取った。

二度目の今回は、いくらか気持ちに余裕ができた。ミサキの感じる場所やそれを愛撫《あいぶ》する力加減などが多少わかってきたので、反応を確かめながら前回より長めに攻めた。

来て、と言われてそのまま押し入ろうとしたが、避妊具はしっかりと着けさせられた。

ミサキは鼻にかかった声を上げたが、どこまで本当なのか、たしかめる余裕はなかった。

疲労感と充足感、それにいくばくかの厭世《えんせい》感がまじった気分でベッドに横になっていると、ミサキが飲みかけのペットボトルから、水を少し琢磨の胸に垂らした。

「あ、冷てっ」思わず上半身を起こす。

それを見て、ミサキがふふっと笑った。笑ったが、なぜか瞳が無機質な冷たさを帯びているような気がした。

「ねえ、こんどの休みに買い物に付き合って」

「いいけど。何買うの？」

「自分へのプレゼントかな」

ミサキはバッグを買いたいと言った。

「何軒かはしごするから覚悟してね」

「了解です」

数日後に、新宿の南口で待ち合わせた。

ミサキと顔を合わせるのはこれで三度目だが、いつも平日だ。しかも曜日がまちまちだ。どんな仕事をしているのか気にかかるが、何度訊いても、仕事をはじめプライベートなことは教えてもらえない。金の遣いかたを見ていると、普通の勤め人ではないだろうと思う。大会社の社長の愛人か、あるいは夜の商売でばりばり稼いでいるのか——。

別にいいじゃないか、と自分に言い聞かせる。金は向こうが払うんだし。

ミサキは、自分用にブランドもののハンドバッグを買い、琢磨にもその半分ほどの価格のショルダーバッグを買ってくれた。

「あまり高級品だと、バッグだけ浮いちゃうからね」

たしかに、と頭を掻《か》いた。そのあと、家具コーナーに連れて行かれた。

「家具でも買うの？」

「ねえ、このテーブル、どう思う？」

《訳あり品処分セール》と札がかかっている。それでも二十万円を超えている。元値は三十万以上だ。

「いいんじゃない」

よく見もせず答えた。縁のない世界だ。

「少し大きいかな」

「どこに」

「あなたの部屋よ」

「ええっ、どういう意味」

「言ったとおりの意味だけど」

いつのまにか寄ってきた男の店員が、すぐ脇でもみ手をしながらそのやりとりを聞いている。

「おれの部屋にはでかいよ。それに、ひとつ持ってるし」

九百八十円で買った、脚が少しぐらつくテーブルだが。

「でも、色合いとか大きさとか気に入ったのよね」

「こちらは良い品でございますよ」

店員が口を挟む。

「天板は無垢《むく》材みたいね」

「さようでございます。ウォールナットの無垢材です。オークよりは多少お値段が張りますが、木目や手触りが良いとおっしゃるお客様が……」

「いいわねえ」

愛《いと》おしそうに天板をさすっている。

「まじで買うの？」

「そうしようかな」

「おれの部屋に？」

「大切に使ってね」

「ありがとうございます」

一週間ほどでテーブルは届いた。

ほかに部屋にある、家具らしい家具といえば、琢磨自身がリサイクルショップで買った一万二千円のベッドと、買い足すうちに五個にも増えたカラーボックスぐらいだ。あとは立ち上がりにやけに時間がかかる外国製の液晶テレビがひとつ、横に寝かせたカラーボックスに載せてある。

大げさなテーブルより、まずは寝心地のいいベッドが欲しかった気もする。

テーブルが搬入されたその日に、ミサキが琢磨の部屋までやってきた。初めてのことだった。

「ライト消して」

ミサキに言われ部屋を暗くし、狭いユニットバスでシャワーを浴びた。

五月も終わりに近い。暑すぎず寒すぎず、エアコンに頼らずに過ごせる陽気だった。

オレンジ色のスモールライトだけをつけ、琢磨のTシャツとパンツを借りたミサキが、テーブルにひじをつき、リモコンでテレビのスイッチをオンにした。何かのドラマが映った。琢磨はその背後から胸をきつくつかんだ。ミサキは身をよじるようにしてチャンネルを変える。こんどはバラエティ番組。そしてBSに切り替えた。

アメリカのニュース番組らしいチャンネルで停まった。画面からこちらを覗《のぞ》かれているようで、なんだか興奮する。ミサキも同じかも知れない。琢磨はテーブルにつっぷしたミサキに覆いかぶさるようにして、右手を自分が貸したボクサーパンツの中に押し込んだ。

「うっ」という声が漏れた。

ミサキはテーブルに頬を押し当てたまま、されるがままになっている。このまましてもいいのか、と思った。ベッド以外の場所でするのも初めてだ。Tシャツをたくしあげ、パンツをずりおろし、珍しくされるがままになっているミサキを後ろから貫こうとした。その直前に、ミサキが「着けて」と言った。

「ねえ」

テーブルに仰向《あおむ》けになったミサキが、息を荒くしながら訊いた。

「なに」

床に寝転がった琢磨も似たような息遣いだ。

「テーブルでこんなふうにすると、何か思い出さない？」

「何を」

「昔のこと」

「昔？」

「ずっと昔」

「わかんない」

ほとんど体勢も変えずに一度も果てたあとだったので、そんなことはどうでもよかった。

どれくらい時間が過ぎたか、荒れた息も収まり、何もしたくないようなけだるさを感じながら、上半身を起こすと、テレビの画面が目に入った。どぎつい化粧をした白人の女のニュースキャスターが、猛烈に早口の英語で何かしゃべりながらこちらを睨《にら》んでいた。

背景の映像は、空爆か自爆テロかわからないが、ぐちゃぐちゃに壊れたビルの残骸《ざんがい》だった。中東関連のニュースかもしれない。

画面の中のきつい化粧の女に「あんたたち、こんなときに何やってんのよ」と叱られている気がした。

「なあミサキさん」

ベッドのはしに腰を下ろして声をかけた。「ミサキ」がどんな字を当てるのか、いまだに知らない。

「なあに」

ミサキも体を起こし、そのままテーブルの上にぺたりと尻《しり》を置いた。テーブルには、ファンデーションと汗の跡がべっとり残っていた。

「ミサキさんて、結婚してるの？」

「いまさら、どうしてそんなこと訊くの」

「わからない」

なんとなくそんな気がしたのだ。結婚指輪はしていないが、夫かそれに近い関係の男がいそうな気がする。

「なんで、おれとつきあうの」

「暇つぶしかな」

「そう言うと思った」

ミサキが、そんなことより、と笑みを浮かべた。

「こんどは、きみがここに寝てみて。仰向けに」とテーブルを指す。

「もう少し休ませてよ」

「いいから」

しかたなく、ごろりと仰向けに寝た。

「なんだか、変な気分だな」

いつのまに持ち出したのか、四千円足らずで買ったスーツロッカーにかけておいたはずの、琢磨のネクタイを何本か手にしている。

「それで何するつもり？」

「もう少し、いいものをつけないと、安っぽい人間に見られるわよ。――いいから、じっとしていて」

そう言いながら、上半身を起こしかけた琢磨の胸に手を当てて、テーブルに押し付けた。「手を下に回して」

言われるとおりにすると、あっというまに、テーブルの下で琢磨の右と左の手首をネクタイで結びつけてしまった。普段からこんなことをやっているのかと思うほど手際がよかった。

「おれ、こういう趣味はないんだけど」

口ではそう言いながらも、期待も半分あった。

「どんな気分」

「なんだか、征服されたような気分」

「ふうん」

「どうするの？」

「いいと言うまで目をつぶってて」

そう言いながら残ったもう一本のネクタイで、目隠しをした。言われたとおり、そのままじっとしていると、身支度をするような気配がした。

「ねえ、何している？」

「ちょっと待って」

それから一分と経たないうちに、玄関から誰かが出て行った。もちろん、ミサキしかいない。置き去りにされるのか。

「ねえ、ちょっとミサキさん」

手をねじってネクタイから引き抜き、身体を起こしながら目隠しをはずした。

やはり、部屋にミサキの姿はなかった。

「なんなんだ、いまのは」

素っ裸でテーブルの上に尻を落としたまま、つぶやいた。

4

暦は六月になったが、何も変わらない。

相変わらず就職はできていないし、バイトの顔ぶれもかわらない。あの女とアパートでやってからまだ数日しか経っていないが、ずいぶん間が空いた印象だ。そろそろ、もやもやが少し溜《た》まってきたので吐き出させてほしい。

そんなことを考えながら、店のフロアを歩いていて思わず声を上げそうになった。

サトウミサキだ。しかも連れがいる。

男とふたりで席に座っている。あまりに突然だったので、他人の空似かとしばらくみつめてしまった。ミサキのほうでも琢磨の視線に気づいたらしく、こちらを見た。

ところが驚いたことに、ミサキは何の反応も見せずに、琢磨の存在を完全に無視して、目の前に座る男に視線を戻した。ミサキは何か楽しそうに話している。どんな男なのかと見れば、冴《さ》えない中年だ。髪が薄いので老けて見えるが、もしかすると四十そこそこかもしれない。

なんとなく、男に見おぼえがあるような気がしてきた。気になりだすとますます気になる。そばを通るたびにちらちら見ていたら、とうとう男のほうでも気づいたらしく、琢磨を見返してきた。まるで喧嘩《けんか》を売るように睨んでいる。

こんなおっさんと喧嘩をしても負けるとは思わなかったが、仕事中なので我慢した。目を伏せて、そのまま厨房《ちゅうぼう》近くの待機所に戻った。

《さっきの、どういうこと？》

メールアドレスを教えてもらっていないので、ショートメッセージを送った。

返事は来ない。無視かよとますます腹が立つ。そのうち、急に客が入りだして、厨房は大忙しになった。あたふたしているうちに、いつしかミサキと中年男の姿は消えていた。

「リーダー」

青いカラコンの扁平《へんぺい》顔の女が、妙に間延びした声で琢磨を呼びに来た。いつもと変わらず、かったるい口調だ。

「なに」

琢磨はきょうもまた、安っぽいコロッケを揚げている。頭の芯《しん》が重いし、胃がむかむかする。ほんとうはサボりたいが、替えの人間がいない。

ゆうべはあの女、サトウミサキのことを思い出しているうちに、もやもやが治まらなくなって、買いだめしてある度数の高い缶チューハイを三本も空けてしまったせいだ。この店で変な男と一緒にいるところを見かけ、無視されてから、すでに二週間が経っている。

「客が怒ってんですけどー」

またそれか。

「責任者はいないって言ってくれよ。この状態みりゃわかるだろ」

腕で額の汗をぬぐいながら答える。今日は普段より混んでいる。客の入りには日によって波があり、気分の乗らない日や体調の悪い日に限って客はやってくる。

「でも、すっげー怒ってますけど。あれ、やばいっすよ」

ばかか。やばいなら、よけいに出て行きたくないだろうが。それに、今日の自分は導火線が短いような気がする。

「ほっとけよ。あばれたら、警察呼べ。あ、それより店長のスマホに連絡入れて、すぐに戻ってくれって」

店長はきょうもまた、開店して一時間ほど店内のチェックをしたら、「本部へ行ってくる」と出かけていった。まるっきりの嘘とは言わないが、半分ぐらいはサボっているだろうと睨《にら》んでいる。一度など、朝着ていたのと違う色のシャツで戻ってきたこともあった。

あの、くそぼけ野郎が。

「あたし、辞めようかな」

青い目の扁平顔が壁に背をあずけて、いきなりそんなことを言った。

「友だちが行ってるドンキのほうが、バイト料いいって誘われてるし」

行け、行け、とっとと消えてくれ。そう念じたら、コロッケがぷちっとはねた。頬のあたりに小さく痛みを感じる。

「あちっ、ちくしょう」

もうひとりのフロア担当である、幽霊女が戻って来た。なんだか知らないがめそめそしている。

フロアのほうからは怒鳴り声が聞こえてくる。子どもがぎゃあぎゃあ騒ぐ声が聞こえてくる。

くそっ、やっぱり来るんじゃなかった。

百万回ぐらい繰り返して、ようやく終わった。

きょうは変則で、早上がりのシフトだったのに、混んでいたので予定時刻の午後一時を一時間近くオーバーして、なんとか解放してもらえた。帰り支度をすませたときには、へとへとに疲れていた。

通用口から出ようとしたとき、幽霊女がすっと近づいてきて何か白いものを差し出した。折り畳んだ紙だ。不気味に感じたが、つい受け取ってしまった。外へ出て広げてみた。

《好きです》と書いてあった。めまいがした。

途中のコンビニで必要最低限の飲食物を買い、少し回り道して公園に寄った。

そこは、敷地がテニスコート二面ぶんほどの小さな公園で、今まで脇を通り過ぎることはあっても、ほとんど中に入ったことはない。適当なベンチをみつけて腰を下ろした。相変わらず蒸すが、雨は降っていない。午後の早い時刻のせいか、周囲にはひとっこひとりいない。くそ面白くもないが、早く帰ったところですることもない。

雨が降り出しそうな重い空を見上げて、そういえば、と思い出した。その後、沙帆里はどうしただろう。突然向こうから電話が掛かってきた数日後に、こちらから折り返してみたが繋《つな》がらない。どうしたのかと首を傾げていたら、沙帆里の親から、琢磨の親へ連絡が来たそうだ。

〈いなくなっちゃったのよ〉

沙帆里の奔放さを知っている向こうの親も、さすがに心配そうな口調だったらしい。だけど、あいつならやるかもな、と妙に納得する。念願の保険金が入ったので、急に旅行にでも出たのかもしれない。きょうあたり、ひょっこり顔を見せたりして——。

スマートフォンをいじりながらそんなことを考えていたら、突然電子音が鳴りブルブルと震えたので、驚いて手から落としてしまった。危ういところで膝《ひざ》を閉じて挟むことができた。

メッセージの着信だ。

《今夜、残念会しない？》

違った。沙帆里でも、ミサキでもない。

気楽な文面に、ビールジョッキの絵文字を添えて誘ってきたのは、友人の勝田《かつた》康平《こうへい》だ。

残念会というからには、やつもまただめだったのだろう。ふてくされている顔が目に浮かぶ。

飲みに行きたい気分ではない。《今日はパス》と返信しかけて、指を止めた。

このむしゃくしゃした気分をぶちまける相手には、ちょうどいいかもしれない。

「お疲れー」

康平が暢気《のんき》な声を上げ、それに合わせて生ビールのジョッキを鳴らした。

この店は『一杯目半額サービス』のシステムなので、最初だけ生ビールを頼み、二杯目からは安いサワーにする。

午後五時の開店と同時に入ったが、すぐに席が半分ほど埋まった。いつも『残念会』

の場を、池袋《いけぶくろ》にあるこの店にするのは、ふたりのアパートのちょうど中間あたりにあるということもあるが、肴《さかな》の質と値段が魅力だからだ。

　ほかの席に負けじと、速攻で五品ほど頼んだ。

「今年あたりも、新卒はずいぶんな売り手市場らしいな」

康平が、上唇についた泡を飛ばした。琢磨も同意する。

「おれたちぐらいの世代の中途採用が、いちばん厳しいんじゃないか」

「まだしばらくバイトの身か」

「それよりおまえ、懲りもせずにまた旅行関係受けて落ちたか」

　やつ当たり気味の琢磨の質問にも、上唇を濡らしたままの康平は、不快な顔もせず「そうなのよ」とうなずいた。学生時代はここまで親しくなかったが、一年半ほど前、ひょんなことから再会し、お互い同じ境遇にあることを知って、傷を舐《な》めあううちに気心が知れて来た。

「旅行業界、厳しいだろ」

　突き出しの煮ものをつつく。ごぼうに続き、鶏肉を皮は残して口に入れた。

「でも、あきらめきれないんだよなあ」

　しばらく愚痴を言い合ったあとで、康平が「そういえば」と話題を変えた。

「あの女どうした？　ほら、なんだか気前がいいとか言ってた女」

康平にサトウミサキを紹介したことはない。顔を合わせる機会もないので、多少話を膨らませて話題に出すだけだ。写真を見せてやりたい気もするが、なぜかミサキは写真を撮られることを強烈に嫌がった。「撮ったとわかった瞬間に、終わりだから」と、冷酷に宣言された。

だから、康平は顔も知らないのだが、琢磨の話から色っぽくて年上で気前がいい、ということだけは理解しているようだ。

向こうから接近して来て肉体関係を持ち、食事代もホテル代も彼女もち。二十万もするテーブルまで買ってもらったと聞き、まるで宝くじにでもあたったかのようにうらやましがっていた。

「それがな、ここんとこ連絡が取れないんだ」

二週間ほど前から連絡が取れなくなったことを話した。ほかの男とバイト先の店に来たあげく、無視されたことは言わない。

「まじか」

あまり心配しているようには見えない。

「なんか、唐突なんだよな。それが気になって」

「捨てられたんじゃないか」

痛いところを突かれた。

「そんなわけないだろ」

康平が最後の一個の枝豆をするっとすすって、皮を指先ではじいた。

「前に訊《き》いても教えてくれなかったけど、そのミサキとかいう女と、どこで出会ったんだよ。この際だから教えろよ」

「ああ、そうだな。こうなったら、もういいな。——店の客で来たんだ」

「店って、『ヘブンズダイナ』か？」

「まあな」

「へえ、あんな店にね」

「あんなで悪かったな。もう話さねえ」

「悪かった。黙って聞くから」

サワーで喉《のど》を湿して、琢磨はミサキとの関係を、いつもより具体的に話した。

多少の自慢を込めて、テーブルが届いた日に部屋でしたことの中身まで話すと、康平はよだれをたらさんばかりの表情になった。

「うらやましい。マジで世の中は不公平だな」

「まあ、たまたまだよ」鼻の脇を掻《か》く。

「しかし、そんなうまい話が裏もなく転がっているわけがない」

「それはおれも思った」掻いていた指先を下ろした。「だけど、ほんとに何も要求しないんだぜ」

「犯罪の臭いがする」

康平はそう言って、脇を通りかかった、揃いのハッピを着た女の店員に、サワーのお替りを注文した。「——今日はおまえ持ちだからな」

「ばか言うなよ」

琢磨も同じものを注文した。支払いはともかく、今夜はやけ酒だ。

「感情論で言えばだな、おまえみたいなやつは警察につかまって、三年ぐらい臭い飯を食って、ちょうどつり合いがとれる」

「ひとごとだと思ってそんなこというなよ」

琢磨は前かがみになって、声を落として気になっていることを口にした。

「でも、いやな予感はするんだ。だから……」

「へい、生レモンサワーお待ち」

「どうも。——もしもだぜ、あの女が犯罪にかかわっていたとしたら、そして、その金であのテーブルとか買ったんだったら、おれも何かの罪になるのか。だれか、法律とか詳しい人知らないか。なあ、おれ、どうしたらいいと思う？　テーブル、今のうちに返したほうがいいか」

「さあなあ。そんなことに使ったなら、もう手遅れじゃないか。まあ、びくびくしながら連絡が来るのを待つんだな。『こちら警察ですが、あなたサトウミサキさんの愛人ですね。テーブルは何に使いました？』——いい思いしたから自業自得だな」

ふだんは気のいい康平だが、あまりに幸運な琢磨の体験談を聞いて、少し意地の悪いことを言ってみたくなったのかも知れない。

その後さらに酒が回るにつれて、琢磨自身は、もうどうとでもなれ、という気分になってきた。仕事の疲れと話し疲れの相乗効果で、いつもよりも酔ったような感じだ。

康平と別れ、なんとか無事にアパートにたどり着き、郵便受けを見た。

またひとつ封筒が入っている。

指でつまんでもてあそびながら部屋に入った。

「はいはい、わかりました。どうせ、今後のご健闘をお祈りいたします、だろ」

ろれつがよくまわらない口で、そう言いながらも封を破いた。取り出した紙を広げ、しばらく眺めた。

「やった」

小さな声が喉から自然に出た。

練馬《ねりま》区にある総合病院の事務職の、中途採用内定通知だった。

5

レンジでチンした白飯パックに生卵を割りかけて、テーブルに置いた。店から持ち帰ったぱりぱり小梅も添える。

ゆうべ康平と飲み過ぎて少し頭が重いが、気分は晴れている。朝起きて、まっさきに内定通知を読み返した。酔って幻覚を見たわけではない。必要書類をそろえて、もう一度だけ最終確認の面接を受ければ、晴れて採用になる。

小梅を三つかじり、卵かけご飯をさらさらとかき込み、インスタントの味《み》噌《そ》汁《しる》で流し込むと、すぐに朝食は終わった。バイトに向かう。

開店して一時間と経たないうちに、幽霊女がグラスの水をこぼしたというので一緒に謝った。いつもなら罵《ば》倒《とう》するのだが、今日は優しい声をかけた。

「あせらなくていいよ。落ちついてやってみな」

変なメモではあったが、きのう好きと告白されたせいもあるかもしれない。しかし何より、内定通知の存在が心を広くさせている。

仕事の合間に母親に電話を入れて報告した。

〈あら、よかったじゃない〉

耳が痒《かゆ》くなりそうなほどのきんきん声で喜んだ。

〈病院なんて堅い仕事なんだから、やっぱり自宅から通ったほうがいいんじゃないの〉

またそれか――。

「でかい病院で、男の独身寮もあるから問題ない」

それより保証人の書類を送るから、署名捺《なつ》印《いん》をよろしくと一方的に告げて切った。

今日は店の残り物やコンビニの弁当ではなく、どこかで外食しようと思った。健康診断も必要らしいから、バランスのいい食事を心がけないとならない。ただ、時刻はまだ午後四時なので、いったんアパートに戻ることにした。

部屋でだらだらと時間を過ごし、そろそろ晩飯でも食いに行こうかと腰を上げかけたとき、ドアをノックする音が聞こえた。

インターフォンもあるのだが、相当に古く、ビョーッという、水の底で吹いたハーモニカのような音がするので、鳴るたびにどきりとしてしまう。ノックのほうがまだましだ。

このアパートには、管理人がいたりはしない。事実上誰でも入れる。だが、道路から奥まっているうえに、見るからに古ぼけているので、ふだんからあまりセールスの人間が入ってくることはない。

いぶかしんでいると、ふたたび遠慮気味のノックの音がした。

音をたてないよう注意しつつ、のぞき窓に目を当てる。

曇っている上に球形にゆがんだ視界のなかに、幽霊女が立っていた。

驚いてドアを開ける。

「何、どうした？」

「あの、いつも優しくしてもらっているから」

そう言って、洋菓子が入っているらしい袋を差し出した。

「いいよ、こんなこと」

「でも」

袋を差し出す幽霊女の、真っ白な枯れ枝のような指を見た。細い首や浮き出た鎖骨にも目がいった。ミサキと最後にしてからどれぐらい経つだろう。正直なところ、溜まっている。

「まあ、とりあえずあがりなよ」

　おどおどしているわりには、素直に靴を脱いだ。

「何か飲む？　って言っても、水か缶チューハイぐらいしかないけど」

「いいです」

　ローテーブルの前に正座して、身を固くしている幽霊女を観察した。

　何年前の流行かわからないジャケット、地味なブラウス、下はニットのスカートとハイソックス。男の部屋に勝負をかけに行く恰好《かっこう》かよと思ったが、その反面、擦れていないいじらしさも感じた。いたぶってみたくなった。

　いきなり女を羽交い締めにして、テーブルの上に押し付けた。頭に浮かんでいるのは、ミサキとの夜だ。

　女は「きゃっ」と小さな悲鳴を上げたが、抵抗はしない。ミサキと最後にやったときのとおりになぞった。ジャケットをはぎとり、ブラウスと下着をたくし上げ、ミサキに比べるとびっくりするぐらい平らな胸を乱暴にこすり、スカートをまくり上げた。もちろん、シャワーのことが頭をよぎったが、そのまま下着を引き下ろして、押し込んだ。

　余計なものは着けない。

「ひっ」とまた遠慮がちに声を上げたが、逃げるようすも痛がる気配もない。実は地味なふりをして結構遊んでいるんじゃないか。そんなことを考え、ますます乱暴にしてみたくなった。

わざと角度を変えたりきつく押したりしたが、女の声は悲鳴からあえぎに変わっていった。

一度シャワーを浴びさせ、今度はベッドで本当に幽霊のように白くて細い体にのしかかった。

幽霊女に手を出した翌日も、普通に出勤した。

彼女と顔を合わせるのは、なんとなく気まずい思いもあったが、仕事中は無視すればいい。

幽霊女のほうでは、また違うことを考えているらしく、いつもよりも琢磨のそばにいる時間が長いように感じた。

変な女に引っかかったかと少し後悔しつつも、仕事終わりに誘ってみると、嬉《うれ》しそうに部屋までついてきた。幽霊女は自分から積極的に何かをしないが、琢磨がしてくれと頼むことはなんでもしてくれる。何しろ〝タダ〟だからな、と自分を納得させた。

どれほど時間が過ぎたか、体も心もけだるく、ベッドに身を投げ出していると、幽霊女が脇からぴたりと張り付くように抱き着いてきた。

げっぷが出るほど済ませたあとなので、「もう帰れよ」と言いたいところだが、さすがに飲み込んだ。

しかたなく、どうでもいい会話をしているうちに、幽霊女が意外なことを言い出した。

「あの人に勧められたの」

冷たい陶器のような手のひらで琢磨の胸をさすっている。

「勧められた？　誰に、何を」

「ほら、あの女の人。前にわたしが、コーヒーと紅茶を間違えた人」

「ミサキさんが？」

思わず上半身を起こし、幽霊女の顔を見た。

「名前は知らないけど」

「話したって、いつだよ？」

幽霊女は、うふっ、とはにかむように笑った。

「きのう……」

「きのう？　きのう来たのか」

声が大きくなった。

「うん。琢磨さんが早番であがったあとにお店に来て、わたしを呼んで言ってくれたの。『小田切君のところに思い切って飛び込んでみなさいよ。向こうでも待ってるから。わたしが保証する』って、そんな感じ」

「あの人がそんなことを」

「わたし、迷ったんだけど、きのうの昼間、琢磨さんがすごく優しくしてくれたでしょ。それで、近くのお店でお菓子を買って、アパートに思い切って来てみたの。そしたらあの人の言うとおりだった」

細い体でぎゅっと抱き着いてきた。

何がどうなっている。

ミサキのことだから、気まぐれでふらっと立ち寄った可能性もある。しかし今回は、あえて琢磨のいない時間帯を狙って来た、という気がする。

「それから、病院に就職決まったのね。おめでとう」

「なんで知ってるんだよ」

「お母様と電話しているところ聞いちゃった」

肩をすくめてくすっと笑った。盗み聞きしていたのか。やっぱり不気味な女だ。

「わたしも、看護助手とか募集してたら、応募しようかな——」

まるで用済みになったから幽霊女に払い下げでもしたかのように、ミサキからの連絡は来ない。

6

中途採用ということもあってか、病院には、七月の中旬から勤務することになった。

勤務が始まる前に、少しマシなスーツを買おうと思った。

最近、幽霊女が休みのシフトまで琢磨に合わせて、何かにつけ会おうとしてくる。しだいにうんざりしてきた。もっとも、会えばやってしまうのだが。

きのうも「明日、めずらしく土曜のシフトが空きね。何してるの」となれなれしく訊いてきた。「スーツ買いに行く」と冷たく答えた。一緒に行きたそうだったが、暗に拒絶した。

池袋の紳士服専門店で買おうかと思ってアパートを出たが、中づり広告を見ると銀座のデパートで紳士服のバーゲンをやっている。見ればスーツ上下で一万九千八百円というのもある。予算内だ。せっかく正職員になるのだから、生まれてはじめて銀座で買ってみようかと思った。

地下鉄に乗っている途中で、幽霊女からメッセージが来た。《どこにいますか？》。しつこいやつだ。ここまでは追ってこないだろうと思い、本当のことを返した。《ギンザ行くところ》。ざまみろ、ついてこられないだろ。

久しぶりに来た銀座の街をふらふら歩いていると、向こうから近づいてくる女が琢磨の顔を見て笑っている。

ミサキだった。

「ど、どうしたの」

土曜に会うのは初めてだ。そして、何というラッキーだ。

「偶然ね。何してるの」

「ええと、就職するからスーツでも買おうかと思って」

「おめでとう。じゃあ、記念にわたしが買ってあげる」

腕をとられて、そのまま歩きだした。まるでこれまでの空白など存在しなかったかのようだ。中央通りの交差点を曲がり、さらに一本折れた道にある路面店に入った。完全オーダーメイドの店だった。


　スーツを注文し終えると、そのまま琢磨のアパートに帰った。食事もなしだ。

さすがに、こんな明るいうちからするはずもないかなどと思っていたら、ミサキがトートバッグから書類入れのような封筒を取り出した。細く白い指をその中に入れ、引き出したものをローテーブルに置く。一枚の写真と、Ａ４サイズの紙を綴《と》じたものだ。

「この写真を入手するのも、レポートをまとめるのもちょっと苦労した」

　ミサキは、レポートと呼んだ紙は伏せ、まず写真を琢磨の目前に差し出した。

「何、急に」

「見ればわかる」

　見た。

　これは——。

「まさか」

顔を上げてミサキを見る。ミサキが能面のように冷たい顔でこちらを見返している。

たしかに覚えがあった。だが、なぜいまごろこんなものが。しかもサトウミサキが自分に見せるのか。

「どこでこれを？」

「説明の必要はないみたいね」

ミサキが写真をしまい、こんどはレポートを上向けた。

「これに目を通して、納得したら署名捺印してくれる？」

ミサキが無表情に待っている前で、それを読んだ。

7

会話がないので、テレビのスイッチを入れた。

夏休み初日から、あちこちで交通事故が起きて、死傷者が出ている、というニュースをやっている。

へへっ、と笑ってやった。みんなと同じにしようとか思って、ちんけな車にぎゅうぎゅう詰めで出かけて、渋滞にはまったあげく事故ってりゃ世話ねえや。

〈――続きまして、おととい、大田区の多摩川河川敷近くのレンタルコンテナから見つかった、一部腐乱した女性の遺体についての続報です。依然としてこの女性の身元は判明しておらず、個人の特定につながる遺留品などもないことが警察への取材でわかりました。遺体は、死後一〜二か月は経過しているものとみられ、年齢は二十代から四十代、出産の経験はなく骨折などの痕《あと》もないということです。警察は引き続き、行方不明者の――〉

玄関のブザーがビョーッと鳴った。

「誰か来たみたい」

琢磨の脇腹にぴたりと張り付いていた幽霊女が言った。

「どうせ、勧誘かなんかだろ」

ミサキとは、七月のはじめごろにあの写真を見せられ、念書だかなんだか知らないが変な書類にサインさせられてから、会うどころか電話もこない。あれが最初から彼女の目的だったのか。ならば、それまでのふたりの関係はなんだったのか。

疑問は解けるどころか、どろどろに溶解して胸の中に広がってゆくばかりだ。とにかく、始まったときと同じように、終わりかたも唐突だった。――いや、そもそも、本当に終わったのだろうか。

どこか海外にでも行っているのではないか。何かトラブルに巻き込まれて困っているのではないか。そういえば、いつか店に危なそうな中年男と来ていた。

これ以上深入りしないほうがいいという気持ちと、いくらなんでもこのままでは終われないという気持ちが、ないまぜになって整理がつかない。

だから、病院の勤務が始まってからも、仕事のない日や、遅番シフトに入れる日は、くそ店長に頼んで、いまだに掛け持ちでバイトをしている。ばれたら懲戒ものだ。しかし——。

またビョーッと鳴った。

「出なくていいの？」

「無視」

視界に入った幽霊女の、ぺったんこな胸の妙に色の濃い乳首に腹が立った。ミサキの体がなつかしい。

「あのさ、帰ってくれねぇか」

「え？」

「もう帰れよ」

「琢磨さん、急にどうしたのよ」

「琢磨さんとか、気安く呼んでんじゃねえよ」

足で女の尻を蹴飛《けと》ばした。

すると、こんどは二度続けてビョーッビョーッと鳴った。

「まったく、だれだよ」

幽霊女の脱いだ服を床に投げ捨て、自分の下着とジーンズに足を通し、裸の上にシャツを羽織って玄関に向かった。魚眼レンズの向こうに黒っぽいスーツ姿の男が立っている。整っていない髪や不愛想な顔つきをみると、何かのセールスではなさそうだ。

やはり居留守を使おうかと迷っていると、こんどはドアをガンガン叩《たた》き始めた。

「小田切さん、小田切さん。いるんでしょ」

これでは無視できない。

「どちらさんですか」ドア越しに声をかける。

「警察です。小田切琢磨さん、開けてください」

やや荒れた声で、愛想はかけらもない。

思ってもいなかった答えだ。本物だろうか、それとも詐欺か。本物だとしたら、何をしにきたのだろう。警察に捕まるようなことをしただろうか。やはりあのテーブルか。

男が口調を強めた。

「開けてもらえませんかねえ」

懇願というより、恫喝《どうかつ》に近い。ほかの部屋にまで聞こえているだろう。

とにかく、警察が名指しで訪ねて来た、という混乱が、警戒心を上回った。チェーンもかけずにドアを開けると、男がすかさずドアの内側に手を当て、つま先を差し込んだ。流れるような自然なしぐさだったが、「もう閉めさせない」と宣言されたように感じた。

「小田切琢磨さんですね」ドアから顔をのぞかせた男がたずねる。体から煙草の臭いがした。

「ええと、そうですが」

琢磨がうなずくと、男はさらにぐいと半身を押し込み、右肩でドアを押さえたまま、上着の内ポケットからこげ茶色のパスケースのようなものを出し、はらりと開いた。大きなメタリックなエンブレムと顔写真つきの身分証が現れた。

「警視庁萩ケ谷《はぎがや》警察署、刑事課安井」

身分証を掲げながら、抑揚もなくそう名乗った。その後ろから遠慮気味に人のよさそうな顔つきの若い男が現れた。同じように身分証を見せて「おなじく、宮下と言います」と名乗った。

警察官の身分証の精巧な偽物もあるらしいが、自分相手にそんな手の込んだことはしないだろう。それに、人の家を訪問してこれだけ横柄な態度をとる仕事がほかにあるとも思えなかった。本物の警官のようだ。

安井刑事は、身長が百七十三センチの琢磨より、五センチほど高そうだった。痩《や》せていて、ぎょろりとした目をしている。宮下は琢磨と同じぐらいの背たけだ。

このふたり、特に安井と名乗ったほうは、どこかで会った気がする。どこだったか考えて、きのう、店に来ていた客だと思い当たった。幽霊女がアイスとホットを間違えた客だ。忙しかったのですぐに忘れてしまったが、やけに威圧感があると思った。いや、そんなことより、つまりはきのうから見張っているということか。

おもわず、唾《つば》を飲み込んだ。

「来客中ですか」

安井が、玄関に置かれた女物の靴を目で指した。唾を飲み込みながらうなずく。

「——なるほどね。それで出るのが遅かったわけだ」

「ど、どんなご用ですか」

「あなた、サトウミサキという女性、知ってますよね」

「えっ」という小さな驚きの声が、奥の部屋から聞こえてきた。

閉めた引き戸越しに、見えないはずのそちらに視線を向けた安井刑事がにやっと笑った。今まで黙っていた、宮下という刑事が問う。

「知っていそうですね」

「ええと……」

「サトウミサキ。年齢は三十三歳。身長百六十センチ前後、一般的に見て、肉感的な女性です」

「あの人がどうかしたんですか」

つい、そう答えると、宮下がすずしげに微笑んで、質問を続ける。安井は、琢磨の目を見たまま、口を開かない。宮下が質問を重ねる。

「最後に会ったのはいつですか？　連絡は毎日とっていますか？」

「あの、すみません。その前にちょっといいですか」

先に、幽霊女を帰そうと思った。さっきから、身支度をしている気配は聞こえていた。

引き戸を開けると、服を着た幽霊女が、テーブルの前にちょこんと座っている。

「警察の人が来てちょっと話があるから、とっとと帰ってくれよ」

女は無言でうなずき、立ちあがった。バッグを持って玄関へ向かう。自分たちにも会釈して出ていく幽霊女を、安井がほとんど感情の込もらない目で見送った。

「お取込みのところ、すみません」

安井に比べてずっと優しそうな顔をしている宮下も、皮肉なのか本心の詫びなのかわからないことを言った。

二人が部屋に入り、さっと室内を見回している。ようやく多少の余裕が出てきた琢磨のほうでも、彼らを観察した。

まず安井のほうだが、歳は五十過ぎだろう。この暑いのに、夏ものとはいえ黒いスーツを着ている。しかも汗をほとんどかいていない。少し長めの硬そうな髪を、ざっとした感じで後ろになでつけている。

この印象はなんだろう。どこかで見たことがある。精悍《せいかん》、というのとも少し違う。考えてみたが、すぐには思い出せない。――ああ、思い出した。ずっと昔に父親が見ていた西部劇に出て来た、黒ずくめの早打ちガンマン。もちろん悪役の殺し屋で、最後はもっと早打ちのヒーローにやられる。あの雰囲気だ。

もう一人の宮下も、明るいグレーの夏用スーツを着ている。こちらは銀行の職員のように、ぴしっと隙のない印象だ。優しそうに見えるが、目つきは意外に鋭い気がする。年齢は琢磨と同じぐらいか、少し下かもしれない。

値踏みするように部屋を見回していた安井刑事は、何かに納得したのか、ふん、とうなずいた。

「このテーブル、高そうだな」

宮下が「そうですね」と答えた。

「天板がウォールナットの無垢《むく》材のようですから、安くても二十万はするのではないでしょうか」

「おまえ、詳しいな」と安井。

「たまたまです」と宮下。

だからなんだと言うのだ。

「このテーブルに何か問題がありますか」

琢磨のささやかな抗議は無視された。

「おたくのこの暮らしぶりと、テーブルだけが不釣り合いだなと思ってね」

よけいなお世話だと言ってやりたいが、もちろんそんなことは口にできない。

「べ、べつに不正なことはしていません」

安井はまた「ふん」と鼻を鳴らしてから、今日はちょっと蒸すな、と顔をしかめた。

「冷房の温度、もう少し下げてもらっていいかな」

「あ、はい」

あわてて、前の住人が残していった、かなり旧式のエアコンのリモコンを操作した。

もっとも、風量が増すだけで、これ以上温度は下がらないのだが。

「最近、暑さが身にこたえてね。——ところで話を戻すが、このテーブル、どうしたのかな？　自分で買った？」

話を戻す位置が違うのではないかと思った。あの女の消息について知りたいのではなかったのか。

「ええ、まあ、買いました」

「嘘つくなよ。サトウミサキに買ってもらったんだろう」

口調は静かだが、長い釘をゆっくり刺されるような嫌な感じだ。だが、それにしても、犯罪者でもないのに——すくなくとも自分ではそう思っているが——ひどい口のききかただ。いや、その前にどうしてそんなことまで知っているのか。やはりあの女は犯罪者で、自分は共犯の疑いをかけられているのか。

「正直に言っていただけませんか」

宮下は丁寧だ。どう答えようかと、画面の暗いテレビを見ながら考えていると、しゅぼっと音がした。見れば、安井が煙草を口にくわえ、使い捨てライターに火をつけたところだった。

「あの、すみません、灰皿がないんですが……」

「大丈夫。持ってるから」

安井刑事は、くわえ煙草の先から立ちのぼる煙に目を細めながら、どこからか携帯用の灰皿を取り出した。たちまち部屋の中に煙が満ちた。そのまま安井は、ごく自然な動作でローテーブルに尻を落とした。偶然にもそこは、いつかの夜、ミサキがむき出しの尻を置いた場所だった。

琢磨は、教師の前に立たされた生徒のように突っ立っていた。宮下は煙草の煙を避けるかのように、少し離れた場所に立ち、部屋の中を見回している。

「あのさ、あんまり手間を取らせないでくれるか」

「はい」

安井の目つきが、すっときつくなった。

「はい、じゃないよ。おたく、警察を舐めてるな。若いのに度胸がいい。一度、逮捕されてみるか。罪状はなにがいい？」

なんだこの刑事は。無茶苦茶だ。無性に小便がしたくなってきた。

「なんだこれは」

安井は、カラーボックスの上に出しっぱなしにしていた、病院の採用通知を手にとり、止める間もなく中身を出してしまった。

「ふうん。もう働いているのか」

「はい。ちゃんと」

にやにやしている。何か知っているのだろうか。

「ならば、問題は起こさないほうがいいぞ」

「問題なんて起こしてませんが」

安井が目を細めて睨む。

「まあ、おたくがあの女の共犯が務まるほどのたまだとは思ってないよ。だから、知ってることを全部話してみなよ。かけ持ちでバイトしてることは、病院には内緒にしといてやるから」

「えっ」

観念して、サトウミサキと出会ったときからのすべてを話した。ゴールデンウィーク明けに出会ってからの、不思議で強引な進展と、一方通行の関係などについて。とくに、ここ一か月近くまったく音沙汰なしであることを強調した。ただし、ベッドでのことは控えめに話し、ミサキが持っている写真や変な念書のことには触れなかった。

「写真は？」

琢磨の話の途中で、安井刑事がそう訊いてきた。

「な、なんのですか」

あわてた。どうして写真のことを知っているのか。まさか、今ごろになってあのことを調べているのか。

「あほかおまえは。そのサトウミサキとかいう女の写真に決まってるだろ。ほかに何かヤバイ写真でも持ってるのか」

安井が目を細めて琢磨を見る。

「いえ、そんなもの持ってません」

「嘘をついている目だが、まあいい。サトウミサキの写真は？」

「それも、ありません」

安井がぐいっと顔を近づけて声を低くした。

「おまえ、やっぱり舐めてるな」

「舐めてなんていません」

「だったら嘘をつくな。それだけのつきあいをして、写真の一枚ぐらい撮ってないわけがないだろう。なあ」

脇で見ている宮下刑事に同意を求めた。

「まあ、一般的にはそうですね」

「でも、ほんとなんです。ほんとにないんです。撮らせてもらえなくて」

安井の目がまた細くなった。店で、肉が生焼けだとか、サラダがしなびてるなどと騒ぐ、どんなクレーマーよりも暗い色をしていた。

「ベッドで女が寝込んだすきに、一枚ぐらい撮ってるだろう」

「最初に、そういうのは絶対にやめてと言われたので、していません」

安井はまた煙草に火をつけて、ふうっと吹き上げた。

「やっぱり、署まで来てもらうことになるだろうな。むこうが電話に出ないのはまあいいとして。写真はない。本名も、どこに住んでるのかも聞いてない。それでいて、二十万以上もするテーブルは買ってもらって、飯つき、小遣いつき、下の世話つきだ。そんなうまい話があるか。どうだ、女にくわえてもらったか。それとも、奉仕させられたのか」

「さっきからぜんぶ、本当のことを話しています」

「それはそうと、話は変わるが、おたく、小谷沙帆里って知ってるよな」

「ええ、従妹《いとこ》です」

どうしてここで沙帆里の名が出てくるのだ。

「今、どこにいるか知ってるか」

「たしか、行方がわからないとか――」

その後のことは聞かされていない。

「ああ、五月下旬からな」

安井が不機嫌そうにうなずいた。

沙帆里のことは、何も隠しだてする必要はない。ゴールデンウィークのころ、沙帆里から電話がきて、近々上京すると言っていたことを説明した。

「ふうん、なるほどね。上京の具体的な予定は？」

「言ってません。――そうだ。だんなが、ええと今年の二月ごろ死んだんですけど、その保険金がもうすぐ下りそうだって言っしました」

「保険金ねえ」

もう一度室内を見回したあと、安井は、さてと、と尻を軽く叩きながら立ち上がった。

「もし、何か思い出したことがあったら、署のほうじゃなくて、この番号に直接連絡もらえるかな」

　そう言って、携帯の番号が書かれたメモ用紙の切れ端を琢磨に渡した。

　それを見つめていると、安井が続けた。

「もし、別な刑事に連絡が行くと、いまの話をもう一度最初からすることになるよ。それに、おれみたいに紳士的な態度の刑事ばかりとは限らない。平気で勤務先にも電話入れるぞ。バイトの話をするかもしれない」

　脅すだけ脅して部屋を去りかけたが、急に立ち止まって振り返った。ぐいっと、息がかかりそうなあたりまで琢磨に顔を寄せた。

「一番大事なことを言い忘れた」

　思わずのけぞった。まだあるのか。

「あ、はい」

「こんど、その女から連絡があったら、どんなささいな内容でもいいから、おれに連絡しろ」

「はい。あのう――」

「なんだ」

「本人に会ったほうがいいでしょうか」

「向こうが会いたいと言ったら会え。自分から会いたいとは言うな。おまえの百倍も勘のいい女だ」

「わかりました。必ず連絡します」

「約束は、法律より重いぞ」

「わかりました」

安井は意味ありげに薄笑いを浮かべ、宮下を促してこんどこそ本当に出ていった。

どれほど時間が経っただろうか。またしてもビョーッとブザーが鳴った。

あの幽霊女、戻ってきやがった。

腹を決めた。もう終わりにする。ただ性欲のためにこんな関係を続けてはみじめになるだけだ。

「あのさあ――」

ドアノブがガチャッと回った。刑事たちが出ていったきり、鍵《かぎ》をかけていなかったのを思い出した。

「あっ」

入ってきたのは、女でも刑事でもなかった。あの男だ。ミサキと一緒に『ヘブンズダイナ』に来た、目つきの悪い冴えない中年の客。もっと前にも、どこかで会ったような気がするのだが、思い出せない。

「あんた、だれだよ」

無断で入ってきた男が、なぜか放心したような顔で立っている。ショルダーバッグを前に回し、大事そうに抱えている。

「ちょっと、出てってくださいよ。警察呼ぶよ。どちらさんですか」

「そんなことはどうでもいい」

男はそう言い放ち、琢磨を押しのけるようにして、土足のまま上がり込んだ。

「あ、ちょっと待てよ」

ドアを閉め、男のあとを追った。

頭頂部がやや薄くなった男は、仁王立ちして部屋を見回している。

「このテーブル、買わせたのか」

「何言ってんだよ。出てってくれよ」

肩を摑《つか》もうと伸ばした琢磨の手を、男の手が払った。ぱしんと音がして、手の甲が痺《しび》れた。

「おれの金でこんなもの買いやがって」

「だから知らねえよ。出てけよ」

「おれのこと、覚えてないよな。三年二組、小田切琢磨」

「何言ってんだあんた。頭おかしいのか――」

そこまで口にしたとき、ある人物の名が頭に浮かんだ。

「あんた、まさか……」

問いかけは、闖入者《ちんにゅうしゃ》の声に遮られた。

「おい、それは何だ」

男の視線の先を見る。

「あっ」

枕の下から、薄いピンク色の生地が見えている。それがなんだか、すぐにわかった。あの幽霊女の下着だ。どういうつもりか知らないが、わざと置いていったのだ。たぶん、愛の置手紙の代わりのつもりなのだろう。死ね。絶対に終わりにしてやる。

「これは違……」

「この、くそ野郎が」

男がショルダーバッグから取り出したものを見て、言葉が止まった。その手には、先のとがった包丁が握られていた。

「な、なんなんだ」

あとずさりながらも、視線は包丁から外せない。

「彼女から手を引け。二度と近づくな」

「だから、意味がわからねえって。警察呼ぶぞ」

スマートフォンを操作しようとしたときだった、男がキーともヒーともつかない叫び声を上げた。

「こうしてやる」

男が、いきなり包丁を横に薙《な》ぎ払った。

「うわっ」

反射的に身を引き、ほとんど奇跡的にかすり傷も負わなかった。

「何するんだっ！」

「このくそがきが。おまえがいなくなれば、うまくいくんだ」

「誰かっ！　助けてっ。人殺しだーっ」

「うるさいっ。死ねっ」

男がもう一度包丁を横に振った。今度は、おもわずかざした左の手のひらをスパッと切られた。焼けた鉄を押し付けられたような感覚のあと、痺れるような痛みが走った。

「ぎゃあっ」

血が噴き出した。突進してこようとした男が、床に転がっていたペットボトルを踏んで転んだ。

「うわっ。たすけ……」

声を振り絞って叫ぼうとしたときだった。

「死ねっ」

背骨のすぐ右脇あたりに、またしても焼けた鉄を押し込まれたような衝撃を感じた。

刺された？　おれは刺されたのか――。

痛みのせいか、ショックのせいか、足からすうっと力が抜けた。

「死ねっ」

また刺された。こんどは腰のあたりだ。

なんだかよくわからないが、これで、こんなことで自分は死ぬのか。

遠ざかる意識の中浮かんだのは、ローテーブルにうつぶせになったサトウミサキを後ろから貫いたときの、反り返った彼女の背中の肌の白さだった。

第三章　サボテンの花——青木繁子

1

最後の一鉢に霧を吹き終え、青木繁子《しげこ》はお気に入りのチェアに腰を下ろした。

ここに座って、日当たりのいい場所に並べたサボテンたちを眺めるのが好きだ。

サボテンの数もいつのまにか増えて、九鉢になった。すべて同じ品種、名前は——。

鉢に貼ったメモ書きを見る。『ネオポルテリア』という仲間の、『白翁玉』という名前だ。ずいぶんと変わった名前だが、なんでも地球の反対側からやってきたらしい。

これまで生きてきて、サボテンなんて砂漠だか荒れ地だかに生えているトゲトゲの植物だという程度の知識しかなかった。もちろん、特別な興味などなかったし、まして育てたいなどとは思っていなかった。それが今では、まるでペット、いや同居人のように可愛がっているのだから不思議なものだ。

これは、何年か前の繁子の誕生日に、孫の一彦《かずひこ》が「お祖母《ばあ》ちゃんはサボテンでも育てなよ」と、最初の一鉢を買ってくれたのが始まりだった。

カタブツの息子の敦とは違って、一彦は花や樹木が好きな心の優しい子だ。大きな会社に入って、バイオなんとかの研究をしている。

その一彦が「普通の鉢植えの花だと、たぶんお祖母ちゃんは枯らしちゃうでしょ」と失礼なことを言った。もちろん冗談だとわかっている。それに、まんざら外れてもいない。

「サボテンなら少しぐらい水やりを忘れてもめったに枯れないからさ。っていうより、やりすぎないほうがいいんだよ」

「でもねえ。サボテンは棘《とげ》が痛いんじゃない」

すんなり受け取るのも癪《しゃく》で、反発してみた。すると一彦は、「そう言うと思ったよ」と目の前に、ぐいっと鉢を近づけた。

「ちょっと触ってみてよ。この種類はね、棘が柔らかくて痛くないんだよ」

まるで自分が開発した品種でもあるかのように得意げに言う。

たしかに近くで見ると〝棘〟というよりは、やや粗い綿毛といった感じで、白く柔らかく巻き付くように伸びて、少しぐらい触っても痛くない。サボテンのイメージとして持っている、硬く尖《とが》った針が四方八方に突き出たような棘ではない。

「とりあえず預かるけど、世話に飽きたら返すわよ」

どうでもいいことのように答えたが、いまだに、日当たりのいい窓ぎわに置いて面倒を見ている。しかも、いつのまにやら同じ種類ばかり九鉢に増えてしまった。正直なことをいうと、どれが一彦に買ってもらったもので、どれが自分で買ったものか、区別がつかなくなってしまった。こんなことなら、例の『ノート』に記しておけばよかったと後悔している。

こっそり、『サボテン初心者入門』だとか『絶対失敗しない！　サボテンのある生活』などという本を、何冊か買って、熱心に読んだ。細かいことは忘れてしまったが、とても印象に残ったことがあった。その内容は、きちんと『ノート』につけた。サボテンという植物の特異性についてだ。

どこまで科学的な根拠があるのかわからないが、サボテンには〝心〟があるらしい。今読んでいる途中の、『どうしてサボテンには心があるのか』という本にも書いてある。たとえば、嘘発見器をサボテン用に特殊加工したものを、成熟したサボテンに装着し、すぐそばに置いた別のサボテンをぽきりと折ると、波形が乱れるというのだ。そればかりではない。めったに花を咲かせない種類でも、名前をつけて毎日呼びかけながら可愛がっていると、見事な花を咲かせるというのだ。

ほんとかしら、と疑いつつも、もしかしたら、と思わせる不思議な存在感がサボテンにはある。繁子はこのサボテンを――。

チャイムが鳴った。だれか訪ねてきたようだ。

しかし、繁子はチェアから立たないし、応答もしない。そう決めているし、『ノート』の表紙にも太めの油性ペンで書いてある。

《チャイムが鳴っても出ないこと》

なぜなら、訪問者のほとんどは減塩総菜《そうざい》を定期コースで買ってくれだとか、この冊子を差し上げるからその代わり寄付をくれだとか、そんなのばかりだからだ。

無視していれば、何かの勧誘ならあきらめて帰るだろうし、親しい知人には、鍵が開いているときは勝手にあがってくださいと伝えてある。青木家の昔からの習慣だ。

「こんにちは。おじゃましまーす」

元気のいい声はサトウミサキだ。どういう字を書くのか、一度か二度おそわったが、忘れてしまった。年寄りの物忘れと思われるのはくやしいので、そのあとは聞いていない。これも『ノート』に書いておけばよかった。

力強い足音が部屋に近づいてくる。

「こんにちは」

つやつやとした明るい顔がドアからのぞいた。部屋に日が差し込んだようだ。

「あら、いらっしゃい」

繁子はいつものように、チェアに座ったまま、首だけを半分ほどひねって挨拶《あいさつ》した。

ミサキは部屋に入るなり、わずかに鼻孔を膨らませて、思い切り息を吸い込んだ。胸の小さいことがコンプレックスの繁子にとっては、まぶしいようなミサキの豊かな胸が、さらに強調されて感じられた。

「繁子さん。調子はどうですか」

「そうね。まあまあよ」

繁子の返事を受けて、ミサキの顔が輝いた。

「よかった。今日は晴れて気持ちがいいですね」

ミサキが、庭で咲き始めた、あれはなんといっただろうか――そうだ、クレマチスのような笑顔を見せてくれる。それだけで、大好きな和菓子をひと口かじった時のように、こちらの心まで柔らかくなる。

「そうね。でも外はちょっと日差しが強くない？」

「でも、少し風も吹いて気持ちいいですよ。わたしが日傘を差しますから、あとでお散歩でも行きましょうよ。公園の八重桜が満開で、とってもきれいです。あ、その前にお布団、干しましょうか」

元気よく、いろいろなことを一気にしゃべるので、返事をするタイミングを逸するときがある。

「お布団はいいわよ、昨日干したばっかりだもの」

「昨日――ああ、そうですね。――それじゃ、車で来たので、お買い物とお散歩にでかけましょうか」

「ありがとう、でもわたしまだ朝ご飯食べてないのよ」

ミサキは、えっ、と言って台所のほうをちらっと見た。

この子はすごくいい子なんだけど――。

繁子は、胸の内で小さなため息をついた。

ミサキはごくたまに、繁子の発言を疑うような顔つきをすることがある。それだけが、たったひとつ、残念だ。

「じゃあ、コーヒーでも淹《い》れましょうね」

朝ごはんの代わりにコーヒーという発想を、最初のころは意外に感じたが、ミサキに何度か勧められて体験するうち、それもありかなと思うようになってきた。

「そうね、そうしてもらおうかしら。なんだか、あまりおなかが空《す》いてないから。それと、頭の芯が少し痛いのよ。これ、偏頭痛っていうのかしら」

「あとで、薬局へ寄って相談してみましょうか」

「そうね、お願いするわ」

「では、まずコーヒー」とミサキが、同性から見ても魅力的な笑みを作った。「きのう、銀座に行ったので、デパ地下の有名なお店で豆を挽《ひ》いてもらってきたんです」

「それはたのしみね」

ミサキは明るい調子の鼻歌を歌いながら、台所に立った。

コーヒードリッパーという底のすぼまったカップのような容器に紙のフィルターを敷き、その中に挽いた豆を入れてお湯を注ぐ。たったそれだけなのに、とても香りのいいコーヒーが飲める。

ミサキと知り合わなければ、いまだにインスタントのコーヒー以外飲んだことはなかったかもしれない。

今年八十八歳の繁子にとっては、三十三歳だというミサキは、孫もおなじだ。現に、孫の一彦は今年で三十五歳になる。でも、若いからといってばかにしたり否定したりしないで、耳を傾けることも必要だと思えるようになってきた。サボテンだってそうだった。

淹れてもらったコーヒーをゆったり味わっていると、ミサキが、並べたサボテンをひと鉢ずつながめているのが見えた。

「また新しい鉢が増えてますね」

「そうね、つい買っちゃうの。一彦には笑われるんだけど」

「全部同じ種類なんですね」

「なんだか好きなのよ。一彦の生まれ変わりみたいで」

「生まれ変わり？」

「あらやだ。わたし何言ってるのかしら。一彦がそこにいるみたいで、が正解ね」

ミサキが、わたしにはわかっていますよ、という顔で微笑んだ。

「それより繁子さん、ちょっとまた、あれを見せていただきたいんですけど」

ミサキがはにかんだように切り出した。

「あれって、なんだっけ？」

本当はいくつか心当たりもあるのだが、念のために訊いてみたのだ。

「日記です」

「ああ、あれね」

今つけている、物忘れ防止用の『ノート』とは別の、ずっと昔の日記だ。

「いいけど、あんなもの読んでどうするの？」

もう何度も聞いたような気がするが、最近、すぐに忘れてしまう。でも、何度訊いてもミサキは嫌な顔もせずきちんと答えてくれる。

「なんだか、懐かしいんです。昔の家族のこととか思い出して」

「そうなのね」

捜そうと立ちあがり、日記がどこにあるのか思い出せないことに気づいた。

日記、日記、と口の中で繰り返してみる。だんだん不安になる。そんなもの、本当にあっただろうか。あったような気もするし、ずいぶん前に捨てたような気もする。

「わたし、そんなもの書いてたかしら」

「はい。何回か見せていただきましたけど」

「ああ、そうね」とまたうなずいておく。「悪いけど、適当に出して読んで」

「わかりました。じゃあ、お部屋のお掃除をしながら」

ミサキが立ちあがって、繁子がもう何年も寝室にしている奥の洋室に向かった。たぶん、今日は夏用の掛け布団を干してくれるのだろう。日に当てた布団は気持ちがいい。太陽に包まれている気分になる。

ふと、テーブルを見ると、自分で買った覚えのない、新しいあれが置いてあることに気づいた。手に取ってみると、中身が窓から差し込んだ日を受けて、琥珀《こはく》色に輝いた。

繁子は手を伸ばし、キャップをひねった。

2

「こんにちは」

いきなり声をかけられて、びくっとして目が覚めた。

どうやら、チェアに身をゆだねて、ミサキに淹れてもらったコーヒーを飲んでいるうちに、うとうとしてしまったようだ。

見れば、ミサキではない誰かが立っている。いつの間に入ってきたのか気づかなかった。ぼやけた焦点をなんとか合わせると、ミサキより年上の女だ。

これは、ときどきやってくる女だ。この女は、この女はたしか——。

女が突っ立ったまま、無遠慮にこちらを見下ろしている。

少し不安な気持ちになった。ミサキはどこに行ったのか。そばにいてくれたら心強いのだが。

それにしても、このふてぶてしい表情の女、毎日のように会っているのに、名前が出てこない。——もう少しで思い出せそうなのに思い出せない。もどかしい気分だ。手もとにある『ノート』を見れば、たぶん書いてあるはずだが、癪なのでそんなことはしない。

「何かご用？」

できるだけ平静を装って訊く。

「また、そんな言いかたして。どうですか？　調子は」

やけに馴《な》れ馴《な》れしい口をきく。

「そうね、いつもと同じ」

そっけなく答える。

「なら、いいけど。――郵便物、何もなかったわね」

勝手にそんなところをチェックしないでよと言いたいが、いまはひとりなので、ここは我慢する。

「いつも、ミサキさんがちゃんと見てくれるから」

あてつけでそう言ってやると、女はテーブルに出しっぱなしになっていたあれ――三分の一ほどが空になった瓶――にちらっと視線を走らせた。くんくんと鼻を鳴らして、部屋の匂いをかいでいる。

「もしかして、あの人、来てるの？」

女の顔つきが変わった。不機嫌と不安が入り混じったような表情だ。

「来てるわよ」少し胸を張る。

「だって玄関に履物がなかったけど――」女は眉根《まゆね》を寄せて首をひねっている。「そうか。わざと隠しておいたのね。まったく」

女は、なんだか意味のわからないことを口にすると、勝手にテーブルの上の瓶をサイドボードにしまった。腹は立つが、なんとなく抗議できない。

女はそのあと、よいしょ、とわざとらしく大きな声を出して、フローリングの床においた座布団に、どっかりと腰を下ろした。テーブルの上から団扇《うちわ》を取って、首筋のあたりを扇《あお》ぎはじめる。安っぽい化粧品と汗の臭いが混じって漂ってくる。

この女、不美人ではない。あちこちに贅肉《ぜいにく》はついているが、太り過ぎというほどでもない。むしろ、最近はやり出した、何と言っただろうか——そう、「熟女」だ。その熟女とかの雰囲気で、色気はある。ただ、どこか崩れた感じがして、繁子は好きになれない。ミサキのような優雅さがないからだ。

それどころか、ときどき妙に馴れ馴れしく体を触ってきたりするので、なんだか気持ち悪い。繁子が見ている前で着替えたりもする。ブラジャーで押さえつけているびっくりするほど豊かな胸を、わざと見せつけるかのように。それもまたあまり感じのいいものではない。

「今日はなんだか暑いわね」

女はそんなことを言いながら、テーブルに載った郵便物を指先でずらし、一通ずつチェックしている。興味があるものはなかったらしく、女はテーブルの上のカゴの中から小分けの袋に入ったせんべいをとり、袋を破いてバリバリと食べ始めた。これだって、ミサキが手土産に持ってきてくれたものだ。

女の顔をじっと見つめてやるが、それが精いっぱいだ。言葉で非難することができない。ひとり暮らしの年寄りの悲しさだ。

そんなことを考えながら、何気なく『ノート』の表紙をめくる。何かあるたび、誰か来るたび、開いてちょこっと書きこむのがすっかり癖になっている。

裏表紙に大切なことがいくつか書いてある。

一番目は、この家の住所と電話番号、二番目に《ひとり暮らしで家族は同居していない》と書いてある。そう、息子の敦や孫の一彦は近くに別居している。三番目はなぜか真っ黒に塗りつぶしてあって、読めない。目をこらせば読めるのかもしれないけれど、そんな気もない。

四番目に——。

《緊急時の連絡先》として《青木茜《あかね》（一彦の妻）》と書いてある。電話番号と住所も載っている。

そうだ。それで思い出した。なんのことはない。目の前にいるこの女は、たったひとりの孫である一彦の妻だ。

だけど、と思う。一彦は今年で三十五歳なのに、この女はどうみても四十は過ぎていそうだ。一彦はこんな年上の女房をもらっただろうか。あの可愛い一彦が、こんな女と結婚したのだろうか。わたしは、それを認めたくなくて、すぐにわざと忘れるのだろうか。

それよりも、もっと不思議なのは、どうして緊急の連絡先が息子や孫ではなくて、孫の嫁なのだろうか。頭の芯がぼんやりする。

だんだん思い出してきたが、この茜も、そう悪い人間ではない。こうして、ときどき繁子を訪ねて来ては――繁子の気持ちはひとまずおくにしても――あれこれと世話を焼いてくれる。ただ、ありがたいといえばありがたいが、その中身は、きめ細やかとはいいがたい。

おかまいなしにそこらのものを洗濯したり、まだ食べようと思っている料理を捨てたりされると、腹の立つこともある。本当に味見をしたのかと疑いたくなるような、うす味の煮込みうどんを大量に作られて、後始末に困ったこともある。

この女の仕事は――あれ？　なんだっただろう。そうだ。あの、あれだ。たしか、むかしは看護婦といった。いまはなんといったか――看護師だ。ようやく思い出した。その看護師のはずだが、ちっとも優しくない。

たまに買い物に行ってくれたり、切れた蛍光灯を取り替えたりもしてくれるから、正直なところ助かることもあるのだが、ミサキと知り合ってからは、どちらかというとうっとうしい存在になった。すぐにミサキの悪口を言ったり、何か探りを入れるようなことを訊いたりするのも不愉快だ。

この女にはミサキのような慎みもない。

来れば必ず、あたりまえのように冷蔵庫を開けて、食べかけのおかずなどをつまみ食いする。そして、照れ隠しなのか「ちょっとしょっぱいんじゃない。血圧が高いんだから、塩分に気をつけたほうがいいわよ」などと言う。

それをよけいなお世話というのだ。

「繁子さん、お風呂場《ふろば》をさっと洗っておきましたから、あとでシャワーを浴びるなら――」

そう言いながらリビングに戻ってきたミサキと茜が顔を合わせた。

「あ、茜さんこんにちは。いらしてたんですか」

ミサキが、にこやかに挨拶する。二枚目のせんべいをぼりぼりかじっていた茜は、不愛想に「どうも」と答えただけだ。こういうのを、昔は「お里が知れる」と言ったのだ。

繁子はつとめて愛想よくミサキに答えた。

「ありがとう、あとで庭の草むしりをしようかと思ってるから、どうせならそのあと浴びるわ」

「あら、だったらわたしがむしりましょうか」

すぐにミサキがそう言ってくれる。悪いわよ、と遠慮しようとした矢先に、茜が割り込んだ。

「そうよ。やめたほうがいいわよ。どうせまた熱中症になったとか、腰が痛いとか騒ぐんだから」

「大丈夫よ。もう何年同じことしていると思っているの」

「じゃあ、お好きに」

茜がばりっとせんべいを噛《か》んだ。

会話が途切れてしまって、なんとなく間のもたない時間が流れた。ミサキは腰も軽く、豆を替えて自分と茜にコーヒーを、繁子にはわざわざ日本茶を淹れてくれた。

茜が、ずずっと音をたててコーヒーを飲む。

なんとなく不愉快な気分を引きずっていると、さっき茜がサイドボードの中にしまった、瓶のことが思い出された。

繁子がそちらをちらちら見ていると、その視線に気づいたらしい茜が釘《くぎ》を刺した。

「だめよ、昼間から」

ほんとにおせっかいな女だ。そもそも、世間では、孫の嫁と、義理の祖母というのがどのぐらいの距離の関係なのかよく知らないが、繁子にとってはうっとうしくて、どことなくだらしがなく、そのくせ可愛い孫を奪った憎い対象でしかない。

一彦がいたら目の前で嫌みを言ってやるのだが、こんな日に限って一彦は一緒に来ていない。そういえば、息子の敦も最近ちっとも顔を見せない。出張に行ったと聞いたが、いつまで出張しているのか。一家の柱が長く留守にするから、家の中の風紀が乱れるのだ。

ミサキが淹れてくれた煎茶《せんちゃ》をふた口ほどすすったら、また眠くなってきた。昨夜《ゆうべ》、いろいろ考えごとをしていて、なかなか寝つけなかったのだ。

首がくんがくんと垂れてしまう。そっとバスタオルをおなかのあたりにかけてくれたのは、ミサキだろう。最近、こんなふうにチェアに身をあずけたまま、起きるでもなく寝るでもなく、うつらうつらして過ごすのが日課になってしまった。

「この人、今日も朝ごはん、二度食べた？」と訊いたのは茜の声だ。

「そんな雰囲気だったので、コーヒーでごまかしておきました」と答えたのはミサキ。

「あれを買ってきたのは、あなた？」

「さあ、知りません」

「また、とぼけちゃって。あなたのほかに誰が買うのよ。いいかげんにしなさいよ」

そこで眠りに落ちたので、そのあとの会話は聞き取れなかった。

3

強すぎず弱すぎもしない力で、そっと背中をこすってもらっている。

それがとても気持ちいい。

「痛くないですか」

「だいじょうぶ。とても気持ちいいわよ」

ミサキに背中を流してもらうのはこれで二度目だ。いや、三度目か、四度目か、もっとだったかも知れない。

とにかく、最初はいくら同性とはいえ、孫のように若い人に裸を見せるのは抵抗があった。

しかし、そんな恥じらいはすぐに消えた。柔らかいスポンジで背中をこすってもらい、ついでに髪の毛まで洗ってもらった。こんなにさっぱりしたのは、いったい何年ぶりだろう。

あの、茜とかいう女も、一時期、「一緒にお風呂に入ろう」などと言っていたことがある。そのたび断っていたら、今度は「入浴の介助をしてくれる人」とかいう、馴れ馴れしくも怪しげな人間を送り込んできた。繁子が自分では風呂に入ろうとしないからだと言う。

このときは、しかたなく、言われるとおりにしていた。しかし、首といわず腹といわず、ただごしごしと洗われて痛いだけだった。だいたい、白衣こそ着ているものの、男の人がまじっていた。しかもごつい顔にごつい体つきをしていて、それだけで畏縮《いしゅく》してしまいそうだ。そもそも、男の人に裸を見られるなんて、冗談じゃない。

「お風呂ぐらい、自分で入れます。そんなことをするなら、もうこの家に来ないで」

きっぱりそう言ってやったら、入浴のお世話はなくなった。

それに、これは誰にも言ったことはないが、繁子は鏡に映った自分の裸を見たり、自分の手で体を洗ったりするのが嫌いなのだ。美しくない、と思ってしまう。なんとなく汚らしいとさえ思える。

だから、風呂には何日かに一回しか入らないし、入ってもざばっと湯船につかる程度で、すぐに出てしまう。汗をかいて頭が痒くなったときは、洗面所で水をかけるだけで済ませたりする。べたつきはなかなかとれないし、夏などは、ときたま自分でも臭うかなと思うこともあるが、どうせひとり暮らしだから、だれに気兼ねすることもない。

ミサキと一緒に入浴するようになったのは、ミサキが繁子のべとついた頭髪を見て、洗髪をしてあげましょうかと優しく微笑んでくれたのがきっかけだ。

ミサキに洗ってもらうと、自分で自分の体を見たり触ったりしなくて済む。風呂上がりには、繁子はただ立っているだけで、ミサキがバスタオルで拭《ふ》いてくれる。

ひとつだけとまどっているのは、ミサキに丁寧に全身を拭いてもらっているうちに、自分でもうまく説明できない不思議な感覚が湧いていることだ。もう何年も、いやもっとずっと長いあいだ、忘れていた感覚だ。

「ねえ、ミサキさん」

自分自身も一糸まとわぬ姿になって、後ろから頭を洗ってくれているミサキに声をかけた。

「なんですか」

「さっきから、その、あなたのお胸が背中にあたるんだけど」

「あっごめんなさい。洗うのに夢中で気がつかなくて。嫌でした？」

「わたしは嫌ってことはないけど。あなたこそ、こんな年寄りの肌に触れて嫌じゃない？」

「そんなことないですよ」明るく笑って答える。

「でも、若い人のおっぱいは張りがあって柔らかくていいわね」

「いやだ、繁子さん。エッチですね。それより、繁子さんのお肌こそ、しっとりすべすべして、とっても若々しいですよ」

「まあ、そんなお世辞言って」

「ほんとです。なんだか、ちっちゃなころにお祖母ちゃんと一緒にお風呂に入ったときのことを思い出します」

　そう言うなり、背中から抱き付いて来た。なんとかカップというらしいが、とにかく女の繁子から見ても迫力のある乳房が、背中でぐにゅっとつぶれた。

「ちょっとミサキさん、苦しいわ」

「あ、ごめんなさい」

　ミサキがあわてて体を離した。

心臓がどきどきする。恥ずかしくて壁にはめ込んだ鏡は見られないが、きっと顔も赤くなっているはずだ。

なんとなく、股間《こかん》のあたりがむずがゆいような感じがした。また、あの〝感覚〟だ。

久しく忘れていたこの感覚が、最近しばしば蘇《よみがえ》るのだ。自分でもあまり意識しなかったが、ミサキと一緒に風呂に入ることを、自分は心のどこかで楽しみにしているのかもしれない。

でも、それは自分だけの秘密にしておこうと思った。

そういえば茜も、一緒にお風呂に入ろうと言いだしたころ、繁子がいい返事をしないでいると、繁子の目の前で、下着姿になって着替えたりした。ある意味、身内だから気にしないのかもしれないが、親しき仲にも礼儀あり、だ。

このときは、いくらブラジャーに包まれているとはいえ、びっくりするような大きなおっぱいを見せつけられて、変な気分になった。そうそう、どんどん思い出していく。それだけではなかった。からだを摺《す》り寄せてくるようなことも何度かあった。スキンシップのつもりだろうか。この茜という女が育った家ではそれが普通だったのか——。

茜が嫌いになったのは、たしかあのころだ。もしかすると一彦に優しくしてもらっていないのかもしれない。でも、それはこの嫁に責任があると思う。なんだか下品だから、一彦もいやになったに違いない。

それにくらべて、ミサキのしぐさはいやらしさがない。年寄りをいたわってくれているのが、充分に伝わってくる。

繁子は、はっきりと違和感を覚えはじめた下腹部を隠すように、そっとタオルをかけた。繁子の体の変化に気づいたのかどうか、ミサキは何も言わない。たとえ気づいても、そしらぬふりをしてくれる優しさが、彼女にはある。

「ねえ、繁子さん」

「なあに」

「ほんとうに、昔のこととか覚えていないんですか」

「昔のことって？」

「たとえば、学校の先生だったころのこととか」

「先生？」

「そう、学校の先生でしたよね」

そうだったかな、と考える。だとしても、ずいぶん遠い昔の話だ。

「ただの教員じゃなくて、教頭先生だから偉かったんですよ」

あ、それは違う。訂正しておかないと。

「あら、あなた勘違いしているわよ。教頭になったのは、息子の敦でしょ」

息子の敦は、かつて公立中学で教頭まで務め、事情があって辞めたあと、私立高校の化学の教師になった。それはたしかに自慢なのだが、できがいい反面、どこか冷たいところがある。その証拠に、最近ではちっとも顔を見せない。せめてミサキの半分でも優しければよいのだが。

「あ、そうでしたね。すぐ勘違いしちゃって」

腹のあたりをこすっていたミサキの手が、するりと下のほうまで伸びて来た。

「ひっ」

思わず声を上げてしまった。

「あ、嫌だったですか」

「ううん、そうじゃないの」

つい、そう答えてしまった。

ミサキが、やわらかい手のひらで優しく洗ってくれるあいだ、体が揺れないように、湯船に手をあててじっと目を閉じていた。

もう一度全身にぬるま湯をかけてもらって、風呂を出た。

洗いたての柔らかいバスタオルで体を拭いてもらった。下腹部にミサキの手が触れるときは、天井を見て何も考えないようにした。

そのあと新しい服に着替えて、いつものチェアに座り、ミサキが淹れてくれたミントの葉を浮かべたアイスティーを飲んだ。

ミサキが「また来ます」と言って帰っていったあと、なんとなく寂しい気持ちをまぎらわせたくて、サボテンたちひとつずつに声をかけながら、霧を吹きかけてやった。

左から三鉢めの『一彦』が、子をもったようだ。先が楽しみだ。

それだけではない。たぶん——たぶんだが——いちばん最初から面倒をみている、つまり一彦が買ってくれた『一彦』が、蕾《つぼみ》をつけているのを見つけた。きっときれいな花を咲かせることだろう。

4

〈ねえちょっと、あなた〉

隣の部屋から聞こえて来たのは、茜の声だ。

きょうは、なんとなく気分がすぐれない。ただ、頭の中がぼんやりするだけではない。ぐらぐらと揺れる感じだし、芯《しん》のあたりがずきずきと痛む。最近、こういう症状の出ることが多い。そして、その直前のことをよく覚えていない。

今、何時頃だろう——？

自分はベッドの中にいるようだ。カーテンを閉めた窓から明るい日が差している。補助輪をつけた自転車の通り過ぎる音にまじって、子どもの話し声が聞こえる。

どうやら、また昼寝をしてしまったらしい。

〈なんでしょう〉

はきはきと答えたのは、ミサキの声だ。そうか、きょうはもう来ているのか。そう思ったら、心がいくらか軽くなって、頭痛も多少和らいだような気がする。

ふすま扉一枚隔てた隣の部屋から、会話が漏れ聞こえてくる。最近、目は近くも遠くもかすんできたし、記憶力にも自信がなくなってきたが、音だけはよく聞こえる。だから、ただ歳をとってるからという理由だけで、耳もとで怒鳴られると、うるさくて腹が立つ。

繁子は、軽く頭を左右に振りながら、ベッドに上半身を起こした。

物音を立てて、目覚めたことを悟られないようにと注意した。なんとなく、茜がミサキのことを問い詰めているような雰囲気だからだ。どんな話をするのか、このまま少し聞いてやろうと思った。

〈もう何度も訊《き》いたけど、そのたびにはぐらかされてるから、こっちもしつこく訊くわよ。あなた、何が目的で、そうやって毎日のようにここへ来るの？〉

〈わたしも、それこそもう何回も、お話ししたと思います。繁子さんが自分の家族のように思えるからです。わたしはもう親もきょうだいもなくて、いってみれば天涯孤独です。だから繁子さんの身の回りの世話をしていると、なんだか『家族』というものを実感するんです〉

うれしくて涙が出そうになる。血のつながった家族でさえ、こうはっきりと親愛の情を口に出してはくれないのではないか。

ふと気がつけば、額や首筋に寝汗をべっとりとかいて気持ちが悪い。枕元に置いてあったタオルでそれを拭《ぬぐ》った。かすかに、すえた臭いがする。

〈何が家族よ。あなたの狙いは何？〉

茜の声が険しくなった。短気なところがあの嫁の短所だ。

〈狙いなんてありません〉

〈いいから正直に言いなさいよ。——あの人なら、ぐっすり寝てるから大丈夫。さっき、一回起きてきたけど、頭痛薬だって言ってベンゾジニンを渡したら、ビールで飲んでたから、しばらく起きてこない〉

ベンゾジニン？　薬っぽい名だけど、いったいなんのことだろう。

たしかに、さっき一度起きて、頭が痛いと言ったら、茜が頭痛薬をくれた。たまたま飲みかけのビールがあったので、それをあおったような気もする。しかし、その直後に吐き気がして、トイレで戻してしまった。中途半端に目覚めたのも、この頭痛とめまいも、そのせいなのか。

〈それって、睡眠薬ですね〉

ミサキの声だ。しばらく間が空いたのは、携帯で調べたのかもしれない。

ベンゾジニン——。そうだ思い出した。それはベンゾジアゼピン系のわりと強めの、買うには処方箋《しょほうせん》が必要な睡眠薬の製品名だったはずだ。なぜそんなものを？　そうだ、茜はどこかの医院の看護師だった。そこからくすねてきたのかもしれない。やれやれ、そういうことをする女なのだ。

〈——でも、そんなことして大丈夫なんですか〉

茜が鼻で笑った。

〈ふん。いまさら何よ。きちんと処方箋で買った薬だからね。もっとも、ビールで飲んだのは本人の勝手だけど〉

〈『きちんと』って、なんだかとってつけたみたいですね〉

〈よけいなお世話。それよりあなたが毎回買ってくる、ウィスキーのボトルのほうがよっぽど健康に悪いでしょ〉

〈お好きみたいだから〉

〈あれじゃ、昼も夜もなくなっちゃうじゃない。変な時間にうろうろされてみなさいよ。心配でしょ〉

〈昼も夜もなんて、一緒にいないじゃないですか〉

〈あら、開き直ったわね。どうせなら、その調子で本性を現しなさいよ〉

〈何の本性ですか？　わたしは、梅田先生のお花の教室で知り合った方から、ほとんど身寄りもなくてほったらかしにされているお年寄りがいるとうかがって、紹介していただいただけです。なんとなく、お話が合うので、ほんの気持ちばかりのお世話をさせていただいただけです〉

〈あら、変ね。あたしが聞いてる話と、順番が違うけど。あなた、尚之さんとつきあい始めたのって、この家に出入りするようになったあとじゃない。それにしてもうまいこと尚之さんに取り入ったみたいね。まあ、四十にもなって彼女のひとりもいないんじゃ、あなたみたいな女狐に睨《にら》まれたらイチコロか。どうせなら、あたしが先に手をつけておけばよかった〉

茜がくっと嬉《うれ》しそうに笑う。

〈女狐なんてひどいですよ。偶然、ちょっとしたパーティーで知り合っただけです〉

〈なにが偶然よ。狙いをつけてたくせに。しょせん、あなたとあたしの狙いは同じってこと〉

〈おっしゃる意味がわかりません〉

〈でもね、最近ちょっと違うのかとも思ってる。――いいから、正直に言いなさいよ。梅田さんの息子に取り入ったのに、この家に通い続ける目的は何？　お金だけじゃないんじゃない？〉

　ミサキが、ふーっと大きなため息をついた。

〈これではどうどうめぐりですね。だって、わたしが何を答えようと、「それは嘘だ。ほんとのことを言え」と責められてしまうんでしょ〉

〈真実だと思えることを言ってくれれば、信じるわよ〉

〈それはつまり、茜さんが信じたがる内容という意味ですか〉

〈ほら、そうやってはぐらかそうとする。――とにかく、この家のことはあたしが仕切るから〉

　茜の声がひときわ大きくなった。

〈大きな声を出すと起きちゃいますよ〉

〈そんなことより、この際はっきり言っとくわよ。この家も土地も財産も、あなたにはびた一文渡さないから……〉

「はっくしょん」

しまった――。

繁子はがまんできずに、自分でも驚くほど大きなくしゃみをしてしまった。

それが合図だったかのように、二人の会話がぴたりと止まった。

繁子は、今ここで出ていくのはさすがに気まずいと思ったので、気配を消すようにして、ふたたびベッドに横になった。隣の部屋でも、しばらくはようすをうかがうかのように会話がとだえて、しんとなった。繁子はその気まずさがいやで、軽く嘘の鼾《いびき》をかいてみせた。

〈とにかく〉と先に言ったのは茜の声だ。〈よけいなことはしなくていいから〉

〈よけいなこと？〉

〈都合の悪いことを忘れたり、混同したりするあの症状はね、四年ぐらい前から出始めた。急にお酒の量が増えた時期ね。でも、最初はすごく軽い症状だったし、ごくたまにほんの一瞬顔をのぞかせる程度だった。あたしも、周りの人をからかってるのかな、って思うぐらいだった。だからお医者さんも、入院したり、つきっきりで面倒を見る必要はないって言ってくれたんだと思う〉

〈そうでしょうか〉

〈どういう意味よ〉

〈入院させない理由は、入院させないほうが症状がひどくなるからじゃないですか〉

〈ちょっとあなた、喧嘩《けんか》売ってるの〉

茜の声が荒っぽくなってきた。これがこの女の本性だ。

〈――あのね、あなたが現れてから、さらに酒の量が増えたし、それこそ症状がひどくなったんだから〉

〈さすがに、それはあんまりです。わたしが何をしたんですか。睡眠薬入りのビールを飲ませたりしていないですよ〉

ぶっ、という音がした。茜が飲み物でも噴き出したのだろう。

〈毎回毎回、手土産にウィスキーのボトルを買ってきて、さりげなくそこらに置いておくくせに。知ってるんだから。あれは、あの人が自分で買ってるんじゃない。あなたが、補充してるのよ。いつも酔っぱらっていてくれるように。もしかしたら、それこそ何か混ぜ物してるんじゃない〉

〈それはさすがに言いがかりです。じゃあ、逆におうかがいしたいですけど、わたしはいったい何のために、この家に通っているとおっしゃるんですか〉

ミサキは、あくまで柔らかい物言いで切り返した。それに引きかえ、茜の声はずっと興奮気味だ。

〈だから、それがわからないから、訊いてるのよ。――一番ありそうなのは不動産だけどね。この家は、大豪邸とまではいわないけど、東大や根津《ねづ》神社なんかにも歩いていけるし、六十坪ちょっとあるでしょ。まあ、億は下らないわよね。毎回、高級ウィスキー

を買ってくる見返りぐらいにはなるわね〉

〈見返りなんて……〉

〈だけど、言っておくけど、それは無理だから。いわゆる『権利証』ってやつ？　あれはあたしが預かっちゃったから。知り合いにちょっと相談したら、あの人のあの状態じゃ有効な遺言はちょっと難しいらしいけど、逆に発想を変えてあたしが後見人とかいうのになれそうだし、そうなったらあたしが全部管理できるし。――ふふ、残念ね。それからこれも一応調べたけど、あなたを受取人にして生命保険に入っている様子もないし。貯金だって三百万は定期になってるし。せいぜい三、四十万の普通預金が自由になる全財産ってとこだし――。だからね、梅田さんところのドラ息子をくわえ込んだだけで満足しときなさいよ。あんまり欲をかくと、元も子もなくなるわよ〉

〈だから、お金のためじゃありません。何度も申し上げたとおり、下心なんてありませんから。安心してください。繁子さんからは、財産どころか、一円もいただいていません〉

　ミサキの口調もしだいにきつくなってきて、口論は際限がなくなりそうに思えた。

〈あの人にはほとんど親戚《しんせき》がいないのよ。いわゆる『法定相続人』っていうのがいないの。あたしも勉強したわよ。なにしろ、一億からの金がかかってるからね〉

〈だったら、よけいわたしなんて……〉

〈だまって聞きなさいよ。でもね『特別縁故者』っていう制度があるの。知ってるでし

よ〉

〈いえ、初耳です〉

〈ふん、白々しい。ここにメモがあるから読んであげるわよ。いい？『被相続人と生計を同じくしていた者』『被相続人の療養看護に努めた者』『その他被相続人と特別の縁故があった者』だってさ。あたしなんて、全部あてはまりそうでしょ。裁判所に認めてもらえれば、遺産の一部か全部、堂々ともらえるのよ。近々、一緒に暮らそうかと思ってるし。とにかくさっきも言ったけど、後見人にだってなれるはずだし、あなたには庭の石ころひとつ渡さないから〉

ミサキの返事が聞こえない。何か考えているのだろうか。きっちり反論してやり込めて欲しい。

〈ちょっと訊くけどさ〉茜の声だ。

〈――っていうか、ほんとはぜんぜん訊きたくないんだけどね。あなたたち、一緒にお風呂《ふろ》に入ってなにしてるの？〉

〈何って、体を洗って、洗髪もして差し上げてますよ〉

〈だから、体のどこよ〉

〈いやだ、茜さん。変な想像しないでください〉

〈何が変な想像よ。カマトトぶってないで、はっきり言ってよ。あの人はどんな顔して、あなたに体を洗ってもらってるの〉

〈しっ、聞こえますよ〉

〈聞こえたっていいわよ。いっそ、ここへ引っ張り出して白黒はっきりさせてもいいわよ。どうせ、今だって起きて聞き耳立ててるんだから。はっきり言ってやる。ねえ、聞いてるんでしょ〉

茜のヒステリックな声を聞くうち、激しいめまいに襲われて、まぶたをきつく閉じ、そのまま眠りに落ちた。

5

「繁子さん、今日はお客様を連れてきたの。会っていただけます？」

細い雨に濡《ぬ》れている庭のアジサイを見ていると、部屋に入って来たミサキがそう切り出した。

昨日、なんだかとてもいやなことがあった。たしか、ミサキとだれか——そうだ孫の一彦の嫁の茜が言い争いをしていたのだ。それが聞くに堪えない内容だった。すっかり具合が悪くなって寝込んでしまった繁子を、やさしく看病してくれたのもミサキだった。やさしくベッドに添い寝してくれて、体をさすってくれた。若い人のいい匂いがした。いや——あれは昨日ではなかったかもしれない。一週間前か、ひと月前か。

敦はどこへ行ったのだろう。こんなときこそ、頼りになってほしいのに。

「お客様って、どなた？」

「あがっていただきますね」

ミサキはそう答え、玄関まで戻って行き、そこで待っていたらしい客人を連れて来た。

「失礼します」

リビングに入ってきたのは、二人の男性だった。

どちらも中年だということぐらいしかわからない。

ひとりは、なんとなくサイズが合っていないような、見るからに安物のジャケットを着ており、髪も薄くて冴《さ》えない印象を受ける。もうひとりは、きちんとプレスのきいたスーツを身に着けて、襟のところに金色のバッジをつけている。ゴルフ焼けのような浅黒い顔をして、目つきがきつい感じだった。

「こちら、植野《うえの》さんと、弁護士の長峰《ながみね》先生です」

まずミサキが紹介し、それぞれが自分でも名乗って繁子に挨拶をした。なんでもメモする繁子の習慣を知っているミサキが、紙に二人のフルネームを書いてくれた。それをながめてから、『ノート』の今日のところに挟んだ。あとでテープで留めておく。

髪の薄い冴えないほうが植野、目つきのきついほうが弁護士の長峰、と覚えた。冴えないほうが植野、目つきのきついのが長峰、冴えないのが——。

口のなかでつぶやいていると、ミサキが、いつになく真剣な表情で話し始めた。

「実は、こちらの植野さん——」

続けてミサキから聞かされた話は、少々驚きはしたが、そんなこともありそうだとうすうす感じていたことではあった。

つまり、冴えない植野という男は、茜とできているのだそうだ。

「あの茜と？」

「はあ」

冴えない植野が身を小さくしてうなずく。

知り合ったきっかけは近所のカラオケスナックというから、いかにも茜にお似合いだと笑いそうになった。一方の当事者がこうして告白しているのだから、間違いないのだろう。

そんなに手軽に浮気するなんて、一彦もひどい女と結婚したものだ。もっとも、小さい時から女の子に話しかけることもできない、シャイな子だったから、押しの強い茜みたいな女の言いなりになったのだろうと想像はつく。

「申しわけありません」

植野という男が、正座をして頭を下げた。なんとなく、芝居がかっているように感じたが、そういうタイプなのかもしれない。本人が言うにはまだ四十七歳らしいが、前から見たよりも頭のてっぺんはさらに薄くなって、地肌が見えている。

茜が愛人を作ったと聞いて、まず頭に浮かぶのは財産のことだ。

なぜなら、この家も土地も、まずは息子の敦に、そしていずれは孫の一彦のものになる。

近ごろは、骨肉相食《は》む、残虐で痛ましい事件が多い。まさかとは思うが、茜も、一彦が全部の遺産を引き継いだあと、この男と手を組んで一彦に砒素《ひそ》でも飲ませて死なせ、全部横取りしようとしていたのではないか。砒素なら検出が――。

砒素？

なんでそんな具体的な毒薬の名前が出たのだろう。

最近、細かいことをちょこちょこと忘れるようになったその一方で、やけに専門的な単語を覚えていたりする。砒素、無水亜砒酸、酸化砒素、どこかで聞いた。でも思い出せない。ずっと昔に覚えた固有名詞はぽっと浮かぶのに、それが何を意味するのかは思い出せない。

茜の話題が続いている。

茜には、もしかするとこの植野以外にも男がいて、二股《ふたまた》、あるいはそれ以上なのかもしれないと言う。

「まあ、あまり驚きはしませんけど」

そう感想を口にした。

いくら同性とはいえ、繁子の前で少しの恥じらいも見せずに、下着になって着替えたり、一度など、その下着さえとって、グロテスクなほど大きな胸を繁子に見せつけたこともある。とにかく恥じらいのない女なのだ。

「あの茜とかいう女の本性はわかったけど。——というより、前から知っていたけど、でもどうしてわざわざそれをわたしに？　それも、ミサキさんが」

「植野さんには、今回強くお願いして来ていただきました。茜さんのいまの状況を理解していただこうと思いまして」

「一彦には言ったの？」

　繁子の問いに、いつもすらすらと答えるミサキが言葉に詰まった。冴えない植野と目つきのきつい長峰と三人で顔を見合わせている。

「心配なんです」

　ミサキが話を逸《そ》らした。

「何が？」

「もちろん、繁子さんがです」

「わたしなら大丈夫」

　口ではそう言ったものの、実は不安がないではない。

「——敦がいてくれればいいんだけど」

　つい、弱音が口をついて出た。弁護士と浮気相手の男が顔を見合わせている。驚いたような、聞かなかったことにしようかとでもいうような、へんな顔つきだ。

「もしかして、茜さんに勧められて、変な書類にハンコを押したり、まして遺言状なんか書いてはいけないと思って」

ミサキが心配そうに眉根《まゆね》を寄せている。

「大丈夫よ」笑った。「多少物忘れはするようになったけど、そこまで耄碌《もうろく》はしてないから」

「そういう書類とか書いていませんか」

「書いてないわよ」

断言した。それは自信がある。

「もし、そんなことを言われたら、わたしでもいいし、こちらの長峰先生にお電話してくださってもいいそうです」

目つきのきつい長峰弁護士が、すっと名刺を差し出した。それを受け取る。

《長峰法律事務所》そう書かれた下に、氏名と千代田《ちよだ》区一《ひと》ツ橋《ばし》の地名表記、それに固定電話の番号が書いてあった。少し前に、だれかにこんなことを言われた。

「名刺に携帯の番号しか載っていないような相手は、その時点で信用してはいけない」

ならば、この先生は大丈夫だ。

「わかったわよ。そんなに心配してくれるなら、必ず相談します。もちろん、その場で断るけどね」

冴えない植野はもういちど深々と頭を下げ、長峰弁護士は軽く会釈した。

「じゃあ、お二人を見送って、また戻ってきます。そしたら、お風呂に入りましょ」

なんとなく心が浮いてきた。

テーブルを見ると、いつのまにそこにあったのか、新しい瓶が置いてあった。

6

〈そんなことを言ってるんじゃないの〉

怒鳴るような声が聞こえて、繁子はベッドで目覚めた。

この大声は——すぐに名前が出ないので、枕元においた『ノート』を見る。最初のほうのページに書いてある。

《声が大きくて品がない——青木（あおき）茜（あかね）＝一彦の嫁》

〈サトウミサキさん。あなたに、もうこの家に来ないでくれと言ってるの〉

〈ですから、この家は繁子さんの——もしくはその息子の敦さんの家ですよね。だとすれば、ちゃんと世帯主さんの許可を得ているんですから、問題はないと思いますけど〉

〈あなたが、だましてるからでしょ〉

〈人聞きの悪いことを言わないでください。何もだましてませんよ。お金だって一円ももらっていないし〉

〈またそれ？　どうせ、まとめてごっそり盗《と》るつもりでしょ〉

〈どうやってでしょう？　先日、茜さん自身がおっしゃったじゃないですか。現金はないし、不動産の権利証は押さえたしって〉

〈だったら、なんで植野なんて連れてくるのよ。あの人は関係ないでしょ。しかも、弁護士まで一緒に〉

　声からすると、相当に怒っている。

〈じゃあこちらも言いますけど、茜さんは、財産が欲しくて青木家から籍を抜いていないんですよね。一彦さん以外の男性と事実婚のような関係にあるなら、籍は抜くべきじゃないですか。もしかすると、先日おっしゃった『特別縁故者』になれるか、不安なんじゃないですか〉

〈まったく、ああ言えばこう言う。ほんとに憎たらしい女〉

　そこでしばらく会話が止まったので、外の雨の音が聞こえてきた。今日もまた雨だ。そのせいか、毎日体調がすぐれない。早く梅雨が明けてくれないものか。こんなにじとじとするなら、まだからっと暑いほうがましだ。

　先に口を開いたのは茜だ。かなり攻撃的な口調だ。

〈たぶん、あなたのことだから、全部調べたんでしょうけど、ここではっきりさせておく。あなたに言って聞かせる目的もあるけど、今も隣の部屋で聞き耳立てている人に聞かせるためにもね〉

〈お好きにどうぞ〉

〈――あれは、今からちょうど十年前のこと。義父の敦の運転する車が事故を起こした。もちろん、知ってるわよね〉

〈ええ〉

〈事故の原因は居眠り運転。敦は当時から無呼吸症候群とかで、夜は熟睡できずに昼間突然寝ることがあったみたいね。それはともかく、ブレーキも踏まずに電柱に激突して、同乗していた、自分の妻と息子の一彦を亡くした。ほとんど即死だったって聞いた。病気との関係は立証できなくて、ただの業務上過失致死。それでも、勤めていた私立高校は辞めることになった。

　運転していた敦本人は、骨折もせずにぴんぴんしてた。一家で生き残ったのは、敦とその母親の繁子さんのふたりだけになった。それと、そのとき車に乗っていなかった、一彦の妻のあたしと。

　それだけでもかなりショックだと思うけど、その後、この家で繁子さんとふたりきりで暮らすようになって、敦はだんだん心を病んでいったのね。

　こう言ったらなんだけど、あたしだって、被害者のひとりよ。まだ若い夫を、年寄りの居眠り運転なんかで失って。恨みごとのひとつも言いたかったわよ。でもまあ敦の落ち込みがはげしかったから何も言えなかった。

　事故当時、一彦とあたしは、この家で同居はせずに、近くのマンションで暮らしてた。繁子さんがやきもち焼いて、あたしに当たるからね。それはともかく、今でもそのマンションに住んでるけど名義はずっと義父の敦のまま。ケチでしょ。あたしから夫を奪ったんだから、マンションぐらいくれたっていいと思うけど〉

ミサキが何か小声で答えたが、よく聞き取れなかった。それにかぶせるような茜の大声が続く。

〈それでなんだっけ、そうだ、繁子さんは、厳しい人だったみたい。まだ敦が敦本人だったころに聞いたことがある。「子どものころから、母親に甘えたことがない」ってね。でも、繁子さんは孫の一彦には甘かった。一彦を溺愛《できあい》してた。その一彦が死んじゃったんで、敦を責めたのよ。一彦が生きてたころはあたしにも冷たくしてたけど、死んでからは、あたしのことなんか眼中になくなったみたい。こっちはせいせいしたけどね。あたしはなるべく、親子の諍《いさか》いにはかかわらないようにしてたけど、それでも何度か遭遇したことがある。繁子さんの口ぶりは罵詈《ばり》雑言って感じね。敦に多少は同情したな。妻と息子を同時に死なせて、職も失って、母親からは毎日責められてさ。敦にしたって、世間的にはもう「おじいさん」て呼ばれてもいい歳なのに、子どもみたいに叱られて〉

繁子は怒りで息が苦しくなってきた。品のない女だと思っていたが、陰でこんな悪口を言っているとは思わなかった。なんという女だ。「ぜんぶ聞こえているわよ」と襖《ふすま》を開けて怒鳴り込んでやろうかしら。

あまりの怒りに、しばらく会話が耳に入ってこなかった。やがて聞こえてきたのは、またしても茜の声だ。

〈――とにかく、繁子さんは、毎日のように敦をののしってた。「あんたのせいで一彦が死んだ」って。「いねむり運転なんかしなかったら」「あんたが一彦を殺したようなもの」「生きてるはりがない」って責めた。いまにして思うと、すでに発症してたのかもね。もはや正確な診断のしようがないけど、繁子さんは、何型なのかまではわからないけど認知症だったのよきっと。怒りっぽくなるっていうからね。たったひとり残った身内の息子にそんなだから、当然病院になんていかない。それで急速に症状が重くなって、徘徊《はいかい》しだしたと思ったら、近所で敦の悪口をいいふらすようになって、どんどんそれがひどくなって、ある日とうとう帰ってこなくなった〉

　胸が苦しい。いや、違う、めまいがひどい。いったい、この女は何を言っているのか。

〈そのあたりの詳しいことは知りません。繁子さんの行方がわからなくなって、当然捜索願は出されたんですよね〉

〈もちろんよ。すぐに警察へは届けた。でもね、いわゆる徘徊老人ってことで、積極的な捜索なんてしないのよ。どこかで見つかったら連絡をくれるだけ。だから、個人的に懸賞金かけたり、探偵社に依頼したりしたけど、見つからなかった。敦にしてみれば、心配な反面、どこか心が安らいだんじゃないかな。ところが、ここが重要なところなんだけど、敦は隠れマザコンだったのよ。もう何十年間も、ずっと繁子に甘えたかった。ところが、繁子は自分を通り越して一彦を溺愛してる。敦にしたって、一彦は息子だから可愛い。そして憎い。そんな複雑な、気持ち悪い三角関係でいたところに、息子も妻も失って、甘えたかった母親は般若《はんにゃ》みたいになったあげく、行方不明になった。ひとりぼっちになった敦が、こんどは少しずつおかしくなっていった〉

そこで、少し間が空いた。気配からして、お茶でも飲んだのかもしれない。夢中になって人の悪口を言うから喉《のど》が渇くのだ。

〈――あれは三年前だった。繁子ばあさんが行方不明になって、一年ぐらい経ってた。最初にあれを見た時の衝撃は、今でも忘れられない〉

繁子は、怒鳴り込む機会をすっかり逃してしまい、ぼんやりベッドに座り込んでいた。ええと、何を怒鳴り込むのだったろう。そもそも、さっきは、何を怒っていたのだろう。なんだか、だるい気分だ。いろいろなことが、もうどうでもいい。

〈ちょっとした用事があって、この家をたずねてきたことがあったの。以前から軽く声をかけて、気軽にあがる習慣があったから、そのときも気軽な気持ちで家に上がった。そしたら誰もいないじゃない。だから、物騒だなあって思って家の中を見て回った。そしたら、家出する前に繁子さんが暮らしてた部屋に、いたのよ、義父の敦が。あの恰好《かっこう》をして。驚いたのなんのって、とにかくびっくりしたわよ。思わず、きゃあって叫んじゃった〉

ひどく眠い。頭が耐えられないほど重いので、横になって枕に載せた。

〈あのね、趣味でやってるならいいのよ。自分で何をしているかわかった上で、あくまで趣味でやってるならね。でも、敦はあのとき、完全に繁子さんになりきってた。繁子さんの服を窮屈そうに着て、ご丁寧にうっすら化粧までしちゃってさ。「一彦がまたサボテン買ってきたの」とか言っちゃって。――ああ、いま思い出してもほら、鳥肌が立ってきた。

あたしね、その日は走って家に帰って、それで悩んだ。もちろん、敦を心配したんじゃない。あのおっさんをなんとか適当な病気扱いにして入院させたら、この家とか乗っ取れるんじゃないかって。でも、そうならないかもしれない。個人の趣味の問題だからってかたづけられるかもしれない。

あたしね、なんだかんだいって、不安だった。そりゃ、車の事故で下りた任意保険金と一彦の生命保険の金はもらったわよ。だけど、女の独り身なんて先行き不安じゃない。だから、今のマンションを追い出されたくなかった。義父を病院に入れたりしたら、なんだかわからないうちに薬漬けにされてぽっくり逝《い》っちゃったりするかも知れない。そのころは法律のこととかぜんぜん知らなかったから、最悪は国に財産とか没収されちゃうかもしれない、なんて考えた。弁護士にだって相談できないわよ。弁護士が役所に言いつけるかもしれないし。

だから、とにかく隠そうと思った。もしくは、ご近所の人に知れても、「あれはただの趣味」ってことで押し通そうと思った。その一方でね、あたしは、敦がどういうつもりで繁子さんのふりをするのか、ほんとは冷静にやってるんじゃないかとも疑った。だから、前より足しげくここへ通って、あれこれ話を振って、何度か色目をつかったこともあった。いよいよとなったら、ある程度の線は越えてもいいかとも覚悟したわよ。それではっきりした。あの人は女装がしたかったんじゃないの、母親の繁子さんになりたかったのよ。あたしには理解できない心理なんだけど、母親になりきって「敦は勉強ができたから、教頭先生や高校の先生になれたのよ」とか言ってるのよ〉

〈むずかしいお話はわたしにはわかりません〉

〈ふざけないで、ぜんぶ知ってたくせに。青木家の変わった内情は、いくら隠そうとしても、ご近所には知れていた。どこで嗅《か》ぎつけたのかしらないけど、そこへあなたがやってきて、あの怪物を完成させたのよ〉

〈完成って、どういう意味ですか〉

〈この前も言ったけど、この家のことを調べて、近所の噂なんかも聞いて、本家筋の梅田さんところの息子が独身で婚活に精を出してると知って、「こいつらはカモだ」って思ったんでしょ。――まあ、よその家のことはいいわ。とにかくあんたは敦に会うなり、一瞬で見抜いた。本性をね。つまり、女装そのものが趣味なんじゃなくて、母親になりたがっているってこと。その部分に心の深い闇があるってこと。あたし、知ってるのよ。あなた、古い日記なんか引っ張り出して熱心に読んでたそうじゃないの。繁子さんが自分で言ってたわよ。「あの子はね、わたしのことが知りたいって、昔の日記まで読んでるのよ」って。それで、あの人の心の一番弱そうなところを探り出して、思い切り突っついた。なんのために？　もちろん、人格を壊してこの屋敷を乗っ取るためでしょ。

　あなたの計画は当たった。あなたが「繁子さん、繁子さん」って持ち上げるもんだから、あの人はますますその気になった。だって、やさしくしてもらえたら気分がいいものね。そしてそれだけじゃない。わざとあの人が知らないあいだにサボテンの鉢を増やしておいたり、食べてもいないのに汚れた茶碗《ちゃわん》を流しに置いたりして、あの人が誰にも言えずに「もしかして、物忘れがひどくなったのか」って悩むようにしむけた。とどめは、来るたびにあの人が好きな洋酒を持ってきて、いつも酔っぱらってる状態にさせた。家にずっと引きこもって、近所の人とも交流がなくて、ああやって日がな一日、酔っぱらってはロッキングチェアに揺られて、そして、繁子さんになりきっていれば、そりゃ人格も壊れるわよ。しかも、あなたみたいな色っぽい人に、お風呂まで入れてもらって、いろいろやさしく面倒みてもらえたら、もうもとには戻りたくなくなる。これじゃ、健康な人だってだんだんひどくなる。もし、これ以上続くようなら、警察に相談するからね、覚悟しときなさいよ〉

〈おっしゃりたいことはそれで全部ですか？——ならば、わたしからもひとつ相談があります。もういいかげん、不毛な言い争いはやめにしませんか？〉

〈なによ急に、気持ち悪い〉

〈たしかに、繁子さんが敦さんだったころに書いた『日記』を読みました。十五年前のあることを知りたかったからなんですけど、それが何かは茜さんには関係のないことです〉

　ミサキの声が低くなった。しかし、なんとか聞き取れた。

〈それよりわたし、『日記』を精読するうちに、面白いことに気づいたんです——〉

7

家の中を大勢の人間が歩き回っている。

うるさくて、テレビの音が聞こえない。気持ち悪いニュースをやっているから見たいのに。

〈──続きまして、大田区のレンタルコンテナから見つかった、女性の遺体についての続報です。依然としてこの女性の身元は判明しておらず──〉

ばたん、がたんとひどい音だ。客間の畳をはがして、床板まではがそうとしている。

「どこに埋めたか、早く言ったほうがいいよ。そうじゃないと、家じゅうの床を引っぺがすことになるよ」

そう声をかけてきたのは、白い手袋をはめた男だ。だれだ、この男は。

脇においた『ノート』を見る。《けいしちょう》と書いてある。最初に家に入ってきたとき、身分証を見せて、そう名乗ったからだ。

家の中にいるのは、ほとんどみんなけいしちょうの人間だそうだ。何か紙を見せられて、ものすごくがさつに乱暴に横暴に家じゅうをひっかきまわされている。後片付けはちゃんとしてくれるのだろうかと気になった。

「そんなこと言われても心当たりがありません」

胸を張って答えた。心細くはあるが、毅然《きぜん》とした態度をとらなければならない。

「今は、繁子になっちゃってるから無理かもしれません」

脇からそんな告げ口をしたのは、たしか茜とかいう女だ。これは親戚だったろうか。いや、孫の友達か？　とにかく、前から嫌な女だと思っていたことはたしかだ。この女がけいしちょうたちを連れてきたに違いない。

ミサキはどこだろう。こんなときこそ、彼女にそばにいて欲しいが、朝から姿が見えない。

見えないといえば、あんなに咲いていた庭のチューリップがひとつもなくなっている。誰かがむしったのだろうか。いや、庭に植えたのは、なんとかいう名前のサボテンだった。ひょろっと伸びて蕾が開きかけているのは、あれはヒマワリかしら——。

「係長、これじゃないですか」

けいしちょうの一人が、白い手袋をはめて、それでもなお恐る恐るという感じで、ビニール袋を持ってきた。中にはラベルの貼られたガラスのビンが入っている。「係長」と呼ばれた男が、それを目の高さにあげさせた。紺色の制服を着て、帽子をかぶった男が反対側からのぞきこんで、そのラベルを読んだ。

「これでしょうか。ええと、ディーアイエーアールエスイー……」

「Diarsenic Trioxide（As_2O_3）、三酸化二砒素」

ベッドに上半身を起こした繁子が、すらすら化合物の名を口にすると、けいしちょうの何人かがこちらを見た。

「えっ？」

「いわゆる砒素です。みなさん、ニュースなどで耳にしたことがあると思いますが、絶対に素手では触ってはいけません。猛毒です」

　けいしちょうたちが怖い顔をしてお互い目を合わせている。うなずいている人間もいる。

「可能性、いよいよ高くなりましたね」

　けいしちょうたちが、ビンとこちらの顔を、交互に見ている。中のひとりがぼそっと言う。

「青木敦に戻ったのかな」

「たぶん、一時的に古いことを思い出しただけですよ。ときどきあるんです」

　どうでもいいような口調で、茜が口を挟んだ。

「しかし、あなたもよくこれだけでわかりましたね」

　声をかけられ、わかるわけないですよ、と茜が照れている。

「なんか、急にそのところだけ外国語で書いてあるから、知り合いの弁護士の先生に相談してみたんです。そうしたら、さっきの砒素だとか、ええとこれこれ、この《Mutter》というのが母親のことで、《vergraben》っていうのが埋めるっていう意味だっていうじゃないですか。最初のページの黒く塗りつぶしてあるところも、よく見ると《繁子死亡》とか書いてあるみたいだし。それで、怖くなって通報したんです」

「くどいようですが、あなたが通報するのとほぼ同時期に『青木家に入り込んだ自分の犬が、人の骨らしきものをくわえてきた』と匿名の電話をして、それを警察に届けたのは、本当にあなたじゃないんですね」

「違いますよ。そんなめんどくさいこと、っていうか気味の悪いことできません」

「奇妙な偶然だな」

「骨を届けたって、どこにです？　何か手掛かりはないんですか」

「捜査中だから、これ以上詳しいことは言えません」

「――課長、出たみたいですよ」

「どこだ、客間か？」

「ええ、そうです。もとの繁子の部屋だった床下です。すっかり白骨化してるみたいです」

「穴は深いか」

「それが、誰か最近一度途中まで掘り返して、また土をかぶせたみたいです」

「一度掘り返した？　誰がそんな――とにかく行こう。鑑識が始まるまえに、ちょっとだけ拝ませてもらうぞ」

　まわりにいたけいしちょうたちと茜が、一斉に部屋を出ていってしまった。

　リビングには、繁子と、繁子をつきっきりで見張っている、制服を着たけいしちょうの二人だけになった。

いや、窓の近くに、あと二人残っている。さっきからずっと、ほかのけいしちょうたちとは少し離れた場所で、こっちをみながらひそひそ話をしている気持ち悪い男たちだ。

みんながいなくなったので、二人は繁子の近くに寄って、顔をのぞきこんだりしながら、世間話みたいなことをしている。

「安井さん。何か出たみたいですけど、見に行かなくていいですか」

「今は混んでるだろ。こっちはいってみりゃよそものだしな」

「それにしても、よくよそさんの現場に入れてもらえましたね。というより、そもそも情報が早いですね」

「まあ、いろいろ長くやってるからな。貸しもある」

「しかし、小田切の件は、まいりましたね」

「失態だ。何かしでかしそうだとは思ったが。なめやがって」

「まさか、自分たちが帰った直後とは。梅田のやつ、近くで隠れて見ていたんですね」

「ふん。脅しが足りなかったんだ」

梅田、小田切——。どこかで聞いたことがあるが、どこだったろう。

何人か戻ってきて、入れ替わるように二人は出ていった。

戻ってきた茜が、制服を着たけいしちょうに声をかけた。

「ねえ、お巡りさん、そろそろこの人、トイレに連れていったほうがいいと思うわよ」

何を言い出すのかという顔で、けいしちょうが茜を睨んだ。

「トイレなんて行きたくないわよ」

繁子もよけいなことを言った茜を睨む。

「そう言って、いつも漏らすじゃない」と茜。

「漏らしそうですか」けいしちょうが割り込む。

茜が答えた。

「あたし、連れて行ってきますよ。この感じなら、いまさら逃げないでしょ」

「じゃあ、お願いします」

けいしちょうがそう答えると、茜が繁子の腕をつかんだ。

「さあ、行きましょ、繁子さん」

「わたし、行きたくないんだけど」

そうあらがったら、茜が耳打ちした。

「いい子にしたら、ミサキさんのこと呼んであげるから」

素直に従った。

トイレに入るのは入ったが、したくないものはしたくない。

「ミサキさんはどこ？」

ドアを少し開けて、茜に質問すると、茜はいつもより小さな声で答えた。

「トイレ？」

「もうここには来ない。残念でしょうけど。最後にそれだけ教えてあげようと思って、トイレに来たのよ。警察の人に聞かれたくないから」

「警察？　警察がどこかにいるの？」

「めんどくさいから、その話はいいわ。——ミサキさんが来ないのは、もう用が済んだからよ」

「どんな用？」

「話したってわからないでしょ。簡単にいえば、手を組んだってこと。あたしとミサキさんは、めざすものが一緒だったので、共闘することにしたの。計算してみたら、山分けにしても一人一億近くになりそうだから。日記の変な横文字とか化学式の意味を教えてくれたのもミサキさん。犬がくわえてきたとか電話して、警察に骨を置いたのもミサキさん。この家に入り浸って何をしてるのかと思ったら、死体が埋めてあることに気づいて、それがどこか探してたみたい」

「死体って、なんのことよ」

「あんたが殺して埋めた繁子の……」

「あーっ、あーっ」

「しっ。静かにしなさいよ。そうやって都合が悪くなると叫んでごまかして。でも、さっきの刑事が『一度掘り返した』とか言ってたね。あれはたぶんミサキさんがやったのね。やっぱりあたしなんかより根性あるわ。用心しないと」

そして、「あんたはこのあと、たぶん病院へ連れていかれる」と言った。だから、簡単な着替えぐらいは用意しろと。

「あんたのしたこと、ミサキさんのレポートで読ませてもらった。中学の教頭をやってたころよ。なんだか偉そうな態度とってたけど、人に説教できる身でもなかったってことね。ミサキさんが、あんたには反省を求めるのはあきらめるってさ。今のあんたのその状態じゃ理解できないだろうしね。その代わり、刑務所か病院」

言葉は理解できるのだが、言っている意味がわからない。それより、大切なことを頼まなければならない。

「ねえ、あなた。『一彦』の面倒をみてくれない。面倒といっても、お水はほとんど……」

「それってサボテンのこと？　何言ってるのよ。あんなもの、ぜんぶ捨てたわよ。胸糞《むなくそ》悪い名札がついてたから。ああ、でもね。どういうわけだか、十いくつもある鉢が全部、ピンクと白のきれいな花をつけてたわね。ミサキさんの話だと、本当はあの種類は春先に咲くんだって。こんな時期に咲いたのは、サボテンなりに別れを告げたのかも、なんて言ってた」

青木繁子は、どうして今日もまた病院のベッドに寝かされているのか、そしてトイレと入浴以外、この部屋から出ることを禁止されているのか、ほとんど私物もないのか、その理由がわからない。

つまらないから、病室においてもらったテレビをつけると、まだ飽きもせずに「コンテナでみつかった遺体の身元が――」などと騒いでいる。ほかにニュースはないのか。

おまけに入れ替わり立ち替わり、医者だとかけいしちょうだとか、どこかの大学の教授だとかがやってきて、わけのわからないことを訊く。

ドクブツはいつどこで入手したかとか、最近家にだれか出入りしていたかとか。『ノート』の破れているページには何が書いてあったのかとか。

だから、そのたびに、こちらもいいかげんなことを答えてやる。

ばかにするから、ばかにしかえしてやるのだ。

ひとつ残念なのは、あのミサキとかいう女と、最近は風呂に入れないことだ。

ぼんやりしているのだが、あれは楽しい体験だった。

人生で、一番楽しい体験だった。

ただ不思議なのは、あのミサキという女のことを『ノート』にたくさん書いたはずなのに、どこを探しても見当たらない。

もしかすると、破れてしまったページに書いてあったのかもしれない。

いったい、誰がそんなことをしたのだろう。

いまとなっては、もうどうでもいいことだ。

第四章　同窓会——小谷沙帆里

1

「よっ。サホリン」

「えっ」

いきなり後ろから肩を叩《たた》かれて、小谷沙帆里は、思わずびくっと反応してしまった。

振り返ると、高田《たかだ》桃花《ももか》が立っている。

「あ、なんだ、モカちゃんか」

モカというのは、高校時代に桃花についたあだ名だ。もちろん、名前に由来しているが、コーヒーやカカオ系の飲み物やスイーツに目がないからでもある。

立食パーティー会場の、ほぼ全体が見渡せる位置に立っているつもりだったが、桃花が近づくのには、気づかなかった。驚かそうと思ってそっと回り込んだのかもしれない。なんとなく不愉快になる。

沙帆里は驚かされた腹いせに、桃花の恰好をチェックして、ひそかに腹の中で笑ってやった。

ゴールデンウィークも終盤に近い『こどもの日』だというのに、沈んだ色合いのベージュ系のジャケットを羽織っているのは、あえてニックネームを意識したわけではないはずだ。ただ単に、気温だけを考えて、去年の秋物を引っ張り出してきたに違いない。

沙帆里の驚きぶりに満足したらしく、桃花は嬉しそうににこにこしている。

「どしたの？　そんなにびっくりして」

「ううん、別に。いきなり声かけられたから、ちょっと驚いただけ」

「ほんとけ？　なんだか、さっきからずっとキョロキョロしてっから、だれか探してるのかと思った」

桃花は、地元の人間どうしで会話するときの、語尾の上がるイントネーション――いわゆる〝訛《なま》り〟――を隠そうともしない。大学の四年間を東京で過ごしたくせに、地元に帰ってきたらすぐに戻ってしまった。十代後半を、ずっとこちらで過ごした沙帆里が、神経質なほど気を遣っているのと対照的だ。

桃花が、地元出身の男――もっといえば中学の同級生――と結婚したのも大きいかもしれない。

「ねえ、サホリン。だれかお目当てがいるのけ。それとも、新しい彼氏探しけ。あれから、まだ三か月しか経ってねえべ。あんまり派手にやるとまずいんでねえのけ」

探るような視線を向ける桃花に対して、ますます腹が立った。

そもそも、沙帆里は「サホリン」などというニックネームが好きではないし、いつものことながら、隙あらば何か探り出してやろうという、桃花の態度も不愉快だ。しかし、ここでむきになっては思うつぼだ。

「やめてよ。モカちゃんとは違うよ。そんなんじゃないって。初めて見る顔が結構あるなあって思ってただけ」

「そんなこと言って、サホリンは去年の第一回にも出たんでねえのけ」

うるさい女だな。手にしたプラコップのウーロン茶をすすりながら、どうやってこいつを追い払おうかと思っていたら、むこうからフォローしてくれた。

「まあ、たしかに。旦那《だんな》が死んでまだ保険金も下りてないのに、さすがに次の男を探すってことはねえか」

「そうそう。純粋に同窓会を楽しみに来た」

「でもさ、サホリンは、こっちの中学には半年ぐらいしかいなかったから、知らない顔ばっかりで逆に新鮮なんでねえ？」

ほんとにいちいちうるさい女だ。

「そんなこともないよ。小学校はずっとこっちだから。まんざら知らない顔ばっかりじゃないし」

「でもねえ、いい男はたいてい売れてしまったわ。売れ残ったのは、あんなのぐらいだ」

桃花に肘《ひじ》の先でつつかれ、あごでしゃくったほうを見ると、米農家を継いだ幹事役の二宮尚正《にのみやなおまさ》が、すでに薄くなりかけた額の汗をぬぐいながら足早に歩いているところだった。

二宮が話しかけた相手も、名前は忘れてしまったがやはり地元で就職した男で、どうみても全部セットで一万九千円で買ったとしか思えない、真新しいスーツが似合っていない。

今日、この町営セレモニーホール『ぼぬーる』で催されているのは、沙帆里の出身中学である、桑波《くわなみ》町立沼端《ぬまはた》中学校――略称『沼中』――の第二回同窓会だ。

第二回ということは初回がある。それも去年の八月だからまだ一年も経っていない。

そもそもは、いまだに地元づき合いしている沼中の卒業生数人が、酒に酔った勢いで同窓会の企画を立てたのがことの始まりだそうだ。

聞くところによれば、メンバーのひとりが、段ボール箱の底にしまい込んであった卒業名簿を引っ張り出し、適当に案内状を出したところ、たった三人しか返信が来なかった。それでかえって意地になったという。

対象卒業年度を前後二年ずつ、合わせて五年間まで広げ、帰省組を当てにして開催時期を旧盆にずらし、再度はがきを出しまくって、なんとか二十数名をかき集めた。

刺激の少ない土地でたまには変わった趣向の宴会を、という程度の気持ちで始めたことだったらしいが、これが意外に好評だった。会が終わったあとで「顔さ出したら、結構懐かしいし、意外に面白いじゃねえか。またやるべ」という意見が多く集まったそうだ。さらに、欠席者からも「次は出たいから、ぜひもう一回」というリクエストが来た。

沼中には、三年生の後半数か月しか籍のなかった沙帆里も出席したが、たしかに楽しかった。もともと小学校はこちらだったから、ほとんどは顔見知りの幼馴染《おさななじみ》だ。

そんな好評に背中を押されて、こうした同窓会としては珍しいと思うのだが、一年も待たずに二回目の開催となった。

今回、ゴールデンウィーク中を選んだのは、盆や正月に次いで帰省組が多いという理由らしい。たしかに、前回との間隔が短いにもかかわらず、参加人数は一回目より十人以上増えて、四十人近くになるらしい。

ここから先の情報は——本人自身は前回欠席した——桃花によるものなのだが、出席者が増えたのは、実は懐かしさばかりではないらしい。

前回の同窓会でくっついたカップルが、何組かあったというのだ。しかも、ほとんどが既婚者、つまり不倫だ。田舎は、土地は広いが人間関係は狭い。本人が漏らしたり誰かに見とがめられたりして、噂はすぐに伝わる。

みな、表立って口には出さないが、やっかみとうらやましさを覚えたようだ。同窓会に出る、という口実のもと、本当に最後の一線を越えるかどうかはともかく、不倫の気分が味わえるかもしれないと、そんな淡い期待を抱いた連中が大勢いた、ということだ。とくに男子の数が増えたのは、その証《あか》しかもしれない。

たしかにそう思ってみると、どいつもこいつも、ものほしそうな目をしている。

「なんだか、男子の目がぎらぎらしてねえけ」

桃花が沙帆里の考えを代弁した。

この桃花とは、小学校から顔を合わせているいわば幼馴染だ。

お互い今年三十歳だから、四半世紀近い交流ということになる。「親友」と呼べるほどではないが、単なる「クラスメイト」よりは深い関係かもしれない。

もっとも、その途中にはところどころ空白期間がある。

最初の空白は、中学入学から三年の二学期までの二年数か月を、沙帆里が東京で過ごしたのが理由だ。

そのころ、地元で土建業を営む沙帆里の父親が浮気をしたことが原因で、両親が不仲になり、離婚するしないの騒ぎになった。母親は東京、足立区の出身だ。学生時代にスキー場のホテルの住み込みのアルバイトに来ていて、客として泊まった父親と知り合い、それが縁でつきあいはじめ、沙帆里を妊娠したので結婚した。

この母親は気が強い性質で、泣き寝入りしたりうやむやにするつもりはなかった。沙帆里の伯父《おじ》、つまり母の兄一家が暮らす、足立区の実家に一時里帰りした。沙帆里はその母にくっついていった。

伯父の家での居候は多少肩身が狭かったが、父といるより母と一緒のほうがよかったし、東京暮らしにあこがれもあった。

そのまま東京の高校へ進学し、大学へ進み、都会の企業に就職するものだとぼんやり考えていた。

ところが、中学三年の二学期にいくつかの事情が重なって、ふたたびこの地へ戻ってくることになった。両親がよりを戻したことも大きい。

したがって、沼中には数か月しか在籍していない。

その後、沙帆里は「願書を出せば受かる」と言われた地元の私立女子高へ進み、桃花はやや進学率の高い県立高校に合格した。沙帆里の父親は、公共事業の下請けが売上の八割ほどを占める土建会社の社長で、地元ではそこそこの顔だ。ちなみに桃花の父親は、大手化繊メーカーの工場で事務系の仕事をしていると聞いた。

高校卒業後は、沙帆里は地元の短大、桃花は東京の四年制大学へとそれぞれ進んだ。

東京での生活を思い描いていた沙帆里がこの片田舎にへばりつくように暮らし、いまどき「東京は怖いところだっぺ」などと言っていた桃花が東京人になるのかと、人生の不思議さを感じていた。

ところが、桃花はひとり娘のせいもあってか、親と約束していたらしく、大学卒業後はあっさりとUターン就職した。そのため、ふたたびというべきかみたびというべきか、今度は勤務先で顔を合わせることになった。

課こそ違え、同じ桑波町役場勤務なのだ。

これが東京なら奇跡のような確率かもしれないが、この田舎町ではそうめずらしい現象ではない。地元で勤めに出ようと思ったら、選択肢は限られているからだ。

幹線道路沿いに建つ、家電やホームセンター系のショッピングモールやファミレスなどのサービス業か、信金や郵便局、農協、それに役所関係などのお堅い系だ。

皮肉なことに、堅い業種ほど、採用に関しては官民問わずいまだにコネがまかり通っている。「義理」と「身元保証」がセットになっているからだろう。沙帆里も——桃花にはばれていないはずだが——父親の親戚筋に大物町議の後援会長をやっている人物がいて、その〝推薦枠〟で町役場に入ることができた。ものごころついてから勉強と呼べるほどの勉強などしたことのない沙帆里には、これ以上ないほどの幸運だ。

一方桃花は、自力で合格したらしい。万が一コネのことが知られたら、役場中に言いふらされてしまうし、そもそも悔しいので絶対にその話題は避けて通るようにしている。

そんな経緯もあって、桃花とは小学校以来の付き合いのわりには、気心の知れた親友というのは微妙だ。

とくに、同じ役場の勤務となって、これまでぼんやりとしていた溝が、ますますはっきりとしたように感じている。

二人は同い年だし、採用されたのは沙帆里のほうが二年も先輩なのに、向こうは四年制大学へ行ったというだけで、数年前に年収ベースで追いつかれ、すぐに追い越された。

役場の規定どおりと言われれば黙るしかないが、感情論としては面白くない。いや、すごく悔しい。学歴と仕事の処理能力にどんな関係があるというのだ。たしかに、こちらはコネで入ったかもしれない。しかし、入ってしまえばそんなことは関係ないだろう。それに、ここでの仕事にどれほどの能力が求められるのだ。

桃花がどう思っているのかは聞いたこともないが、少なくとも沙帆里にとって桃花との差は、この職場にいるかぎりはいつまでも消えないしこりとなって、胸の片隅に残るはずだ。

胸襟を開ききれない理由はそれだけではない。

何しろ桃花はおしゃべり好きだ。そして、この手の人種の特徴でもあるが、妙に鼻が利く、つまり情報収集能力に長《た》けている。そして当然ながら、せっかく集めたものは拡散する。

それを鬱陶《うつとう》しく感じているのが沙帆里だけではない証拠に、いつからか役場内で桃花は『防災無線』と呼ばれている。

町内のところどころにある、高い場所に設置されたスピーカーから流れる、あの押しつけがましい大音量のお知らせ放送のことだ。

早朝と夕方に童謡を流し、台風情報だの、霜注意報だの、児童が行方不明になったとか徘徊老人が見つかったとか。役に立つといえば立つのだろうが、うるさいといえばうるさい。

2

「なんか、男子の数がやけに多くねえけ？」

桃花の問いかけに、パーティー会場で物思いにふけっていた沙帆里は、我に返った。

「うん。幹事の二宮もそう言ってた」

「やっぱし、あれが目的だな」

桃花は、内緒の話や本音を語るときも、あまり声のトーンを落とさない。防災無線たる所以《ゆえん》だ。

「そうかな」

沙帆里は笑って聞き流す。

「でも、ほんとみたいだよ。去年のときは、少なくとも三組、怪しいのを入れたら五組はいるってさ。くっついたのが」

「まさか」

「もっと多いという説もある」

防災無線が小鼻を広げた。

「たとえば、だれ？」うっかり訊いてしまった。

「それがさ、笑えんだ、これが。あとで教えてやっから」

くくくと笑いながら、また肘で沙帆里の脇腹を突《つつ》いた。

「べつにいいよ」

やぶへびになりそうで、本当は聞きたくない。

「しかし、こうして眺めまわしてみると、やっぱし、うちの旦那が一番だな」

「はいはい、ごちそうさん」

桃花が自慢する夫の悠馬《ゆうま》も、やはり沼中出身の元同級生だ。そして、前回くっついたという、その何組かの不倫カップルの中に入っている。なぜ知っているかといえば、悠馬の浮気相手は、ほかならぬ沙帆里自身だからだ。

悠馬のことを好きかといえば微妙だ。その当時はまだ生きていた、夫に対するあてつけの意味もあったかもしれない。桃花に対する漠然としたライバル意識もあっただろう。いまさら、どうでもいいが。

ともかく、このようすなら、桃花にはばれていない。沙帆里はひそかに胸をなでおろすと同時に、ようやく桃花に復讐《ふくしゅう》を果たせた気がして胸がすっとした。

ポーチから煙草を取り出そうとして、会場内は禁煙であることを思い出した。

「あ、田辺《たなべ》っち、また一段と後退したんでねえけ」

沙帆里との会話には飽きたらしく、桃花は通りすがった顔見知りの男子に声をかけ、さりげなく沙帆里から離れていった。

桑波町は、もともと二つの村だったのが、いわゆる平成の大合併に便乗して無理矢理《やり》「町」に昇格しただけだから、人口密度は低いままだ。地域全体に都会的な華やかさというものがない。それに加えて、本来的に役場というのは閉じた世界だ。自由になる時間も、部活をやっている中学生より多い。

結果として、世間の人が想像するよりずっと職場恋愛や不倫が多いことになる。沙帆里も、不倫の三角関係、四角関係すら知っている。桃花だって陰で何をしているかわからない。

それはともかく、うっとうしい防災無線が離れてくれて、ようやくやっかい払いができた。

「ああ、せいせいした」

小さくつぶやいて深呼吸をしたとき、近づいてきた男に声をかけられた。

「よう、田中《たなか》沙帆里」

振り返ると、すでに顔を赤くした吉村真司《よしむらしんじ》がワインの入ったコップを持ってにやついていた。またしても、あまり会いたくない顔のひとつだ。

「なんだ、若先生か」

「なんだじゃねえべ。それに、ここで『先生』はやめてくれって」

吉村は眉をひそめたが、まんざらいやそうでもなかった。

吉村は隣接した市で、父親と二代で内科の医院を営んでいる。十年ほど前までは桑波町で開業していたが、親子で稼ぐようになったので、少し人口の多い場所に移ったらしい。

あまりぱっとしない沼中の出身者の中では、出世頭の部類に入るだろう。もっとも、ようやく入学できた地元の私立医大には、相当な額の寄付をしたらしい。それも防災無線から聞かされた。

服装をみると金には困っていそうもないが、額の前線の後退具合は、田辺っちに負けず劣らずだ。

「あたしだって、『田中』じゃないよ、小谷のまま」

沙帆里は旧姓田中だが、夫が死亡したのちも、夫の姓である「小谷」から変えてない。

「どうして？　そんなに旦那が忘れられないのか」

つやつやした額を光らせ、垂れ気味の目を細めて笑った。このすけべが、と腹の中で悪態をつく。

「そんなんじゃないの。だって、まだ死んで三か月だよ。それに、男の人はわからないかもしれないけど、苗字変えるのって、結構大変なんだから。戸籍、住民票、免許、通帳、あとはなんだ、クレジットカードとか……」

指を折って数える沙帆里を、吉村が遮った。

「貰《もら》うもんは貰ったんだろう？」

「だから、そういう言い方はやめてってば」声のトーンを落とし、やや顔を伏せて続けた。「――まだ払ってもらってない」

「ほんとけ。なんで？」

目をむいている。

「交通事故とか、前から持病があったりするとすぐ下りるらしいんだけど、あいつの場合、ほら少し違うから」

沙帆里の夫は、酔って風呂に入って、そのまま湯船で寝てしまい、窒息死したのだ。

「解剖、しなかったんだよな」

「してない」

「なら、問題なかろう」

さすがに人が一人死んでいるので、ひと通り警察に事情を聴かれたが、これといって怪しいところもなかったらしく、解剖もせずにそのまま事故死として処理された。むしろお悔やみを言われた。中身はクソ野郎だったが、世間の人は知らない。あれこれせんさくされたくなかったので、夫婦仲は悪くなかったと供述した。

「警察が事件として見てないのに、なんで保険会社が渋るんだ」

吉村がわがことのように怒っている。何が起きたかうすうす感づいていて、その後ろめたさがあるのかもしれない。沙帆里もとぼけて、話題を死因にはもっていかない。

「手続きがどうとか言ってたけど、こっちもぶちきれて『弁護士に頼む』って言ったら、ようやく態度変えてきた」

「おれでよければ、証言するぞ。以前も一度、風呂で溺《おぼ》れかけたことがあるって」

結婚して一年目ぐらいのころだからずいぶん前になるが、それは本当の話だ。それにしても、よくそんなことを覚えているものだ。やはり、なんだかんだといっても医者になるぐらいだから、記憶力はいいのだろう。あまり舐めてばかにしていると、危ない。

「ありがとさん。たぶん、大丈夫だから」

「それにしても、いつかのあの眠剤。けっこうきついから、できれば服用しないように。特に、風呂に入る前とかな」

吉村が意味ありげに片目をつぶった。やはりそれを疑っている。なんだか、腕や背中がむず痒《がゆ》い感じだ。

「うん。わかった。っていうか、あれ以来ほとんど飲んでないし」

「それより沙帆里。もう一回ぐらいつきあえよ。損はさせねえって」

こんどは、はっきりと鳥肌が立った。

「何言ってんのよ、奥さんいるでしょ」

「すでに国交断絶状態」

「そんなの知らない」

「期待して待ってっから」

沙帆里を見る目つきが、みるみるいやらしくなってくる。どうせ「一度も二度も同じ」とか「やったって減るもんじゃなし」ぐらいに思っているに違いない。

うしろめたいところなどないと思わせておかなければ、この先もしつこいだろう。それに、これ以上話していたくない。

「それじゃ」

まだ三十のくせに、すでにベルトの上にのっかった吉村の腹を見ながら、手を小さく振った。

「あ、もう行くんけ」

「おう、ヤブ医者」

工務店を継いだ山西《やまにし》がやってきて、吉村の肩を叩いた。救いの神だ。

「なんだこの、ヤマザル。その呼びかたはやめろっつってっぺ」

吉村がすぐさま反応する。

「それより、おまえんとこ、早く建て替えたほうがいいぞ。ありゃ、あと五年以内に屋根ごと崩落だな。うちに頼めば安くしてやる」

「そんな金はねえ」

「患者だまくらかして、ばんばん注射でも点滴でも打ったらよかっぺ」

沙帆里は、地元言葉丸出しで言い合いをはじめたふたりから離れた。周囲に人がいない場所を探して、さりげなく立つ。

ここに来るという確信はない。あれはただの嫌がらせだと考えたほうが合理的かもしれない。しかし、予感がするのだ。あれを送った本人が来るという気がしてならない。なぜならば、あれだけでは、手が込んでいるわりに、ほとんど沙帆里たちにはダメージがない嫌がらせだからだ。先に脅して、次に何かを要求するつもりだろう。

いずれにせよ、あんなものでびくつくつもりはない。

もしも脅してきたなら、堂々と対決してやる。

3

「ねえねえ、サホリン」

休み明けの月曜、同窓会から二日後のことだ。職員食堂の隅で持参の弁当を食べていると、桃花が近づいてきた。桃花は、手に定食のトレーを持っている。

「サホリン」と呼ぶ場合、東京風では、「サ」にアクセントをつけるのが普通だが、このあたりの訛りでは「リ」にピークが来る。そして当人たちは、ほとんどその違いに気づいていない。沙帆里は、このイントネーションで呼ばれると、自分までが田舎者になったような気がする。

「なに」

不愛想になりすぎない程度にそっけなく答える。

「隣座っていい？」

「いいよ、気にしないで座れば」

ほんとはいやだが、そうも言えない。同じ役場にいても、桃花と隣り合って食べるのは年に数回しかない。おとといのきょう、という流れを考えると、たまたまではないだろう。

沙帆里としても、桃花が本当にあのことに感づいていないかどうか、探ってみるいいチャンスかもしれない。

「あれ、モカちゃんはお弁当じゃないの？」

先にどうでもいい話題を振ってみた。気が乗らない話題になりそうだったら、さっさと食べ終えて席を立てばいい。喫煙所にいけば、煙草のきらいな桃花はついてこない。

「そうなの。最近、朝が忙しくて。サホリンはお茶まで持参だね」

「うん、ジャスミンティー」

そう答えて、ボトルに口をつけた。沙帆里は、香りに少し癖のあるこの飲料が好きだった。ただ、自販機にはあまりおいていないし、そもそも割高になるので、アパートに買い置きしてある2リットル入りのペットボトルから、百均ショップで買ったマイボトルに小分けして、毎日持参している。

「忙しいって、子どもの世話？　保育園に寄るのが大変なの？」

話題を途切れさせないようにする。

「それもあっけど」桃花はわずかに眉根《まゆね》を寄せて、うなずいた。「一番上の子が、アトピーと食物アレルギーがひどいって、この前言ったでしょ。それで、給食はアウトの食材が多いんで、毎日弁当持参なんだ」

「それは大変だね」

こんなことにも流行《はや》りや対抗心があるのかと思うが、同世代の既婚組はなぜか三人の子持ちが多い。沙帆里はひとりも産んでいないし、いまのところ欲しいとも思わない。

桃花が食べているのは、三百八十円のB定食だ。コロッケとハムカツと付け合わせの少ししおれた刻みキャベツ、それに申し訳程度のポテトサラダにまで、だぼだぼとソースをまわしかけている。

「それ、かけ過ぎじゃない？」しゃくった顎《あご》で指す。

「いいの。ストレス溜《た》まってんのよ」

桃花は、小鉢の柴漬《しばづ》けをポリポリと噛《か》む。

「旦那の夜遊び？」

「それもあるけど――ねえねえ、そんなことよりサホリン」

「何？」

表情を読まれないように、昨夜《ゆうべ》、実家の母親が揚げて持ってきた、大きな唐揚げをつまんで口に押し込んだ。桃花がさらに突っ込んでくる。

「おとといの夜、どこへ消えたのさ」

そう訊くからにはあの女とぐるではない、という安堵《あんど》と同時に、余計なことがばれないようにしなければ、という別の警戒心が頭をもたげる。

「どこって？」あくまでしらを切るの一手だ。

「とぼけんでねえ。同窓会のあとだよ」

桃花が意味ありげに、横目で見ている。沙帆里は、口いっぱいにほおばった唐揚げがつかえたふりをして、持参のボトルからジャスミンティーを流し込んだ。

「げほっ、げほっ」

「やっぱし、図星け」

「違うよ。喉につっかえただけ」

「そしたらさ、正直に言えって。どこさ消えたのさ」

しつこいな、この防災無線女が。

「どこへも」

「嘘こくんでねえ。二次会に行くとか言いながら『ぼぬーる』出たあと消えたべ。誰にも声を掛けねえで」

しつこい女だ。席を立ってもいいのだが、何を探ろうとしているのかが気になる。

「アパートに帰ったよ」

「嘘ばっか」またしても、桃花得意の横目でにらむしぐさだ。「ちゃんと、見てた人がいんだから」

「何を。げほっ」

「無理にむせたふりなんかしなくていいから。——とにかく、サホリンが、だれかさんとツーショットで夜の闇に消えていくとこ見た人がいんのよ」

「だれかさんて、だれよ」

「やっぱし当たりか」

かまをかけたのか、この女。いらいらして、煙草が吸いたくなってきた。

「違うって」

周囲を見回す。幸い、この会話が聞こえそうな距離には誰もいない。ふたりが今座っている場所からは離れた、テレビの周囲に集まって昼のワイドショーを見ている。お笑いタレントが出ているらしく、ときどき職員たちの笑い声が上がる。

「またまた、わたしにまでとぼけなくていいっての」

「モカちゃん。それ、絶対に人違いだって。あたし、二次会の途中で出て、すぐにアパートに帰ったもん」

「ほれほれ、それが嘘だっつうの。わたしほら、お酒飲まないじゃん。だから、二次会が終わったあと、タクシー代わりしたのさ。三人も送ったんだよ。そんで、マナミの家まで送るとき、サホリンのアパートの前通ったのさ。あの時間だったらとっくに帰っていていいはずなのに、電気が消えてたのはなぜでしょう」

この女、毒キノコでも食わせてホトケさんにしてやろうか。たしか二、三年前に、親戚のじいさんが山で採ってきたキノコを鍋《なべ》にして、危うく死にかけたと聞いた。あの時、どんなキノコだったのかもっとちゃんと聞いておけばよかった。

「何よ、モカちゃん。ドラマの刑事みたいなこと言って。ライト消して寝てただけでしょ」

「いいや」

桃花は、つまんだコロッケのかけらを皿に戻して、顔を左右に振った。

「──サホリンは、あんな時間に寝るタマではねえ」

「ご馳走《ちそう》さまっと」

まだ少し弁当が残っていたが、これ以上桃花と話していたくなかった。少なくとも、見た人がいる、というのは嘘だろう。ただの好奇心の範疇《はんちゅう》だということがよくわかった。

「あれ、もう行くのけ」

「うん。歯磨きとかしないとならないし」

「なんか、心配ごとがあるんでねえの」

「べつに、心配ごとなんてないけど」

「同窓会のときも、なんだかサホリンはキョロキョロして変だったってみんな言ってる」

「何、それ」

「話しかけても『保険金ってどのぐらいでもらえる』とか訊かれたって」

同情するような顔つきの、その眼だけがうれしそうに光るのを見たとき、沙帆里の胸に、桃花に対するこれまでとは異質の感情が湧いた。

キノコのこと、真剣に調べよう。こいつは卑しいから、高級品だとでも言ってやれば喜んで食べるはずだ──。

「ねえ、高田さん」あえて他人行儀に呼んだ。「いくら友達でも、あまり私生活には首を突っ込んでこないでよ」

「ごめんなさーい。サホリン、怒ると怖いからね。サリン、サホリン、ナフタリン」

桃花が口にしたのは、小学校時代に、沙帆里がかんしゃくを起こしたとき、はやし立てられたせりふだ。子供ながらに、毒薬のイメージを込めたのだろう。気が荒いのは父親よりは母親似かもしれない。

十代前半までの沙帆里は、気が短くて怒りっぽいところがあった。いや、それだけではない。直接の暴力は振るわないが、かなり悪いこともした。中学三年生秋の転校と同時に、性格を変えたつもりでいたが、性根はそうそう変えられないようだ。

「その呼び方はやめてって言ったでしょ。本気で怒るからね」

沙帆里は、常々、細くて不細工だと思っている桃花の目をにらみつけて、こんどこそ背を向け歩き出した。

このばか女とは絶交だ。もしも、川で溺れかけていたら、石を投げつけてやる。いや、誰も見ていなかったら突き落としてやる。

職員用の喫煙所につくなり、乱暴に抜き出した煙草をくわえて火をつけた。すぱすぱと煙を吐きだす。

喫煙所といっても、職員用の駐輪場の脇の、狭いデッドスペースにスタンド型の灰皿を置いただけだ。これじゃまるで仲間外れだ。

これも立派ないじめじゃないのか——。

いじめ、いやな言葉を思い出したので、高く煙を吹き上げて、遠くに視線を向けた。磐梯山《ばんだいさん》の稜線《りょうせん》が、のんびりと晴れた空の彼方《かなた》に、灰色とも紫ともつかない色合いで見えている。

こんな田舎はもう飽き飽きした。前から思っていたことがある。いつからといえば、夫の通夜の読経を聞きながらだ。

三千万円の保険金が下りたら、くそつまらない役場なんかさっさと辞めて、東京でひとりぐらしをする。

働き先などいくらでもあるはずだ。

4

実は、桃花の指摘は半分だけ当たっていた。

五月五日の同窓会一次会のあと、たしかにふたりきりで会った人間がいるのだが、それは男ではない。色恋の話ではないのだ。

会も中締めとなって三々五々メンバーが散っていく中、二次会へ行くかどうか決めかねていた。かといって見知った顔に話しかけられたくなくて、とりあえず上の階のパウダールームに入った。鏡を見ながら、ファンデーションを塗り直す。

あの写真を送りつけてきた人間から接触があるのではないかと思っていたが、あてがはずれたようだ。

さて、どうしたものか——。

パフをほおに当てたまま考え込んでいると、すぐにあとから入ってきた女が隣に立った。邪魔くさいなと思って、ぎりぎり聞こえるぐらいに小さく舌打ちした。

「小谷沙帆里さん」

女はこちらを向かず、鏡を向いたまま話しかけてきた。沙帆里も鏡越しに相手を確認する。同世代に見えるが、年齢不詳な印象だった。まさかこの女か――？

「あなたは？」

「はじめまして。サトウミサキといいます」

「同窓生？」

「いえ。違います。小谷さんに会いに来ました」

やはりそうだった。鏡の中の相手を睨《にら》み、ひと呼吸置いて問い返した。

「あれ、送ったの、あんた？」

「そうです」

拍子抜けしそうなほどあっさりと認めた。急に不安になりルーム内を見回した。ほかに人の気配はない。

「大丈夫です。『清掃中』の立て札をドアのところに出してきましたから」

鏡の中のサトウミサキと名乗った女が、微笑みながら沙帆里のほうを向いた。沙帆里も直接見返した。気圧《けお》されるつもりはない。睨み合いなら負けない。

「あんた、いったいどういうつもり？」

顔を寄せた。ことと次第によっては、力ずくの決着でもかまわない。喧嘩《タイマン》なら自信がある。

「こんなところでなんですから、場所を変えませんか」

ミサキという女は、体力的にはそれほど強そうには見えないが、顔色も変えず静かに答えた。

「別に話すことなんてない」

「たとえば、支払いが滞っている保険金のこととか」

無性に煙草が吸いたくなった。ちらりと天井を見ると、火災警報装置らしきものが見える。

「あんた、何者？」

「保険会社の委託を受けて、調査をする会社の調査員です。対象案件を調べて不審な点があれば、報告をあげ、それをもとに保険会社は支払いを一時延期したり、無期限停止したりもします」

「あんたが何か報告したの？」

だから支払いが滞っているのか？　怒りが湧いてくる。

「違います。簡易調査が終わったので、本格的に調査をすることになりました」

「なに言ってんだよ。まだ調べんのかよ。ふざけんじゃねえよ。調子いいこと言って保険に入らせて、金だけとっておいてさ」

「あのう、もう入ってもいいですか」

入口のドアをノックする音が聞こえた。

「申し訳ありません。床が汚水で水浸しですので、ほかのルームをご使用ください」

ミサキがすらすらと答えた。

「ダメだって。一階に行こう」という声が遠ざかって行く。

沙帆里はできうる限りきつい視線をミサキに向けた。

「場所を変えるのはいいけど、どういうことかきっちり説明してもらうからね」

「わかってます」

ミサキが笑うとぷっくりとした唇の口角が上がった。

沙帆里は大雨か雪かよほどの強風でないかぎり、原付バイクに乗って通勤する。いまは一年の中でも、気持ちのいい季節だ。同窓会にもバイクで来たが、もともと酒を飲まないので、そのまま乗って帰るつもりでいた。

ミサキに、車で行こうと誘われて、バイクで来ていることは切り出さなかった。世《せ》田《たが》谷《や》ナンバーの白いBMWが見えたからだ。あとでもう一度ここまで送ってもらえばいい。

BMWの助手席に乗り、十五分ほど走った場所にあるファミレスに入った。あらかじめ下調べしてあったのか、迷うようすはなかった。店はすいていた。ガラガラの店内を進み、窓際の四人掛けのテーブルに座った。

沙帆里は喫煙ルームに入りたかったが、狭いうえに中では地元のヤンキーグループみたいな連中が盛り上がっているので、やめることにした。そのかわり、一度外へ出て、一本吸わせてもらった。明るい月夜で、磐梯山の影がうっすらと見えた。

テーブルにコーヒーが置かれるなり、まず沙帆里から切り出した。

「世間話をするつもりはないから、そっちの用件を言って」

ミサキはブラックのままでコーヒーを軽くすすってから、顔を上げた。

「規則で名刺は渡せないんですが、身分証をお見せします」

ミサキは特に有名ブランドではなさそうなバッグの中から、ケースに入った身分証を出して呈示した。

《（社）全日本保険協会委託　帝国《ていこく》インシュアランスサービス（株）》

代表の電話番号も載っている。この女の名前も漢字で書いてあったが、頭に血が上っていて、突き返すと同時に、番号も漢字も忘れてしまった。まあいい、いまはそんなことは問題ではない。必要とあらばあとでまた調べる。

「もともと持病のあったかたがお亡くなりになったとか、明らかな事故死など、死因が疑いようのない場合以外は、ひと通り調査することになっています。その結果が出るまで支払いは延期されます。これは契約書にも明記されていて、法律違反ではありません」

「そんなことはどうでもいい。どうして、あんな写真を送りつけてきたの。脅迫のつもり？」

「とんでもない」

ミサキは、くりくりっとした目を見開いて、手のひらを左右に振った。

「会ってお話ししていただくためには、あのぐらい印象づけないとと思っただけです」

「なにが印象よ」

同窓会が開かれるちょうど二週間前のことだ。職場の沙帆里宛に――正確な宛て先で――一通の封書が届いた。裏を返して、差出人の名を見ると高田桃花となっている。これはどういうことか。このときは、文字がすべてワープロ打ちであることを、あまり気にとめなかった。

近くに桃花の姿がないのを確認してから、そっと封を切ると、出てきたのは二枚の写真だった。国道沿いのラブホテルから出てくる一台の車。一枚はナンバーまで含めて全体がわかる。もう一枚はやや斜めからだが、前の座席に並んだ二人をアップにしたものだ。

車を運転するのは桃花の夫、悠馬で、助手席に乗って煙草をくわえているのは沙帆里だ。写真の裏を返すとメモが張り付けてあり、《同窓会でお会いしましょう》とやはりワープロ打ちしてあった。

あわてて左右を見回したが、見慣れた同僚の顔しかない。横目や物陰から様子をうかがっている気配もない。

そっと席を立って桃花の部署までのぞきにいった。そう広くない空間なので、桃花のほうでもすぐに気づいて、軽く手を振った。口だけで「どうかした？」と訊《き》いている。

あれは桃花が送ったものではない。適当に手を振り返して席に戻った。

少し考えてから、通路の陰で高田悠馬の携帯にかけた。悠馬は、隣の市のショッピングモールにある、家電量販店の売り場主任をしている。日中でも、手が空《す》いていれば電話に出る。
三、四回のコールのあと、つながった。
〈もしもし〉

バックから、店内放送の音楽とセール品の案内が聞こえる。

「あのさ、写真送った？」

〈なんの？〉聞き取りづらいのか、声が大きい。

「写真よ。車に乗った写真」

つられて、こちらも少し声が大きくなった。

〈車？　意味わかんねえな。ちょっとごめん。お客だから、メールしといて〉

まさかとは思ったが、やはり悠馬でもないようだ。悠馬はあまり深く物を考えるたちではないが、さすがにそこまでばかではないだろう。

席に戻り、膝《ひざ》の上に置いた写真をスマートフォンで撮影し、《こんなのが送られてきた》と文を添えて悠馬に送った。

十分と経たずに、あわてた悠馬から折り返しの電話があり、沙帆里はまたも席を立った。係長がちらりと見たが、別段声はかけない。こんどは喫煙所の脇まで出て二十分近くも話し合ったが、送った相手の見当もつかなかった。

「桃花ってことはないよね」

〈あいつは、そんな回りくどいことはしない。いきなりフライパンで殴る〉

冗談を言ってる場合かと思ったが、冗談でもないらしい。

結論として、今回の第二回同窓会には、桃花が参加したいと言っているので、悠馬は欠席する。沙帆里はこれを送り付けた相手をたしかめたいので、様子を見ながら出席するということに決まった。バカにされたままで放ってはおけない。

同窓会のときに、なぜキョロキョロしているのかと、桃花に突っ込まれたのにはそんな事情があった。

とうとう同窓会の最中には姿を現さず、しかしどこかで見張っていて、パウダールームでひとりになったのを機に声をかけてきたのだ。

写真を送り付けた犯人は、今まで会ったこともないこのサトウミサキと名乗る女だった。

「保険の探偵……」

「調査員」

「なんでもいいけどさ、その調査員が、どうしてあんな週刊誌みたいな写真を撮ったり、送り付けたりするわけ？　死んだ夫とあの人は関係ないでしょ。会社は知ってんの？」

「いまのところ独断です。保険金詐欺を働くとき、たいてい共犯者がいて、それは夫婦だったり家族だったり、愛人だったりします」

「ちょっと。うちがそれだっていうの」

睨みつけたが、少しも応《こた》えた様子はない。

「若干不審な点もありますので、それがクリアになれば」

「夫の死因のどこが不審なのよ。証拠でもあるの」

「解剖されませんでしたね」

そう言ってミサキはコーヒーをすする。

「怪しくないからでしょ」

「警察の手が回らないからです」ミサキはきっぱりと言い放った。「あまり長く詳しくは話しませんが、東京や大阪などの大都市圏以外は、自然死以外の死に対する解剖率がぐっと下がります。最大の理由は、医師の数が少なく手が回らないからです」

「だ、か、ら」怒鳴りだしたいのを我慢した。「それがなんなのよ」

解剖率だの医者の数だの、知ったことか。

「警察で血液のサンプルは保存してあります」

あまりにあっさりとした口調だったので、「飲み物のお替りはどう？」とでも言われたような印象だった。

「どうして——」

「さすがに警察もそこまでザルではありませんから、今は解剖しないけど、あとで問題になったときのために、血液のサンプルを採取して特殊な環境で保存してます」

鵜呑《うの》みにはできない。この女の言うことは何から何まで胡散臭《うさんくさ》い。しかし、可能性がありそうな気もする。否定できる根拠はない。

「何度も言うけど、うちは関係ないわよ。そもそも、毒なんて飲ませてないし」

「毒を飲ませたなんて言ってませんが」

「だって――」

「それに、毒ばかりとは限りませんよね。通常より高い濃度の睡眠薬が検出されるかもしれないし。それは普段本人が服用していなかったものかもしれないし。それはもしかしたら、妻が元同級生の医者に頼んで処方してもらったものかもしれないし」

どうしてそんなことを知っている？　単なる偶然か？　とにかく動揺を気取られてはならない。しばらく口を開かずに女の目を覗《のぞ》き込んでから切り返した。

「念のために訊くけど、目的はなに？　さっき自分で言ったよね。調査して報告をあげるって。だったら、どうしてさっさとそうしないの？」

「交換条件があります」

「応じないって言ったら？　この会話を録音してるかもしれないよ。それを会社に送り付けたら――いや、ネットにアップするのも面白いかもしれない。そうしたら、どうするの？」

「小谷さんはそんなことはしません。さきほども言いましたが、ご主人の勇《いさむ》さんが居眠りして風呂場《ふろば》で溺死《できし》する二週間前に、知人の医師から睡眠導入剤を処方してもらっています。それも、普通は軽いほうから段階を経るのに、いきなり効き目のきつい薬を。これは、ひとつの状況証拠になりますよね。あるいは、幼馴染《おさななじみ》の同僚の女性に夫の悪口をかなり言ってきましたね。これもまた心証はよくないですね」

すけべ医者の吉村真司だけでなく、桃花までそんなことをしゃべったのか。この女、調査員だとか探偵だとかいうのは本当かもしれない。

「その条件って何よ」

「保険金の十五パーセントプラス経費。具体的には保険金が三千万なので、少しまけて五百万ちょうどで結構です」

「断る」

「即答でなくてけっこうです。二週間後の月曜の退勤後に待っています」

5

きょうもまた、仕事を終えるなりアパートの部屋に戻って、2リットル入りペットボトルのジャスミンティーをラッパ飲みした。本当はやけ酒を飲みたいところだが、アルコールには弱くて、缶ビール半分がせいぜいだ。しかも、顔が火照って体調によっては心臓が苦しくなるときもある。

それにしてもあの女と会って二日経つが、いまだに思い出すだけで腹が立つ。桃花の言いぐさといい、あのサトウミサキとかいう女の言いぐさといい——。

そうだ、あの写真、いったい誰が撮ったのだろう。あの女が自分で写したのだろうか。

ぶつぶつ言いながら、そんなことを考えているうちに、ふと従兄《いとこ》の小田切琢磨のことを思い出した。うさばらしに、久しぶりにあいつの声を聞いてみよう。

だれもいないのをいいことに大きなげっぷをして、スマートフォンの短縮を押した。

何回か呼び出したあと、つながった。

〈あ、おれ。久しぶり〉

「もしもし、あたし、沙帆里。今、話せる？」

〈いいよ。ちょうど暇してたとこ〉

煙草を一本振りだしてくわえ、食堂にだれかが置き忘れた使い捨てライターで火をつけた。

「あたしさ、東京行こうかと思って」

〈何、また旅行？〉

琢磨との、あまりものごとを深く考えない会話は、ねじれた神経に心地よい。

「違う違う。そっちで働こうかと思って」

〈役場は？〉

「なんだか、仕事も人間関係もなんもかんもつまんなくなって」

〈贅沢《ぜいたく》だな。替わってほしいよ〉

琢磨はもう三年もフリーター生活をしている。就職活動を続けているが、苦戦しているようだ。

去年の六月、夫の勇に適当な口実を作って、東京へ一泊二日の旅行に出た。従兄の琢磨に連絡をしたら、まだ就職できずにバイトの身だから、つき合うよ、と言われた。昼に会って、食事をして、そのままホテルに入った。

肌を合わせるのは中学以来で、ずいぶん久しぶりだったが、フィーリングが合う感じだ。琢磨の童貞を卒業させてやったのはわたしだから、という思いも影響しているかもしれない。

その後、電話では何度か話したが、会ってはいない。

そのあとしばらく、沙帆里の愚痴に琢磨はふんふん相槌《あいづち》を打ちながらつきあった。

〈まあ、なにはともあれ、旦那《だんな》が死んだばっかりなのに、元気そうだな〉

「あんまり大きな声で言えないけど、むしろせいせいしているし」

自分ひとりしかいない部屋だが、つい左右を見てしまった。

〈死んでどれぐらいだっけ？〉

「明日で三か月かな」

〈保険金、入ったんだろ。入るって言ってたよな〉

「それがさ、保険屋がぐずぐず言ってさ。まだなんだよね」

〈まじ？　払い渋ってるの？〉

「たぶんね。でもさ、なんも事件性なんてないし、『弁護士に相談する』って言ってやったら態度が変わったから、そろそろもらえそうだし、そうしたらその金持って東京行こうかなって」

サトウミサキという思わぬ邪魔な石ころが現れたことはめんどうなので言わずにおいた。

「そしてさ、こざっぱりしたマンションでも借りて――」

〈いいねえ〉

なんとなく、ごそごそしている気配を感じる。

「ねえ、聞いてる？」

〈ああ、聞いてる。――なあ、そのうちとかじゃなくて、明日とか来ないか。役所なんていつでも休めんだろ〉

「休めるけどさ」ふんと鼻で笑った。「もしかして、たまってるの？」

〈そんなこともない〉

「そっち行ったら――。ふふっ、楽しみにしてな。それじゃ」

沙帆里は夫と死別してひと月後、それまで暮らしていた賃貸マンションを出た。

特にこれというほどの理由もないが、夫が死んだときのようすが思い出されて、なんとなく気味が悪いからだ。

そして、自分の実家から二キロほど離れた、家賃六万円ほどの比較的築の浅い、この２ＤＫのアパートに引っ越した。ある意味自立しているわけだが、あまり生活に困ってはいない。

夫の残した貯金がいくらかあったし、ほとんどの日はバイクを使ってアパートと職場の往復なので、金を遣う機会もない。実家の両親も、結婚して数年で亭主に死に別れた娘を不憫《ふびん》に思うのか、なにくれとなく援助してくれる。母親はちょこちょこと小遣いをくれるし、手作りの料理を保存容器に山ほど詰めて、しょっちゅう持ってくる。父親に至っては、近いうちに会社名義で軽自動車を買ってやろうかと言い出す始末だ。

ひとりっ子であることをうっとうしいと思った時期もあったが、親と適当な距離を保てるような年になると、意外に利点が多い。田舎の家は土地持ちが多い。相続のときに「土地を分けろ」「分けない」でもめたという話をよく聞く。その点、ひとりならばきょうだいでもめることもなく、あの実家はいずれ丸々自分のものになるのだ。

そんなわけで、がつがつ稼ぐ必要もない。毎日定時に――仕事はその前に終わっているが――きっちり上がる。

そんな不満のない毎日だったのに、あのサトウミサキとかいう女が現れて、雲行きが怪しくなった。べつに脅されてビビったわけではないが、なんとなく毎日が面白くない。

二週間という中途半端な猶予も、単にいらいらが増すだけだ。

　これで仕事でも忙しければまだ間が持つのだが、相変わらず嘘のように暇だ。

　役所というのは、部署にもよるが、おおむね時間の自由がきく。

　毎年恒例のことだが、入職したての新卒職員などは、「一日のノルマ」として与えられた仕事を、朝の二時間ほどで済ませてしまい、追加の仕事ももらえず、針のむしろを味わうことになる。それを何度か経験して、半年も経つころには、時間配分を体で覚える。

　昔、公務員の働きぶりを揶揄《やゆ》して「休まず遅れず働かず」というフレーズが流行《はや》ったそうだが、それを聞いたときは、うまいことを言ったものだと感心した。

　出勤すべき日に、遅刻せず——もちろん定刻ジャストでかまわない——出勤し、休むべき日数はきちんと休み、不始末を起こさず、つつがなく机に座って一日を過ごし、終業時刻ぴったりにあがる。それが地方公務員の理想的な一日の過ごしかただ。

　下手に仕事上の問題提起などして、よけいな仕事を増やすぐらいなら、ぼうっと一日、町のホームページの誤字探しでもしているほうが、上司のウケはいい。

　採用された当初はこんなことで給料をもらっていいのかと思ったこともあるが、すぐに慣れた。楽で済むならそれに越したことはない。

　研修や交流会で、よその市役所や町役場に行って、そこの職員と会話を交わしたりするたびに、どこも似たようなものだと思う。

　しかも、正職員削減の方針からパートなどの臨時職員の割合が増え、めんどうくさい窓口業務を、彼や彼女たちにやらせるようになってから、皮肉なことに正職員はますます手の空くことが多くなった。

空いた時間の使い方は、それぞれの立場や部課によって違う。おおむね、管理職は毎日どころか午前と午後に会議という名の雑談会を開き、「立ち寄り」と称して定刻より前にあがる。沙帆里たち係長以下は、口実を設けてなんとか席をはずす努力をする。

沙帆里も週に二日は、「研修」という名目で、他市町村の公園や「道の駅」などの観光拠点を見に行く。見に行くだけで、具体的な報告書を書く必要はない。書けば書類として形が残ってしまうし、何よりそれに目を通さなければならない上司の仕事が増えるからだ。見に行くだけで交通費は出るし、額は少ないが出張手当も出る。

人に頭を下げたり説教されたりするのはまっぴらだし、机に座って細かくめんどうくさいことをするのも嫌いな沙帆里にとっては、この仕事こそ天職だと思っていた。

二年あとから入ってきた桃花に、給与を追い越されるまでは。

一流大学を出て民間のいわゆるブラック企業に就職し、過労死するまで働いたなどという話を聞くたび、沙帆里は不思議に思う。彼らの頭脳があれば、市役所や区役所の試験に受かることなど簡単だろう。なぜ、この道を選ばないのか。ただ勉強ができるだけで、処世という意味においてはバカなのか。昔から、勉強はできるが世渡りは下手そうなやつを何人も見てきた。

とにかく、これまで生きてきて、自分の人生の現在にも将来にも、ほとんど不安など抱いたことのなかった沙帆里だが、ひとつだけ、不幸だと感じることが生まれた。

二十六歳で結婚した相手、小谷勇だ。

一般的にいって、田舎の結婚は早い。沙帆里の友人や同窓生たちも、大学に行かず実家に残ったものはほとんど二十二、三で結婚し、どう数えても日数たらずで最初の子を産んだ。「隠れ出来婚」だ。そして、桃花のように、三人の子宝というのも珍しくない。

沙帆里の親は、自分たちの過去が頭にあるためか、沙帆里に対してしつこく「結婚しろ」とは言わない。しかし、そう思っているのはじわじわと伝わる。なぜはっきり言わないかといえば、できることなら、会社を継がせる婿養子を取ってほしいと願っているからだ。

それらのもろもろを、いっそ面と向かって言ってくれれば、弁解も反論もできるのだが、〝空気〟で責められるのはきつい。

そればかりが理由ではないが、二十五歳の時に、親が持ってきた縁談にうなずいてしまった。

相手の男は、父親が「仕事でお世話になった」県職員の息子で、同じく県の公務員だという。

跡継ぎの件は孫にでも託して、せめて役所とのつながりを強くしたかったのかも知れない。「県の職員」という身分は、沙帆里にとっても得点が大きかった。下手にサービス業などに勤めて、夜遅くまで残業して帰ってきて、「メシ」「フロ」などと威張られてはたまらない。男女平等の聖地である役所で、しっかりと教育された男がいいに決まっている。半々どころか、できることなら家事など全部まかせたい。

小谷勇というこの男は、身長百八十センチを超え、学生時代にラグビーをやっていたとかで、がたいはよかった。しかし、顔のほうは正直なところ、芸能人の誰かというよりはカピバラに似ている。ただ、東京の大学を出てＵターンしてきただけあって、身だしなみや音楽の趣味などが、都会的な匂いがした。ブルックスブラザーズのスーツを着たカピバラだ。

残業もないというし、もちろん家事も分担する。子どもが生まれたら育児休暇をめいっぱいにとる。はっきりとそう宣言した。

まあ、こんなところでしょ――。

飽きたら適当に遊べばいいだけのことだ。夫にあまり多くを求めるつもりはない。身分は一生安泰だろうし、夫の給与が上がってきたら、夢の完全専業主婦という選択肢もある。

派手でも地味でもない結婚式に、多くも少なくもない客を招いて、新婚旅行はハワイと西海岸へ十日ほど行ってきた。

しごく平凡なスタートが、これから先の波風の立たない人生を象徴していると思った。

ところが、２ＬＤＫのマンションで新婚生活が始まるなり、勇の本性が現れた。

簡単に言えば、ケチで猜疑《さいぎ》心が強く、マザコンで自分勝手だった。それに、どうも仕事の中身も聞いていたのと違うらしいと気づいた。

まず、県庁勤務とはいっても、本庁舎に席はないらしい。実際はなんとか課の出先機関に出向しているようだ。同じ県庁の敷地の中にあるのだが、付属品のような別棟にその部屋はある。

仕事の中身も、暇のつぶしかたにすっかり慣れた沙帆里が聞いてさえ、驚く内容だった。

本人はあまり語ろうとしないが、一度聞き出してみたところ、一日の作業として「電話を二本受け、郵便物五通か六通に、目をとおした」と言っていた。外出もせず、ただじっと一日、机に向かっているらしい。

だからといって、直接夫婦生活に影響があるわけではないが、沙帆里にとっての不幸は、勇が溜まったストレスと余ったエネルギーを家で発散する性格《タイプ》だったことだ。

早まったかと後悔したが、遅かった。

約束と違って、勇は家事はほとんどしない。「そんなこと、やったことがない」が口癖だ。掃除も料理も沙帆里にすべてやらせるくせに、なにかにつけ、「お母さんはこうだった」と比較する。それだけでなく、そばに立って、ああだこうだと口出しする。

ささいなことにも疑り深く、会話もめんどうくさい。沙帆里が何か言うたびに、いちいち「エビデンスは？　帰着点は？」などと訊き返す。

そのあたりのことには、まだ我慢ができた。決定的だったのは、エスカレートしてゆくケチな性格だ。

冷蔵庫の隅に入れたまま忘れてしまって、半分溶けかけたキュウリを捨てたのを見つかったのがきっかけになった。

それ以来、暇さえあれば、シンクの三角コーナーや、生ゴミ箱をチェックするのだ。

白菜の外側の葉、リンゴの芯《しん》、味噌汁《みそしる》の残りかす、食べ残したコロッケの衣。そういったものを見つけては、それを捨てた理由《リーズン》を突っ込んでくる。暴力はふるわないが、一、二発殴られたほうがましだと思うぐらい、ねちねちと責める。もともと薄かった愛情がかすれてゆく。

その一方、夜には、沙帆里の体をしつこく求めてくる。体力はありあまっている。しかも、沙帆里の気持ちを昂《たかぶ》らせようなどという気持ちはみじんも感じられない。

ベッドに入るなり、ほとんどいきなりという感じで、沙帆里に勇の下半身への愛撫《あいぶ》を求める。それが数分続いて自分が高揚すると、そのまま沙帆里に入ってくる。なんとか受け入れる努力をするが、痛くてたまらないときもある。しかし、痛がるとよけいに喜ぶのを知って、我慢するようになった。そうして、延々三十分間も単調な動きを続け、さすがに沙帆里の体が応じる態勢になってきたころ、突如奇妙な声をあげて自分だけ果てる。

背中を叩《たた》いて「重いからどいて」と言うまで、死にかけたゴリラのように、沙帆里の体の上に全体重をあずけ、あえいでいる。

ほとんど毎夜訪れる、この儀式が耐え難かった。こんな体験は初めてだった。これまでつき合ってきた男たちは、ほぼ例外なく沙帆里に尽くしたし、そもそも沙帆里が主導権を握っていた。

嫌気がさしてきて、夜の行為をそれとなく避けるようになると、こんどは詮索《せんさく》が始まった。

浮気しているのではないか、出会い系サイトに登録しているのではないか、そんなことを疑って、携帯電話を隅から隅まで調べられた。単に自分が毛嫌いされているとは発想できないらしい。

たいして好きでも嫌いでもないうちはよかったが、はっきり嫌いになると、同じ風呂の湯に入るのさえ虫唾《むしず》が走るようになった。

沙帆里の冷たい態度を家族にいいつけたらしく、やはりカピバラ似の義理の母親が休日にやってきて、妻としての役目が果たせないなら仕事を辞めたらどうかと、はっきり言われた。耳を疑ったが、嫌みというより真剣なアドバイスのつもりらしかった。

結婚して二年と経たないうちに、「離婚」の二文字がはっきりとした形になった。父親が「仕事でお世話になった」と言っていたのを思い出さなければ、とっくの昔に踏み切っていたはずだ。

親戚《しんせき》で葬式があってその集まりのとき、このあたりでは普通の光景だが、広い家のふすま戸をぶち抜いて、大宴会になった。男は酒に酔い、女たちは給仕をさせられる。このとき、勇の兄の剛《たけし》――勇よりさらに体がでかい――に暗がりの部屋に連れ込まれ、あやうく強姦《ごうかん》されそうになった。

「勇のばかったれは、昔からあれも小さくて、役立たずだった」

酒臭い息でそんなことを言いながら、下半身に手を差し込んできた。

これは本当に起きていることなのか。東京だったら完全に警察沙《ざ》汰《た》だろう。いや、田舎だってあっていいはずがない。そんなことを考えながら腕を振り回して抵抗していると、剛はガサガサした太い指で、いきなり敏感な部分をぐいぐいこねくりまわした。痛い、痛い、やめてくれと懇願すると、「いいか。そんなにいいか」と黄ばんだ歯を見せた。

「ふざけんなくそ野郎」

股間《こかん》のあたりを何度か蹴《け》り上げて、剛がひるんだすきにどうにか逃げ出すことができた。

そのまま夫のもとへ駆けつけ、息を切らしながら訴えると、「どうせおれとしないんだから、べつにいいんじゃないか。たまに使っとけよ」という答えが返ってきた。

翌朝、勇は普通に起きて普通に朝食をとり、普通に出勤した。悔しくて何かにあたりたかったが、さすがにＳＮＳに書くほどのばかではなかった。あまりに情けなくて、母親にも言えない。いつもどおり出勤し、パソコンに向かって悶々《もんもん》と過ごした。ただ離婚しただけでは、腹の虫が治まらない。

胸の底にたまった、黒い汚水のようなものの正体が何であるのか考え続けて、それを殺意と呼ぶのだと気づいた。

帰宅の途中ホームセンターに寄って、園芸コーナーでボトル入りの除草剤を買った。昔、除草剤を飲んで殺されたとか自殺したとかいう話を、誰かに聞いたのを思い出したのだ。ロープで首を絞めるのは嫌だが、毒を飲ませるのならできそうだ。

勇の好きな大根の味噌汁を作り、その中に入れようかと思ったが、どのぐらいの量がいいのかわからない。説明書を見ると《使用の際は10リットルのバケツにキャップ一杯》と書いてあったので、その半分ぐらいを入れておたまでかき回した、匂いを嗅《か》いでもわからない。さすがに、味見をする勇気はなかった。

スマートフォンのゲームも手につかず、どきどきしながら待っていると、勇のほうでも昨夜《ゆうべ》の今日でばつが悪かったのか、同僚と飲んで帰宅は遅くになった。味噌汁は明日の朝飲むと言う。気持ちが萎えた。

「もったいない」と叱られるので、勇に見つからないように味噌汁の具を捨て、汁を流し、これでよかったのだと思った。もし、勇が泡でも吹いて苦しみながら死んだら、警察が調べるかもしれない。変なものを飲ませたのがばれてしまう。毒殺はあきらめることにした。

しばらくして、勇がスナックのホステスと浮気したのを知った。しかも、相手は義兄の剛の愛人だという。つまり、自分はその愛人と、玩具《おもちゃ》か何かのように「交換」されたらしいと知って、一旦《いったん》は薄れかけた殺意がしっかりと固まった。

ケチで猜疑心の強い勇をなんとか説得して、東京へ遊びに行って、琢磨と好き勝手やったのは楽しかった。その二か月後に、第一回沼中同窓会があり、こんどは久しぶりに顔を合わせた桃花の夫の悠馬と、深い仲になった。桃花へのあてつけもある。

今年のはじめごろ、悠馬から話を聞いたらしい開業医の吉村真司が、おれにもさせろとしつこく誘ってきた。吉村がむかしから自分に気があるのは知っていた。太った男は好きではなかったが、隣の市のそこそこ名の通ったシティホテルを指名したら、あっさり了解したので、一度だけ寝た。

吉村には妻子がある。沙帆里は、吉村に強めの睡眠導入剤をくれるよう頼んだ。

睡眠導入剤を使いたい相手はもちろん夫の勇だったが、皮肉なことに、その延長上に殺意はなかった。義兄の強姦未遂騒ぎの後、勇とも肉体関係は疎遠になっている。ただ、いつかまた強引なセックスがぶり返される気配があれば、毎晩これで寝かせてしまえと単純に考えた結果だった。

今年の二月のことだ。職場にいい女でも来たのか、ネットで変な動画でも見たのか、とにかく勇が発情した犬のように、唐突に、しかもふた晩続けて強引に迫ってきた。かなり抵抗したが、力ではかなわない。すべて終わってから、ひりひりと痛む箇所にシャワーを当てるうちに、消えかけた殺意がふたたびよみがえった。

三日目の夜もその気配を感じたので、勇がトイレに立ったすきに、飲んでいる芋焼《じょう》酎《ちゅう》のグラスに、あらかじめ砕いておいた睡眠導入剤を入れた。その夜、勇は風呂で溺死した。

6

机の上で、スマートフォンが、ブブブッと震えた。

あと五分で、終業時刻の五時十五分になる合図だ。

「いっけない、支度しないと」

沙帆里は誰にともなくつぶやいて、それまで自分専用のパソコンで見ていた、千葉県にある超有名テーマパークのサイトを閉じて、あわてて立ち上がった。周囲を見れば、課員の半分ほどが、すでに席を立って帰り支度——つまりトイレ——に行ったらしい。

沙帆里が勤める役場、とくに沙帆里が籍を置く誘致課では、「五時十五分の窓口終了のチャイムが鳴ると同時に席を立つのがスマート」、ということになっている。終業時刻を五分過ぎてもまだぐずぐずと席についているのは、仕事が遅いか残業代稼ぎと思われてもしかたがない。

「お疲れ様」

「お疲れ様」

挨拶《あいさつ》を交わしながら小走りに駐輪場へ向かい、原付バイクのロックを外した。

昨日が、あの女が指定した期限の日だったが、連絡はこなかった。

これはどういうことか。何か都合が変わったのだろうか、それとも強請《ゆす》るのをあきらめたのか。どちらにせよ、うっとうしい女がいなくなってせいせいした。今日もさっさと帰るべ。

気が晴れたら、なんとなくまっすぐアパートへは帰りたくなくなった。久しぶりに、隣町の駅ビル『フロリア』まで足を延ばすことに決めた。

暇なときは、たまにフロリアへ立ち寄る。デパ地下のように、菓子店や総菜店が何軒か並んでいる。東京の有名デパートほど充実してはいないが、土地に余裕があるせいか、半数以上の店にイートインコーナーがある。

今日は、甘いものが食べたい気分だった。カフェで特盛マンゴーパフェにくらいつくか、甘味処で和菓子を大量買いして、アパートでネット配信のドラマを見ながら貪《むさぼ》り食うか、バイクで走っている間に決めようと、エンジンキーを回しかけたときだった。

スマートフォンに着信だ。しぶしぶ画面を見る。ショートメッセージだ。

心臓が一度、不自然な脈を打った。見なければよかった。

サトウミサキからだ――。

読みたくもないが全文が読めてしまう。

《お仕事は何時に終わりますか》

気づかなかったことにして、無視しようかと思った。しかし、すぐに「待てよ」と思い直す。

何しろ保険金がからんでいる。あの女はなにか嗅ぎつけている印象だった。あんなのはどうせ脅しに決まっている、とは思っている。何か手を打ったりなどできないだろう。ちゃんと警察が調べて、不審なところは何もなかったのだから、とぼけていればそれで済む。血液を保存してあるなどと脅され、ネットを調べてみたが、どこにもそんなことは出ていない。あんなのはハッタリだ。

でもやっぱり、と思い直す。あまりじゃけんにして、やけくそになって、悪口なんか言いふらされても、それはそれで困る。噂には尾ひれがついてすぐに広まる。どうせ近々出て行こうと決めた町だったが、それはそれとして世間体は気になる。だからといって、どこの馬の骨ともわからない女に五百万もくれてやるつもりはない。冗談じゃない。五万円だっていやだ。

だが、それだけの金をせびろうというのだから、何かつかんだ可能性はある。警察がどうこうとか言っていたから、もしかすると、そっちに知り合いでもいるのかもしれない。あの女が言ったみたいに、再検査などされたら面倒だ。

思いは、あっちこっちへと、行ったり来たりする。

どうしたものか――。

堂々めぐりになることがわかっていたので、今まで具体的に考えることを先延ばしにしていた。せめて琢磨あたりが、もう少し頼りがいがあれば、真剣に相談するのだが。

しかたない。ひとまずきょうのところは曖昧《あいまい》な返事をして、嫌なことはもう少し先へ延ばそう——。

《しばらく残業続きで、毎日遅くなるので、またの機会に》

手早く打ち込んで返信した。まさにその瞬間だった。

「いいわね、公務員は。定時にあがれて」

背中から声をかけてきたのは、あの女、サトウミサキだった。


前回と同じファミレスに入った。やはり、ＢＭＷで送ってもらった。

「残業は大丈夫だったの？」

ミサキが訊いた。ふん。わざとらしいと思ったが、そちらがとぼけるならこちらもだと、わざとさりげなく答えた。

「大丈夫。ほんとは、書類を届ける先が一軒あったんだけど、明日に回したから」

「そう。きのうはごめんなさいね。急用ができちゃって。——じゃあさっそく本題に入らせていただきます」

「お金なら渡せない」

最初に、はっきり断ったほうがいいと思った。しかしミサキは、眉も動かさない。

「わたしも考えたけど、お金じゃないことをお願いしようと思って」

「なによそれ」

さらに警戒心が湧いた。

ミサキは口もとだけで微笑むと、コーヒーカップやグラスをどけて、テーブルにスペースを作った。

次に、トートバッグの中から、書類入れのような封筒を取り出した。細く白い指をその中に入れ、引き出したものをテーブルの空いたスペースに置いた。一枚の写真と、A4サイズの紙を綴《と》じたものだ。

「この写真を入手するのも、レポートをまとめるのもちょっと苦労したわ」

ミサキは、レポートと呼んだ紙は伏せ、まず写真を沙帆里の目前に差し出した。

「なに、急に」

「見ればわかる」

見た。

これは――。

夕闇の迫った河原に集まった少年少女が、あるものを取り囲んでいる。写真なのに、彼らの口々にはやし立てている声が聞こえてくるようだ。奥に見えているコンテナに描かれた、やけにカラフルでポップな《REAL》の文字にも見覚えがある。昔、あのへんにもいたカラーギャングとかいう連中が、縄張り誇示のためにそこら中に描いていた。間違いない、あのときのあの場所の写真だ。

「これって――」

写真から顔を上げてミサキを見た。ミサキが能面のように冷たい顔でこちらを見返している。

たしかにこの光景は知っている。だが、なぜいまごろこんなものが。しかもこんな女が自分に見せるのか。何が狙いだ？　夫の死亡保険金が目当てではなかったのか。

「覚えがあるみたいね」

ミサキが写真をしまい、こんどはレポートを上向けた。

「納得したら、これに目を通して署名捺印《なついん》してくれる？」

ミサキが無表情に待っている前で、目を通した。

「読んだけど」

「感想は？」

一度、唾を飲み込み、声の調子が変わらないよう意識した。

「べつに。いまさらこんなもの見せて、どういうつもり？　夫の死因のつぎはこれ？　合わせて脅迫でもしようって言うの？　金ならないよ。貯金もないし、保険金がまだ下りてないのは知ってるでしょ」

煙草が吸えずにいらいらした。いつの間にか貧乏ゆすりをしていた。テーブルの上のグラスがカタカタと揺れて小さな波紋を作っている。

「さっきも言いましたけど、保険金に興味はありません。ただ、あなたのように他人の痛みに無頓着《むとんちゃく》な人には、自分に不都合なことでも持ち出さないと、聞く耳を持ってもらえないと思って」

ふん、と鼻先で笑い飛ばして、そっぽを向いた沙帆里に、ミサキが静かに要求する。

「とにかく、その内容に間違いがあれば訂正を。なければ署名と捺印をお願いします」

「ふざけたこと、言うなって」

ミサキにつき返した。

「いやですか」

「きまってるじゃない。ばかじゃないの」

「考え直す気はありませんか」

「ないね。あんた何者？」

「ただ、反省と署名が欲しかっただけです」

「お、こ、と、わ、り」

一音ずつ、丸めた指の関節でテーブルを叩きながら答えた。怒りが強くなるのに反比例して、動揺が静まっていった。

ミサキは、少しも変わらず自然な笑みを浮かべて、レポートをバッグにしまった。

「たぶん、そう言うだろうと思っていました」

「なんでこんな嫌がらせをするの」

「べつに嫌がらせのつもりはないけど。ただこの先、もしあなたが何か突発的な不幸に見舞われたときに、『あああれが原因か』と思い出せるようにヒントをあげただけ」

「頭、おかしいんじゃないの？　もう二度と来ないで」

啖呵《たんか》を切って席を立ったものの、まだ保険金のことは少し気に掛かっていた。しかし、下手《したて》にばかり出ていてはなめられる。なんでもはいはい聞く相手じゃないってことを、わからせておいたほうがいい。どうせ、用があるならまた連絡してくるはずだ。

　もちろん、コーヒー代など払わずに外に出た。

出てから、帰りの足がないことに気づいた。しかし、いまさら引き返せない。あの女、どうするつもりだろうと、にやにやしながらこちらを見ているに違いない。振り返りたくもない。

　百メートルほど先にバス停があった。この道の路線バスは、町役場前をコースに入れているはずだ。それにいまは通勤通学の帰宅時間帯だ。二十分か三十分に一本は出ているはず。バス停に向かって歩きだした。

　時刻表を見る。くそっ。バスは行ったばかりで、あと三十分近く来ない。歩くか。いや、しかたない。桃花を使おう。彼女はいまごろ、ここから遠くないスーパーで、夕食の買い出しをしているはずだ。Ｂランチを一回おごることで手を打ってもらおう。

「ねえサホリン」

　十分ほどで迎えに来てくれた高田桃花が、田舎道をきっちり速度を守りながら走っている。首を伸ばしてサイドミラーから見ると、案の定後ろには渋滞ができているが、知ったことではない。もちろん、白いBMWの姿もない。

「なに」

スマートフォンをいじりながら答えた。

「怒んねえけ？」

「だから何？」

「勇さんのこと。亡くなっただんなさんのことだ。このあいだの同窓会の二次会で、その話題になって」

ゲームで風船を割っていた指が止まった。

「どんな？」

「勇さんて、体おおきかったでねえけ。百八十超えてたべ」

「百八十二」

「そのぐらいあるとね、ユニットバスでは、居眠りしても溺《おぼ》れはしないんでねえかって話になって」

「どういうことよ」

「どうって、ただそういう話になって。ほら、ガン太《た》いたべ、野球部の。あいつが身長百八十三とかだっていうんだけど、家の風呂で試したら、居眠りしても、足がつっかえるか左右の縁《へり》に頭がぶつかって溺れねえっていうのさ」

「小さいユニットバスなんじゃないの。ウチのは少し広めだったから。――っていうかさ、さっきも訊いたけど、それどういう意味？」

　実際の腹立ち以上に怒ってみせた。ここで車を降りてもいいのだが、そんなことをしたら防災無線のことだ、明日まで待てず今夜中に「サホリンが逆上した。つうことは、やっぱし図星だべ」などと言いふらすに決まっている。きっちり否定しておかなければならない。

「だから、わたしは『サホリンのところの風呂は特別製でねえか』とか、そんなふうに言ったのさ」

　嘘だ。沙帆里が顔色を変えたので、急に話を作ったに違いない。

「いくらモカちゃんでも、あんまりいいかげんなこと言いふらすと、名誉毀《き》損《そん》で訴えるよ。うちの親父は商売柄揉《も》めごとが多くて、知り合いの弁護士が何人もいるよ。議員さんの中には、役場の人事に口出しできる人もいるし」

「だから、そういう話題になっただけだって。――そんなに怒らねえでよ」

　視線の端で様子をうかがうと、桃花は苦笑したまま黙って前を向いている。薬が少しは効いたようだ。脅しのせりふはだいぶ話を盛ってある。顧問弁護士はひとりで、しかも七十近いじいさんだし、知り合いの議員はたしかにいるが、役場の人事に口を出せるような大物ではない。

　だが、このぐらい脅しておけば、これ以上よけいなことを言いふらすこともないだろう。せっかく世間の関心も薄れて、保険金ももらえそうなのに、寝た子を起こさないでもらいたい。

桃花にはめずらしく、それから沙帆里のアパートにつくまでしゃべらなかったので、ゲームをするふりをしながら、あれこれと考えることができた。

もしかすると、いろいろ甘く考えすぎていたのかもしれない。

あのサトウミサキとかいう女がほのめかしたことも、桃花の指摘したことも、核心を突いているのだ。

あの晩、勇の出てくるのがいつもより遅いので、風呂場へ様子を見に行った。首はがっくりとうなだれて、湯船の右側に額が当たっている。その傲慢《ごうまん》な寝顔を見るうちに、最近出たり消えたりしている殺意が、また頭をもたげた。

このクソ野郎――。

このままでは風邪はひくかもしれないが、溺死はしない。

くたばれ、このクソ野郎――。

両手を当てて勇の頭を沈めようとしたところ、足がつっかえてままならず、体全体を沈めるのが無理なことがわかった。桃花が指摘したとおりだ。

あれこれ試した結果、両膝を開いてその間に顔を沈めて後頭部から押した。抵抗はなかった。そのまま上から蓋《ふた》をしてリビングに戻り、スマートフォンに十分後のアラームを命じて、煙草を吸った。

十分後、風呂場に戻って蓋をはぐってみると、勇はさっきの姿のまま湯に顔をつけていた。これなら、さすがに死んだだろう。こんなに簡単にいくのかと思うほどだ。

少し考えて、湯の量をぎりぎりまで満たすことにした。先にそうすればもっと楽な姿勢で殺せたのだ。水位が上がっていくにつれて、湯につかった勇の髪が、沼の藻のようにゆらゆら揺れはじめた。前に見た、ホラー映画のシーンのようだ。

だんだん不安が強くなってくる。いまから何か偽装工作はできないか。

何も浮かばないので、せめてすぐに緊急通報することにした。あまり間が空くと怪しまれる。それに、発見してすぐなら、まさか死んだとは思わないはずだから、警察より救急車が先だ。冴えている自分に驚いた。

結果的に、警察は何も疑わなかった。むしろお悔やみを言われた。拍子抜けするとはこのことだ。警察はどこもあんなものなのだろうか。それとも、田舎の警察だからだろうか。

桃花に口先だけで礼を言い、アパートの部屋に入ってライトをつけ、キーやバッグをテーブルに投げ捨てた。

また琢磨にでも電話しようかと、スマートフォンを取りだしかけたとき、後ろで何かが動く気配がした。振り返るより早く、首筋に激しいショックを感じた。

バチバチという何かがはじけるような音がして、青白い光を目の端に見たような気がしたが、すぐに意識が遠のいた。

第五章　ドロッと濃いアイスコーヒー――宮下真人

1

電話をかけてきたのは、エイハブ船長だ。

宮下真人《まさと》は、たったいますすり上げたばかりの口いっぱいの麺《めん》を、あわててコップの水で飲み下した。

〈いま、どこだ？〉

エイハブ船長の、いつもと変わらぬ不愛想な声だ。

「あ、主任――おはようございます――でもないですね」

かぶせたラップに油がへばりついた壁の時計を見れば、そろそろ午後の一時だ。

〈ふん。――飯か？〉

「はい、『来福軒《らいふくけん》』にいます」

〈終わったら『アカシア』へ来い。車で来い〉

「了解しました」

通話を終え、宮下は大急ぎで、残った麺と厚切りチャーシューを口に詰め込んだ。

あわてはするが、もちろん麺の最後の一本、メンマのひとかけらまで丼をさらってから、勘定を済ませる。

宮下は署の近くにいるとき、ひとりきりなら、たいてい食事はこの『中華来福軒』で済ませる。今日も、午前中いっぱいかかって書類仕事——半分ほどはエイハブの尻拭《しりぬぐ》いだが——を終え、ようやく昼食にありついたところだった。

とりたてて旨《うま》いわけでもないが、とにかく署から歩いて三分の距離にあるのが魅力だ。刑事課でも一番若手で下っ端の宮下は、いつなんどき誰に呼び出されるかわからない。「近い」というのは、それだけで大きな理由になる。

刑事課の連中は短気な男が多いが、なかでもエイハブはとにかく気が短い。いや、気まぐれだ。

自分で呼び出しておきながら、宮下の到着が待ちきれないと——たとえ待ち合わせ時刻の前だろうと——ぷいっといなくなってしまう。その代わりというのも変だが、たまに宮下が遅刻しても怒りはしない。もちろん、なんの断りもなく約束をすっぽかされるのはしょっちゅうだ。そんなときは、宮下からかけた電話にもまず出ないので、まる一日連絡がつかなくなったりもする。

店の外に出ると、灰色の雲が垂れていた。きのうからもう七月だ。しかし、梅雨が明けるのはまだしばらく先だろう。天気図にあまり関心はないが、雨が降ると「外回り」の仕事はきつい。

足早に署の駐車場へ戻り、シルバーのトヨタプリウスを出した。今の署へ異動になる直前に買い換えた、宮下個人の車で、五年落ちの中古だ。周囲から「地味で目立たない車がいい」と言われて選んだのだが、少し無難すぎたかとも思っている。運転もつい雑になり、左前のバンパーにこすり痕《あと》をつけてしまったが、そのまま放ってある。

署が保有するパトカーの数は限られている。萩ケ谷署でいえば、ミニパトを除くと、ノーマルと覆面合わせても十四台しかない。当然ながら、皆が乗り回せるわけではない。どうしても機動力が欲しい時は、許可を得て自前の車に乗ることもできる。

どういう手を使ったのかは知らないが、エイハブ船長は、常時私用車を乗り回していい許しを得ているようだ。ただし、ほとんど自分で運転はしない。宮下と組んでからは宮下の車ばかりを使用する。細かいことを言いたくないが、会計課に渋い顔をされながら、ガソリンの経費請求をするのも宮下だ。

速足で歩けば、署から五分とかからない場所にある、『純喫茶アカシア』の二台分しかない駐車場にプリウスを停めた。

『アカシア』は、エイハブ船長のお気に入りだ。宮下が『来福軒』に行くのは食事のときだけだが、彼は署の近くにいるとき、必ずといっていいほど『アカシア』で時間をつぶしている。下町散歩のテレビ番組で取材を受けたこともあるというが、宮下からすると、建物も中身も店主も、ただ古いだけとしか思えない。

木製のドアを押し開けると、かすかにキィーッときしむ音がする。

これでたとえば、内装がキャビン風の造りだったりすれば雰囲気は満点だが、そこまで洒落てはいない。年代物ではありそうだが、ごく平凡なインテリアだ。

そんな狭く細長い店の、一番奥まったテーブルの定席に、こちらに背を向ける恰好《かっこう》でエイハブは座っている。やや猫背気味の背中が見える。

本名は安井隆三《りゅうぞう》、宮下の上司であり相方でもある。刑事課主任で今年五十四歳になる巡査部長だ。

『エイハブ船長』とは、宮下がひそかに安井につけたあだ名だ。小説や映画でも有名な『白鯨』に出てくる船長で、片足を巨大な白い鯨——モビィ・ディック——に喰《く》われ、復讐《ふくしゅう》の鬼と化し、常軌を逸していく怪人だ。

宮下は原作の長い小説も読んだし、古い映画も見た。その結果、グレゴリー・ペック演じたエイハブの姿を安井に重ねている。外から見る限り、安井にはエイハブのような濃い髭《ひげ》もないし身体の欠損もなさそうだ。しかし、きつい目に鷲鼻《わしばな》、痩《や》せて長身なところや近寄りがたい雰囲気がよく似ている。

「遅くなりました」

近づきながら声をかけたが、安井は振り返りもしなければ挨拶も返さない。いつものことだ。そしてこれもお決まりのスポーツ紙を広げている。安井の肩越しに、派手な花柄のビキニからあふれ出そうな〝おっぱい〟が見えた。

安井はなぜかスポーツ紙の、いわゆる「お色気欄」を開いていることが多い。コーヒー豆を直接嚙《か》みつぶしたような苦い顔で、《ハタチのHカップに悩殺》というような記事に目を落としている。

「あ、アイスコーヒーの濃いやつ、大盛りで」

宮下は安井の向かいに腰を下ろしながら、カウンターの向こう側にいる店主に注文した。店内には、BGM代わりのFMラジオが、聞き取れるかどうかの音量で流れている。

八割がた白くなったひげを伸ばした店主が、ちらりと視線を向けて小さくうなずく。

この店で知り合った馴染みの客にこっそり聞いたのだが、二年ほどまえに妻を亡くしてから、不愛想の度合いがさらにひどくなったそうだ。今はひとりで、この店を切り盛りしている。エイハブといいコンビだ。

安井が、もう少しでこぼれそうなHカップのあたりに視線を向けたまま、口を開いた。

「腹は足りたのか」

「はい」

またしても、鼻先で「ふん」と笑う。最初は、機嫌がいいのか悪いのか判断がつかなかった。相方になって一か月余りが経ち、ようやく少しわかってきた。今のは、まあまあの機嫌の「ふん」だ。

「それで、きょうはどちらへ？」

車に乗ってこいと言われたからには、運転手役を覚悟している。

安井が、テーブルに置いてあったメモ用紙の切れ端を、顎《あご》で示した。宮下はそれを手に取り読み上げた。

「西山翔太《にしやましょうた》、江戸《えど》川《がわ》区春江町《はるえちょう》――」

番地、そしてマンション名まで書いてある。所轄のエリア外であるし、あまり詳しく知らない土地だったので、さっそくタブレット端末で検索した。中川《なかがわ》と旧江戸川の中間あたり、さらにいえば、環七と船堀《ふなぼり》街道のどちらからも行けそうだと、およそのあたりをつけた。

「了解です」

宮下の目の前に、大ぶりのグラスにたっぷりと入ったアイスコーヒーが、ごとんと置かれた。とっくに慣れっこになったが、「お待たせしました」でもなければ「失礼します」でもない。ただ、ごとん、だ。

顔を上げると、にこりともせずに店主が去っていく。

出てきたのは、キンキンに冷えた、ドロッと濃いアイスコーヒーだ。エスプレッソをグラスに注いで氷を入れたような、とでも表現すれば実態に近いか。

そんなメニューは表にも裏にもない。安井が何度も頼むうちに、黙っていても一年を通して――たとえ真冬でも――この特注ドリンクが供されるようになったらしい。その存在を知ってから、宮下も面白がって同じものを頼む。

ただし、宮下はブラックだが、安井は見ているこちらの舌がべたつきそうなほど、シロップをたっぷり入れて飲む。この濃くて甘いアイスコーヒーが、ほとんどまともな食事をとらない安井の、主たるエネルギー源なのかもしれない。

「そんな邪道なもの」と文句を言いながら、毎度同じものを作ってくれる店主も充分な変わり者だ。自分以外のほとんどすべての人間を信用していない安井も、この店主の前でだけは仕事の話をする。そういえば、『白鯨』に出てくる乗組員たちも変わり者だらけだった。

「さっさと飲め。約束の時間がある」

「わかりました」

苦いほど濃いアイスコーヒーを、一気にストローで吸い上げた。あわてたのでむせそうになる。

安井がエイハブ船長なら、自分はスターバックだろうか。世界的に有名なコーヒーチェーンの名前の由来にもなった、冷静な航海士だ。いや、そんな立派な人物ではない。特別な活躍もしないし英雄的な存在でもない。ただ、エイハブに振り回されるだけの脇役、イシュメルがお似合いだ。

「くそ面白くもないな」

エイハブが、眺めていたスポーツ紙をテーブルに放り出した。

《課長ったら、こんなところでダメです》という見出しの連載小説が見えた。

2

相変わらず雲が重い。

「アポは何時ですか」

シートベルトを締めながら訊いた。

「十五時」

時計を見る。平日だし、事故渋滞でもなければ間に合うだろう。

とりあえず環七を南下し、混み具合によっては古いカーナビを頼りに枝道に入ろうと決めた。

「西山とはどんな人物ですか？　もしさしつかえなければ」

よけいな口出しはしないと決めているが、管轄外に出るなら、多少の事情は知っておきたい。

「古橋《ふるはし》の昔のダチだ」

「昔といいますと、学生時代の？」

「いや」

その先が続かない。

「了解です」

質問をやめた。これ以上しつこく尋ねると機嫌を損ねる。一方で、訊かずとも気が向けば説明してくれる。

宮下は、今年の四月に今の足立区萩ヶ谷署に転任してきた。最初に組まされた相手は、定年近い老刑事だった。生きた化石のようなこの刑事にあれこれ教わることになると思っていたら、組んでわずか一か月ほどでこの老刑事が脳梗塞《のうこうそく》で倒れ、コンビは解消となった。

ちょうどその時期は、安井の相方が汚職か不正のようなことで警察を辞めた直後でもあった。不祥事の中身については、完全に警察内でもみ消されたし、だれも話題にも出さないので、新参者の宮下には詳細はわからない。

それはともかく、同じ刑事課の〝独り身〟どうしが組むことになった。

刑事課長なり副署長なりの判断で、刑事になって二年目の宮下を安井と組ませたのは、ベテランにつけて教育させる、という温かい目的でなかったのは確かだ。署内に、ほかに組みたがる相手がいなかっただろうし、安井の運転手兼雑用係という立場もはっきりしている。

正直にいえば、宮下も当初は面白くはなかった。

運転するのはかまわないが、安井が聞き込みをするあいだ、車で待機なのだ。余計な口を挟まないから、せめて同席させてくれと一度だけ頼んでみたが、無視されて終わりだった。しかたなく「一か月間は我慢しよう」と決めた。そして決めたからにはと、一切口答えせず嫌な顔をせず、どんな雑用もこなしていたら、しだいに安井の態度が軟化してきた。

いちいち事情説明してはくれないが、聞き取りの際に脇で聞いていることを黙認してくれるようになった。そのことを知った刑事課の古顔に声をかけられた。

「おい新入り。ひと月かそこらで安井に取り入るとは、いい根性してるな」

言わんとする意味はよくわからなかったが、なんとなく誇らしい気持ちになった。

現在、安井と宮下が追っている案件は、古橋亮二《りょうじ》という二十九歳の男が、空き家で焼死した事件だ。

当該事案が発生したのは、三月の終わり、宮下が転任してくる直前のことだ。

足立区青井《あおい》、環七通りから三百メートルほど南下した住宅街の一画で火事があった。同じ足立区内ではあるが、この青井も、宮下たちが所属する萩ケ谷署の管轄ではない。国道四号線――通称日光《にっこう》街道――を挟んで隣接する、広河《ひろかわ》署のエリアだ。殺人事件という認識ではないため、合同捜査は行われていない。したがって、初動捜査に関する事実関係は、あとから得た情報ということになる。

火災のあった家は、築三十年余り、木造二階建ての空き家だった。老夫婦が続けて病死し、相続手続きにもめていたらしく、一年余りも無人のまま放置されていた。庭には雑草が生えるし、ゴミも投棄される。住民のあいだから不安の声が出ていた矢先のことだった。

火が家屋内から発生したことと、住人がいなかったために通報が遅れ、建物はほぼ全焼し、隣家の一部を焼いた。のちに宮下も現場を見に行ったが、まだ若いソメイヨシノが、家に面した部分だけ炭化しているのが、痛々しかった。

単なる火災事案ですまなくなったのは、焼け跡から焼死体が発見されたからだ。

遺体は黒こげに近かったが、体の下になっていた長財布が焼け残った。中に入っていたカードや免許証から、足立区梅島《うめじま》在住の古橋亮二の名が挙がった。

翌早朝、自宅マンションに捜査員が行くと、寝起きの妻が応対した。「夫は前日から帰ってきていない」と答えた。酒に酔ったまま外泊することがしょっちゅうだったので、とくに心配も連絡もしていないと言う。ちなみに、ふたりのあいだに子どもはいない。

その後、お定《き》まりの解剖、鑑定、裏付け捜査の結果、死体は古橋亮二のものと確定した。

死因は気道熱傷による窒息。血液からアルコールは出たが、薬物は検出されなかった。ちなみに、血中濃度からすると、酩酊《めいてい》に近い状態だったろうとの見立てだ。

捜査本部は立たなかった。

所轄の広河署の判断はこうだ。当夜、亮二が酔って空き家に忍び込み——小便でもしたくなったのではないか——煙草を一服するうちに寝込んでしまい、溜《た》まっていたホコリくずなどに引火した。

亮二自身の不法侵入や失火の問題はあるが、殺人や放火の可能性はないとみて、通り一遍の捜査で一旦《いったん》は終わった。

いや、終わりそうになった。

終わらなかった理由は、亮二の親族、特に父親の古橋匡志《まさし》とその長男の潤一《じゅんいち》が、横やりを入れたからだ。

「酔って空き家に忍び込み、その上寝たばこで焼け死んだとあっては、古橋家の恥だ。これは、殺人事件に違いないからきっちり調べてくれ」

古橋匡志は、すでに現役を退いたが区議を四期も務めた人物で、地元ではちょっとした名士だ。現役時代から「選挙は金にならん」が口癖だったらしく、引退後の選挙の地盤は、息子ではなく秘書に継がせた。長男は親族経営の不動産会社を率い、業績を伸ばした。準大手のゼネコンに食い込んで、公共事業の下請けや駅前再開発に絡んだりしているやり手だ。

父や兄に比べ、次男の亮二の評判はよくない。商売の才覚の有無という以前に、勤勉ではなかったらしい。兄の会社が所有する、西新井《にしあらい》駅近くのマンションビルの一階にあるコンビニの店長という立場に収まり、相場よりかなり多めの給与をもらっていた。いわゆる「食い扶持《ぶち》」だ。

ちなみに、匡志の弟やその息子――亮二にとっての叔父《おじ》や従弟《いとこ》――までもが、この同族会社の役員であったり社員として名を連ねているが、亮二だけは除外されている。つまり、何か不始末をしでかしたときに会社に累が及んではいけない、という理由だろう。

奇《く》しくも、その憂慮が当たったわけだ。しかし、たとえ社員でなくとも、社長の実の弟が酔って空き家に忍びこんで全焼させた、などという話が広まれば、役所はその企業とのつきあいを敬遠するだろう。つまり、事実上公共工事の受注は難しくなる。「潔白を証明してくれ」と要求したくなるのもわかる。

古橋家が持つ人脈から本庁の一部に圧力がかかって、捜査は継続することになった。

火事現場はお隣さんの広河署の管内だが、亮二の自宅マンションがある梅島地区は、宮下たちの所属する萩ヶ谷署の所轄だ。

捜査依頼もきていないのだから、わざわざ余計な仕事を増やすつもりもなく、萩ヶ谷署としては、積極的な聞き込みなどはするつもりはなかったらしい。しかし、この横やりの余波で、萩ヶ谷署でも形ばかりの捜査をすることになった。その方針が決まったのが、今から約二か月前の五月上旬だ。

当初、この捜査にあたったのは別な二人組だったが、二週間ほどで安井に代わった。それが、命じられたのではなく、安井がみずから名乗り出たという噂だ。宮下のような立場では、真相はわからない。安井が単独で動き始めてさらに二週間ほどして、行き場のなかった宮下が、その相方に収まった。

宮下が受けた印象では、安井は署内では浮いた存在のようだ。そのことと、古橋亮二の案件を担当することに、何らかの因果関係があるのかどうかはわからない。ただ、一か月間足代わりではあったが同行してみて、安井は何かの理由があって動いている、という印象を抱いた。

物証の具体的詳細や正式な証言についてはともかく、人間関係はある程度自力で調べることはできる。宮下は、安井の手伝いの合間や非番の日――事実上ほとんどないが――に、地元商店や個人経営の不動産会社などを回って、多少の噂話を聞き集めた。

ひとことでいえば、死んだ亮二の評判はあまりよくない。

当初は、亮二の立場も理解できなくはないと思っていた。馘《くび》になる心配もないかわりに出世の芽もない。身を粉にして働く動機付けがない。そこへ怠惰な性格が加われば、易きに流れるのも節理ではないか――。

そんなふうに同情的に考えていたのだが、聞き込みをするうちに考えが変わった。亮二はどう好意的な角度からみても、取り柄があるとはいいがたい人物だった。

特に、店長としての仕事はひどかった。たまに顔を出せば売り物のビールを事務所で飲む。顔見知りの若い女性には、たとえ客でもなれなれしく声をかける。女性店員へのセクハラ騒動も何度かあった。兄は何度か馘にしようとしたらしいが、ずるずると先延ばしになっていた。本人がそのたび「心を入れ替える」と謝ったこともあるし、食い扶持をなくせば、何をしでかすかわからなかったからだろう。

そんな亮二の日課といえば、ひとつは趣味のゴルフだ。さすがにコースにはそうそう出られないので、会員割引のある打ちっ放しに通っていたようだ。練習が終わればそのまま飲みに行く。ただ、こんなところにも怠け癖は表れていたのか、歌舞伎町《かぶきちょう》や渋谷、六本木などへ遠征したりはせず、足をのばしてもせいぜい上野や日暮里あたりまでだったらしい。

さらにいえば、地元に一軒、行きつけの店があった。

事件のあった夜も、亮二は高校の同級生だったママが経営する、その行きつけの『キャッツ』へ飲みに行った。

『キャッツ』は足立区役所の南東方向に位置し、住宅街に隣接する商店通りの雑居ビルの二階にある。亮二の自宅マンションから直線距離で約一・五キロ、自転車でゆっくり走っても十分とかからない距離だ。もちろん自転車の飲酒運転も違反だが、検挙歴はないようだ。

この『キャッツ』のママ内藤《ないとう》志穂《しほ》は、亮二と男女の関係にあった。

当初、広河署の捜査員に対して「ただの客」と答えたが、常連客のほとんどが感づいているような関係だったため、すぐに真相は知られるところとなった。

志穂は、毎月の手当をもらうという目先のことよりも、「近い将来女房と別れてお前と結婚する」という言葉に釣られたらしい。コンビニの入っているマンションは、丸ごと亮二のものだと信じていたようだ。

ここでこの火災案件の、数少ないひっかかりが浮上するのだが、問題の焼けた空き家は、亮二の自宅マンションと『キャッツ』を結んだ線上にないのだ。正反対とまではいわないが、角度にしてちょうど九十度違っている。いってみれば、『キャッツ』を頂点として、亮二のマンションと空き家が直角三角形を形作っている。距離にして三キロ近い寄り道である。

これが普通のサラリーマンであれば事件性を疑うが、亮二は酒癖が悪い上に、方向音痴で有名だった。「気がついたら荒川《あらかわ》の堤防にいた」とか「ふらふら走っていたら小菅《こすげ》の拘置所が見えたので酔いが醒《さ》めた」などと言っていたらしいので、ほぼ全方位に向かって走った過去があるようだ。

自転車は、『キャッツ』から焼けた家に向かう途中に放置されていた。なぜそこから歩いて行ったのか、それも謎だ。単なる酔っ払いの奇行かもしれない。とにかく、庭の若いソメイヨシノが七分咲きだった夜、亮二は取り壊し目前の家で焼け死んだ。

広河署の署長でなくとも、放っておきたい案件だ。

よほど気分がよかったのか、あるいは暇だったのか、宮下のプリウスが京成《けいせい》線をくぐって青砥《あおと》橋《ばし》にかかるころ、安井が自分から口を開いた。

「西山は、亮二の高校時代の友人だ。アキバの家電量販店に勤めてるが、大阪の本店に一か月ほど研修で行っていた。ようやく先週、こっちに戻ってきた。どうせ実のある話は出ないだろう」

行く前から気勢をそぐような発言だが、このぐらいでめげていては、安井の相方は務まらない。

「向かう先は自宅ですか」

「そうだ」

なるほど、サービス業だから平日の昼間に自宅で会えるのかと、納得できただけで収穫だ。

大型のトラックが、宮下のプリウスぎりぎりのところをかすめて、追い越していった。橋がゆれたように感じた。

「――ってみるか」

「は？」

安井がめんどうくさそうに繰り返す。

「おまえが聞き取りをやってみるか」

「いいんですか」

「どうせ、たいしたものは出ない」

冗談なのか真面目なのか判断がつかない。エイハブ船長の獲物としての価値はないと判断したのかもしれない。

「ぜひ、やらせてください」

どんな小魚でも構わない。宮下にとって、この署へ来てから、初めての正式な釣りだ。

「好きにやれ」

そこまで言われて、何かがひっかかった。安井にしては優しすぎる。単なる気まぐれではないかもしれない。

裏の事情があるとすれば、何だろうと考えて、今朝の課長と安井のやりとりを思い出した。宮下が、床にクリップをぶちまけてしまい、机の下にもぐって拾い集めていたときだ。手洗いか一服から戻った郷野《ごうの》刑事課長の、野太い声が聞こえてきた。

――おい安井。例の件、進展はどうだ。

――ぼちぼちです。

一緒に安井も入って来たようだ。通路で顔を合わせたのかも知れない。ほかに、刑事課に人の影はなかった。

――副のところに突っつきが来てるらしい。何か適当な筋はないか。

『副』とは副署長の門林《かどばやし》のことだ。署内での実務や人事を事実上仕切っている。焼死した古橋の父親筋から門林副署長のところへ、捜査の催促が来ているということだろう。

――そのうち、報告します。

――若造が使えないなら、誰かと取り替えろと副が言ってる。

宮下がいないと思っての会話のようだ。顔を上げられなくなった。

――いや、あいつで結構。

――申し送りじゃ、少しは使える男みたいなことだったけどな。それより、今の話、頼むよ。多少、無理筋でもかまわない。まあおれも前の牟田《むた》さんには世話になったが、そうそういつまでも……。音をたてたつもりはないが、気配を感じ取ったのかもしれない。課長は声の調子を改めた。

――ちょっと、一服行くか。

ふたりそろって再び部屋を出ていく気配がして、ようやく深呼吸をした。

つまり、宮下にもう少し仕事をさせろ、ということなのかもしれない。

3

目的地に少し早めに着いたので、近くのパーキングに車を停め、冷房を効かせながら時刻になるのを待った。

アイドリングは禁止されているが、公務だから目をつぶってもらう。

安井は外に出て煙草を吸っている。蒸し暑くないのか、汗をぬぐうしぐさもない。吸殻は投げ捨てるのかと思ったが、上着のポケットから出したらしい携帯灰皿に入れた。ちなみに、コーヒーの空き缶は道端に停めてある自転車のカゴに投げ入れる。そのあたりの判断基準もわからない。

容積率の関係なのか、あちこちが出たり引っ込んだりしているマンションの三階に、西山の住居はあった。エントランスの管理人室に人影はないし、オートロックもない。

エレベーターで三階に上がり、ドア脇のインターフォンを押すと西山本人がドアを開けた。

「ああ西山です。どうぞ。今、ほかにだれもいないんで」

ジーンズにアースグリーンのポロシャツという恰好そのままに、くつろいだ口調で招き入れてくれた。素早く観察したが、これといって表情にうしろめたさは感じない。

安井が先に行けと手ぶりをしたので、靴を脱ぎ奥へ進む。

「失礼します」

あえていえばリビングダイニングと呼ぶべきか、キッチンとひとつながりになったフローリングの居住スペースが生活の中心地らしい。

一応は片づけたようだが、雑誌やちょっとした衣類、細長いペンギンのクッション、化粧小物が入ったプラケースなどが、床に置かれている。

冷房が効いていて、かすかに柑橘《かんきつ》系の芳香剤の匂いがする。

「どうぞ」

示されたソファに座った。

「ご家族は？」

挨拶《あいさつ》がわりに宮下が問うと、西山は「女房はいまちょっと出てます」と答えた。嘘をついている印象はない。安井は無反応だ。道中口にしていたとおり、何も出そうもないと見切ったのかもしれない。しかし、宮下にとっては、せっかく与えられたチャンスなので、ほんの少しでも成果をあげたい。

「お子さんは？」

「小三の男の子がひとり、今は学校です」

お休みのところすみませんと、軽く頭を下げた。

「こんなもんしかなくて」

ローテーブルに、西山がグラスに入ったウーロン茶を置いた。宮下だけが礼を言って軽く頭を下げた。安井は蠟《ろう》人形のように、まったく動きもしない。

「ええと、たしか古橋のことですよね」

ソファに背をあずけた西山が、自分から切り出した。安井に目顔で了解を得てから、宮下は質問を始めた。

「おっしゃるとおりです。足立区梅島にお住いだった、古橋亮二さんの件で伺いたいことがあります」

「どんなことでしょう」

迷惑がるというよりは、興味のほうが勝っているようだ。ここでのやり取りをＳＮＳに上げたりしないよう、あとで釘《くぎ》を刺しておかねばならない。

「古橋さんが焼死されたことはご存じで？」

「もちろんです。驚きましたよ」

「第一報は、いつ、どなたに聞きました？」

「それは当日の――じゃない、正確には翌朝でしょうか。前の晩に火事になったみたいですから。出勤途中に、女房からメッセージが来て知りました」

「具体的には何時ごろでしょうか」

「たしかあの日は、遅番の午前十一時の出勤で、店につくかどうかっていう時間だったと思います。《古橋亮二さんて、友達じゃない？　火事で死んだみたい。テレビのニュースでやってる》とか送ってきて、ネットのニュースを見たら本当で、びっくりして、っていう感じです。ホントですよ。そのメッセージ見ますか」

　スマートフォンを宮下に向けて差し出した。それを軽く手のひらで制する。

「後ほど拝見します。――それで、そのニュースを最初に知ったとき、どう感じましたか」

　西山は、自分の分のウーロン茶に口をつけ、思い出そうとしているようだった。

「どうって、さっきも言いましたけど、とにかくびっくりですよね。本来ぼくは洗濯機とか冷蔵庫とかの担当なんですけど、なにかとテレビのコーナーまで行って、ニュース系の番組を見てました。時間が経つと少しずつ中身が詳しくなってきて、『酔っぱらって空き家に入って煙草吸って火事になった』ってわかって、ああ、あいつならやりそうだなって、申し訳ないけどそう思いました」

「ほう。やりそうだな、と」

　西山は悪びれるようすもなく、しっかりと宮下の目を見てうなずいた。

「はい。死んだ人間のことだし、まして知り合いでしたから悪く言いたくないですけど、酒癖はあんまりよくなかったですね」

「たとえばどんなふうに？」

「まずだらしないし、なんていうか、空威張りするんです。あいつ、体もあんまりでかくないし、喧嘩《けんか》もたぶん弱いと思うんですけど、ほら、親父さんとか兄貴とかがああいう人たちなんで、自分にはバックがついてるとか言って、上からモノを言うんです」

「たとえば、どんなふうにでしょう」

「飲み屋とかで、隣のテーブルに座ってる初対面の人に、『おたくあんまり見ない顔だね』とか」

「喧嘩になりませんか」

西山が苦笑する。

「そりゃなりますよ、ふつうは。でも、ほとんどは向こうが相手にしないです。それはビビってるからじゃなくて、あっちが大人だからですよ。でも、たまに似たようなレベルの相手だったりすると、『なんだてめえ』とかなって」

「そうすると？」

「謝ります。『すんません。初対面の人には一杯ごちそうすることにしてまして』とか適当にごまかして」

「調子のよさそうな感じですね」

「相手によって態度を変えるんです。あと、こっちが複数で相手がひとりだったりすると、威勢がよくなるんですよ。地元では、取り巻きが何人かいたみたいですけど、別に人望があるわけじゃなくて、おだてて奢《おご》ってもらうためですね。でも、それで調子に乗るというか」

「殴り合いの喧嘩は？」

「たぶん、ないと思いますよ。本人は武闘派じゃないんで、さっきも言いましたけど、負けそうだと思うと先に謝りますから。それと、一緒にいる人間が止めに入ることもちゃんと計算してるっていうか」

「なるほど」

西山はなんとなく楽しそうだ。やはり、生きていようと死んでいようと、他人の噂は楽しいのだ。機嫌のよさそうなところで、もう少し食い込んでみる。

「ところで。西山さんご自身は、古橋さんとよく一緒に飲みにいかれたりしましたか」

「よくってわけではないですね。高校まで一緒だったっていうだけで。何かのついでに実家に帰って、都合が合う地元の連中と飲むときに、気がつくとそこにいるっていう感じで。——それに、ここ二年ぐらい会ってないかなあ」

「焼死事件の前に、古橋さんから電話とかメールとか何か連絡は来ませんでしたか」

「来ませんね。個人的にそういう連絡をもらったことはないです」

さっきから完全に無言の安井をちらりと見た。さすがに寝てはいないが、心ここにあらずという表情で窓の外を見ている。

やはり、安井の想定内の答えだったのだろうか。たしかに今のところ、これという収穫はない。気を取り直して、質問の方向を変える。

「古橋さんとは、高校でご一緒だったんですね。その前のことで、何かご存じないですか」

「まあ、昔から変わらないですよ」

「昔？　というと――」

「小学校からずっと一緒の腐れ縁ですから」

安井がもぞもぞしはじめたので、見るとスーツのポケットから煙草を取り出すところだった。西山は吸わないようだ。さすがにまずいと思って、宮下はわざとらしい咳払《せきばら》いをした。

それを聞いた安井が、ふん、と鼻を鳴らし、煙草をしまった。

「古橋さんはどんな少年でした？」

隣で、こんどは安井があくびをかみ殺す気配がした。ほとんど隠そうともしないので、西山も気づいたようだ。宮下にしてみれば睨《にら》みつけたいところだが、そうもいかない。最大限の嫌みのつもりで、咳払いをこんどは二度してから、同じ質問を繰り返した。

西山は気を悪くしたようすもなく、両手の指を組み合わせて答えた。

「さっき言った性格を、そのままガキっぽくした感じです。けっこういい加減で、お調子ものですね」

「勉強は？」

「下から数えたほうが早いでしょうね。もっとも、ぼくも人のことは言えませんけど」

頭を掻《か》いて、へへへと笑った。

「クラスでの立ち位置は？」

西山は掻いていた手をあごにもっていって、剃《そ》り残しの髭《ひげ》をさすりながら少し考えた。

「まあ、少なくとも人気者じゃあなかったですね。ただ、おだてると、シールとかカードとかくれたりするんで、仲間外れにもされてなかったですけど」

「あくまで一般論ですが、家が資産家だと、本人がしっかりしていないといじめやカツアゲの対象になりがちですが」

「いじめられてはいなかったですね。——勉強はできなかったけど、そういう世渡りはうまかった。強い奴に取り入って、ぎりぎりで踏みとどまっている感じでしたかね。そうそう、中学んときだったかな。いじめられてる男子がいて、亮ちゃんはいじめグループのほうに入っていましたね。手は出さないけど、アイデアを出してたみたい」

「アイデア？」

「休み時間にみんなで押さえ込んでトイレに行かせないで、おもらしさせるとか」

「陰湿ですね」

「中学のいじめなんて、陰湿ですよ」

　ふと、あなたは加わっていましたか、あるいは笑って見ていましたか、と訊《き》いてみたくなった。

　西山が何かを思い出したようで、軽く膝《ひざ》を叩《たた》いた。

「そうそう、写真見ますか？」

「子供のころの？　あるんですか」

「ええ。たしか中学のときの卒業アルバムが。研修で大阪へ行く前に、押入れの中を少し整理してたら、昔のものが出てきて、そういう懐かしいものも――ちょっと待ってください」

　西山は腰も軽く立ちあがり、ドアを開けて向こうの部屋へ消えた。

「そろそろ帰るぞ」

　安井がこれまで聞いたことがないほど不機嫌に言った。

「はあ、でも、せっかくアルバムを見せてくれると言うので」

「そんなもの見てどうする」

　声を荒らげるのも初めて聞いた。

「たしかに、役には立たないかもしれません」

「次の約束がある。立て」

「はい」

　警察組織では、上司の命令は絶対だ。まして、安井は大先輩でもある。つべこべ言って抵抗することはできない。

卒業アルバムをぱらぱらとめくりながら、にやにや笑いで戻ってきた西山に、事情を説明した。

西山は拍子抜けしたような顔で、「そうですか」と目をしばたたかせた。もっと話したかったのかもしれない。

「もしかしたら、あらためて見せていただきにあがるかもしれません」

「じゃあ、ぼくがいないときでもわかるように、女房に言っときますよ」

「ご協力に感謝します」

そう言って頭を下げているあいだにも、安井はさっさと靴を履いて玄関のドアをあけようとしている。宮下はあわてて西山に自分の名刺を渡した。

「何か思い出したことがありましたら、どんなことでも結構ですので、お電話いただけるとありがたいです」

いそいで靴を履き、安井のあとを追いかけた。

足早に先を行く安井に、なんとか追いついた。車への道を戻りながら、弁解するように言った。

「何か、訊き方がまずかったでしょうか」

「いや」

西山のマンションを訪れてから、なぜ機嫌が悪くなったのか、まったく見当がつかない。しかし、訊いても教えてはくれないだろう。話題を変えた。

「それで安井主任、このあとどうしましょう。特になければ、自分は例のビデオの聞き込みの続きをやりますが」

宮下が安井と組む前から始まっていた、亮二に関する聞き取りは、仕事関係、行きつけの飲食店、さらには妻の知人、兄の会社関連にまで及んでいる。数十人の聞き取りから得られた情報量は、しかし意外に少ない。

亮二が店長を務めていたコンビニ店には、四台の監視カメラが設置されている。この店のデータ保存期間は比較的長いほうで、二か月近くある。それ以前のものは上書きされる。

保存されたデータも、当然調査の対象だが、安井はこの「録画を再生する」という行為を嫌っているようだった。

わからなくもない。モニターを睨みながら四倍速で再生したとしても、一時間につき十五分費やす。一日分で丸六時間だ。短いようでこれが苦痛だ。なにしろ、怪しい人物が映っているという保証はないのだ。むしろ徒労に終わる可能性のほうが高い。

ほったらかしだったこの再生チェック作業を、宮下が引き継いだ。ひと通り見終えて、リストが完成した。高校生以下の子ども、老人、子連れの家族、若いＯＬ、急いでいるサラリーマン、その他もろもろを除外しても、数十人が残った。

氏名不詳も含め、一覧はプリントアウトして今も持っている。つぶしたのはまだ十人ほどだ。残りをこまめに当たっていって、最後に怪しい人物が残るかもしれない、残らないかもしれない。望みは薄いが可能性はゼロではない。

そんな気乗りのしない役を申し出たのに、安井の返事がない。

「安井さん？」

「ああ」

我に返ったようにうなずいた。

「——やめとけ、時間の無駄だ」

「何か気になることでも？」

「いや、何もない。それよりここで別れる」

「は？」

「言っただろう。別な約束がある」

あまりに唐突な申し出だが、これもまた嫌とは言えない。それにしても、今日の安井はいつにも増して理解できない。

路地の角を曲がるエイハブ船長の背中を見送ってから、コインパーキングの精算をした。

4

翌朝、いつもより少し早めに出勤した。

未明から、じっとりとスーツに沁《し》み込むような嫌な雨が降っている。こんな朝は、出かける前に署でひと息入れたい。

宮下は、宿直でない日は定時よりも三十分ほど早く出勤するが、それでもときどき、安井が先に来ていることがある。「早いですね」と挨拶しても、顔も見ずに「ふん」と答えるだけだ。しばらく何かごそごそやって、ぷいっと出ていってしまう。怒らせたのだろうかと首をかしげていると、午後には何事もなかったかのように『アカシア』に呼び出される。ただし、運転手兼雑用係として。

十時近くなっても安井は署に顔を出さなかった。『アカシア』に電話をしてみたが、今日はまだ来ていないという。眉《まゆ》が下がっているせいで、あまり刑事らしい顔つきに見えない係長に訊いてみた。さあ知らん、という答えが返ってきた。

ほかにすることもないので、例のコンビニの関係者や、監視カメラリストの、名前のわかっている者から順に、あたっていく。電話をかけて繋《つな》がればアポイントを取り、だめなら直接訪問する。

亮二が店長を務めるコンビニの二十歳の女性店員——亮二に尻《しり》を触られたが時給の十

円アップで示談に応じた――から始まって、午前中で四人から聞き取りを終えた。コンビニの入ったマンションの住人の、若くて美人な妊婦、隣接したビルの管理人、商店会で仲がいいという生花店の店主、などだ。そこまでに電話がつながらない者二名、後日のアポを取れた者が三名いた。

昼過ぎ、いったん署に戻ってから、『中華来福軒』でチャーシュー麺《めん》と半チャーハンのセットを頼んだ。いつもはカウンターで大急ぎでかき込むのだが、今日は少しのんびり食べたかったので、テーブル席に座らせてもらった。

すでによれよれになったリストを広げる。

午前中いっぱい、正確には午後一時近くまでかかって、これという収穫はない。古橋亮二という人物について出てくる評価は、「時間にだらしない」「ささいなことで声を荒らげる」「昼間から酒臭いときがある」「目つきが気持ち悪い」などばかりだ。ひとことでいえば嫌われている。だからといって、焼き殺されるほどの恨みを買っているとも思えない。

「さて、どうしたものかな」

気づくと、チャーハンばかり口に運んで、皿が空になりかけていた。箸《はし》を割ってしごき、チャーシューをかじってから少しのびかけた麺をすする。

飛沫《しぶき》がかからないように左手に持ったリストを睨む。この時刻になっても安井から連絡がないということは、今日は運転手役は免除だろう。箸を丼の麺に突き刺したまま、窓の向こうの通行人に目をやった。

なんとなく違うという気がする。こんなリストにあたっても、しょせんは徒労だという自分の声が聞こえる。

もちろん、これという当てのない捜査は、無駄足の積み重ねだとわかっている。足を棒にすることや、成果が挙がらないことに不平不満を言うつもりはない。ただ――。

無駄足というレベルの話でなく、「これは根本的に違う」という気がしてならない。たとえば、魚が一匹もいない学校のプールで、何日釣り糸を垂れていても、釣れるはずがない。そんな間抜けを演じている気がする。安井をエイハブ船長になどたとえてみたからだろうか。

「らっしゃい。まいどー」

『来福軒』の大将の威勢のいい声に我に返った。

一時半近くなって、ほかに客のいない店に入ってきたのは、刑事課の先輩二人組だ。宮下の顔を見て、ほんの一瞬嫌な顔をしたのは、四十代半ばの梶《かじ》警部補だ。浅黒く四角張った顔つきだ。安井とは異質だが、負けず劣らずするどい目つきをしている。

「よう、今日もおいてけぼりか」と声をかけてくれたのは、五十歳をいくつか過ぎた亀《かめ》村《むら》巡査長だ。ふっくらした顔つき、かなり薄くなった髪を整髪料で後ろになでつけて、なんとなく中学の国語の教師のような雰囲気だが、くりくりっとした目は意外に冷たい光を放っている。

巡査長ということは、一度も昇任試験を通っていないことを意味するが、地を這《は》うような地味で着実な「地取り」には定評がある。

「いつものとおりです」

宮下が挨拶を返すと、亀村と梶はわざとらしくない程度に、宮下から離れたテーブル席に座った。

「ねぎそば大盛り、味つけ卵」

「肉野菜定食、ライス小盛り。小鉢はザーサイにして」

メニューも見ずにふたりが注文し、間髪を容《い》れずに大将が復唱する。

迷ったが、それを断ち切るように立ちあがり、二人のテーブルへ近づき、少し離れて座った。

「注文の品が出てくるまで、少しだけよろしいでしょうか」

宮下の問いかけに、梶はほぼ無視したが、コップの水を飲みかけていた亀村が答えた。

「なにか用か」

「このあと、聞き込みに同行させていただけないでしょうか」

ふたりが顔を見合わせた。とっさに意思の疎通があったらしく、今度は梶が発言した。

「どういう意味だ」

「やることがないんです。運転手役に徹します。捜査の邪魔はしませんので、同行させていただけませんか」

「運転手って、車は――」

そこまで言って、安井と宮下の特権を思い出したらしい。宮下にとっては、特権と呼べるかどうかは微妙だが、とにかくいちいち了解を得ずに自前の車を使っていいと、課長から暗黙の許可を得ている。暗黙だから「安井がいないとき」の特例についても、指示は仰いでいない。

「おまえのプリウスか？」

「少し古いですが、ご希望の場所まで運転します」

「安井はどうする」

「昨日の夕方以降、連絡がとれません」

いまさらとりつくろってもしかたない。

再びふたりが顔を見合わせた。

「少し狭いが、まあ歩きだと思えばぜいたくは言えんな」

後部シートで亀村が笑った。宮下はルームミラーで表情を盗み見たが、やはり口ぶりとは落差があって、亀村の顔に笑みはなく、目は油断なく窓の外に向けられている。

「まずはどちらへ？」

「その前に、おまえの目的はなんだ」

助手席の梶が前を向いたまま訊いてきた。本来の席順でいえば、上役にあたる梶が後部シートなのかもしれないが、このクラスの車では助手席のほうが楽だ。

「おふたり相手につくろってみても無駄だと思いますので、正直に言います」

外を見ていた亀村の視線が後頭部に刺さるのを感じる。

「安井主任について、どんなことでもいいので教えていただけないでしょうか。移動の間だけで結構です」

梶はふんと鼻を鳴らして、シートに背を押し付けた。亀村が「まあ、そんなこったろうと思ったよ」と笑った。

「あら探しをするつもりはありませんし、さしつかえない範囲でかまいません。こんなことを訊くのはマナー違反であることも理解しています」

「さすが、国立大学を出た秀才殿は言うことになんだか格調があるな」

亀村がチクリと刺した。宮下は一橋大学の社会学部を出ている。司法試験は落ちたのか、いやキャリアは目指さなかったのか、そんな質問はげっぷが出るほど聞かされた。曖昧《あいまい》に答えるか、可能なら聞き流す、それが話題を切り上げる一番の近道だと、体験で覚えた。

「目的はなんだ」

梶が同じことを訊いた。シートベルトを締めないので、発進できない。

「ほかでもありません。安井さんとの関係を潤滑にするためです。なんの予備知識もなく安井さんと組まされたのですが、ご存じのように安井さんはああいうお人柄です。これまでどんな実績をあげてこられたのか、その一端でもうかがえればと」

「本人に訊け」と梶はけんもほろろだ。

「まあまあ梶ちゃん、そう言っちゃ身も蓋《ふた》もない。せっかくこう言ってるんだから、乗せてもらおうよ。最近、歳のせいか長く歩くのがきつくなってさ。特に今日みたいに蒸し暑くて雨が降ってる日はね」

階級上は逆転しているとはいえ、十歳近くも先輩の亀村に言われて、それでも嫌だとは言えないのだろう。梶がしぶしぶという動作で、シートベルトを締めた。

最初こそ、亀村は「悪いな」などと口にしたが、すぐに「何々町へ回ってくれ」とか「その信号左だ」などと専属の運転手のような扱いになった。もともと自分から申し出たことだから不満はない。変に気をつかわれるより気が楽だ。

「いやあ、足つきの捜査ってのも悪くないね」

もう一軒まわって署に戻ろうかというころ、亀村があくびをしながら言った。

「安井さんの都合しだいですけど、わたしでよければ、体が空いているときは、いつでも運転やりますよ」

ハンドルを握りながら、亀村に答える。

「課長にお目玉くらうよ」

「言わなければわかりませんよ」

「おいおい、秀才にしちゃさばけたこと言うね。まさか、警務あたりの回し者じゃないだろうな」

「亀さん」

梶がたしなめるように口を挟む。亀村が、冗談だよ、と笑った。

「――それより、宮下、あんまり気にすることはないぞ」

「え、何をですか」

「伯父《おじ》さんのことさ」

やはりその話題も出たか。赴任してきて約三か月、誰も口にしないので、知られていないか話題にするほどのことではないのだろうと、どこか安心していた。家族や親族のことには特に神経質なこの組織で、知られていないはずもなかった。

宮下の母方の年配の伯父である富岡鉄郎《とみおかてつろう》は、昭和末期から平成にかけて「捜一にその人あり」と言われた名物警部だったらしい。宮下は引退近いころの記憶しかないが、小柄な優しそうな顔をしたおじさん、というよりはおじいさんに近い印象だ。

富岡鉄郎がらみの陰口や嫌みは、警察学校を出て交番に配置されたころがひどかった。曰《いわ》く、「国立大学を出て就職先がないのは、性格に問題があるから。伯父のコネでなんとか警官になった」、曰く、「気が小さくて、高校生のガキにガン飛ばされてる。相当に使えないが、伯父のおかげで馘《くび》にされずにいる」などなど。

気にするなとは、どういう意味で言うのかわからないが、妙に納得できた。あの伯父の存在で何か得したと思った経験はない。

「ありがとうございます」

当たり障りなく礼を言う。

「まあ、地道にやってりゃ、おれらぐらいにはなるさ」

満足げに言うと、亀村はもう一度大きなあくびをした。

5

結局、午後の八時過ぎまで、梶・亀村コンビの運転手を務めた。

彼らは、四日前に管内で起きた、路上のひったくり事件を追っている。被害者は七十二歳の女性。銀行のＡＴＭで現金をおろした帰り、あとをつけてきたらしい自転車の男に追い抜かれざまバッグをひったくられた。女性は転倒し、左腕の尺骨を単純骨折した。荻ヶ谷署では、専従班を設けて強盗致傷事件として犯人を追っているが、いまだ有力な容疑者も浮かんでいない。

目撃情報は少なく、現場付近に監視カメラもない。被害者の「たぶん三十歳から四十歳ぐらい。黒っぽいＴシャツを着て、ジーパンをはいていた」という証言がほぼ唯一の手掛かりだ。

亀村たちふたりは、過去の軽微な犯罪の前歴者をしらみつぶしに当たっている。聞き込み対象が飛び飛びなので、運転手つきの車はありがたかったらしい。

署に戻り、駐車場に車を入れるころになって、亀村に「帰りに一杯どうだ」と誘われた。梶は「仕事があるから」と断ったが、宮下はもちろん受けた。

向かったのは、皮肉なことに古橋亮二が店長を務めていたコンビニからもほど近い、西新井駅近くの焼き鳥屋だ。亀村の行きつけの店らしい。

亀村は日本酒が好きらしく、一杯目からコップ酒だ。メニューも見ずに注文したということは、いつも飲んでいる銘柄なのだろう。宮下が同じものを頼むと、亀村はにやっと笑った。

お決まりの乾杯を終えるなり、亀村は一気にコップの半分ほどを呷《あお》った。

「どうだ、運転手役は。疲れただろう」

「やることがあるのはいいですね」

「安井は何もさせないのか」

「まあ、あれこれ命じられるより、楽と言えば楽なんですけど」

「そりゃそうだ」

亀村が愉快そうに笑ったところに、焼き鳥の盛り合わせが出てきた。やけに早いところを見ると、看板メニューなので、どんどん焼いて、焼くそばから売れているのかもしれない。亀村は湯気を立てている軟骨入りつくねに唐辛子を振り、かじりついて口の端をおしぼりでぬぐった。

「しかしあれだな。そうやって、けろっとしてるところは、刑事に向いてるかもしれん。

――おい、食え。美味《うま》いぞ」

「おだてないでください。――いただきます。あ、たしかに美味い」

「だろう」

昼間、一緒にまわっているときも、梶は常にむすっとしていたが、亀村は饒舌《じょうぜつ》だった。一般論を話しながらも、自分の苦労話とそこから派生する教訓を、いつの間にか織り込むのが好きなタイプだと見た。

「亀村さんぐらいのキャリアがあると、いろいろな人を見てきたんでしょうね」

「まあな」

一杯酌をしたいところだが、コップ酒なのでそれもできない。

「生意気なことを言うようですが、刑事という職業についてる人は、多かれ少なかれ変わった人が多いと思います。ただ、安井さんはその中にあっても浮いているというか――」

「たしかにな」

亀村は早くも二杯目を注文し、空のコップを脇にどかした。腕を組む形でテーブルに肘《ひじ》をつき、やや前のめりになる。すでに、目が充血しつつある。

「――うちの署はな、警視庁管内の中にいくつかある、いってみりゃ吹き溜《だ》まりみたいなところで、変わり者も多い」

その話は聞いている。宮下あたりにとっては噂というレベルの話だが、警察庁から出向してきた、将来を嘱望されたエリート官僚が腰掛けで赴任する署もあれば、たたき上げの老兵の定年の花道を飾る署もあるそうだ。あるいは、民間で言う左遷に近い署も。どうやら、萩ケ谷署はその最後のケースらしい。

「安井はな、その中でも特に偏屈だな」

「そう思います。――亀村さんは、安井さんとは長いんですか」

「いや」

いや、の先に何かありそうなので、続きを待つ。

「あいつが転任してきたのは今年の一月だ。だがな、ずっと前に別な署で、三年ばかり一緒にやったことがある」

「そうだったんですか」

「エリートさんでもなければ、あちこちぐるぐる回ってるからな。おい、空いたぞ」

亀村が、宮下の空になったコップをあごで指した。

「亀村さん、ここは自分にもたせてください」

亀村が、目をむいた。

「とんでもない。息子みたいな若いやつに、酒をおごってもらうわけにはいかない」

「いえ、とても勉強になるお話をうかがっていますから」

そのあと何度か押し問答して、結局宮下が勘定をもつことに決まった。

「運転してもらった上に悪いな」嬉《うれ》しそうだ。「で、なんの話だったっけか」

「安井さんのお人柄についてです」

「ああ、偏屈だって話だな」

「何か理由があるんでしょうか」

「安井はな、カミさんを亡くしてるんだよ」

「奥さんを？　病気ですか」

「轢《ひ》き逃げだ」

なぜか、耳の奥を流れる、自分の血液の音が聞こえたような気がした。

「いつごろのことですか？　犯人は捕まったんでしょうか」

亀村が喉《のど》ぼとけを上下させてグラスを干し、おかみに振ってみせた。

「久保田《くぼた》くれ」

いいよな、という顔でこちらを見たので、宮下はすかさず付け加えた。

「萬寿《まんじゅ》にしてください」

亀村がにやっと笑う。

「おまえ、やっぱり見どころがある。若いのに練れてる。ぼさっとした顔してるが、苦労してるな。――そんなことより、安井のカミさんの話だったな。なんだかんだで、もう二十年以上前のことだ。改造車でな、四十キロ制限のところを、八十から九十キロ出してた。カーブでハンドルが切れずに、反対側を歩いてた安井のカミさんをはねとばした。即死だ。まだ三十になるかならないかだったと聞いている。車には十八と十九のガキふたりが乗ってたが、事故当時は免許を持ってないほうのやつが運転してたらしい。

『らしい』ってのはな、逃げる途中で電柱に激突して、こっちの二人も即死だ」

そういえば、そんな事件があったような気がする。宮下はまだ小学生だったはずだから、はっきりとした記憶はないが。

「無念ですね」

陳腐だとは思うが、そんな言葉しか思い浮かばない。

「おれならその死体に小便かけるね」

「お子さんは？」

亀村は新しいコップに満たされた、一杯二千円近い酒をすすって、首を左右に振った。

「いない。おれは当時のことを知らんが、聞いた話だと欲しがっていたらしいな。医者にも通ったらしい。子供がいないぶん、仲のいい夫婦だったという噂もある。まあ、得てして、噂ってのはそういうもんだがな。とにかく、あたりまえといやああたりまえだが、それ以来、安井は変わったらしい」

しばらくの沈黙のあと、亀村が上目遣いで訊いた。

「おまえ、安井のことを、ぐうたらでろくでなしの警官だと思っていただろう」

「ろくでなしとは思いませんが、あまり仕事熱心ではないなと」

「見る目がねえな、若いの」さっきほめたばかりなのにと、苦笑しそうになるのをこらえた。「——その逆だよ。あいつは人格的にはろくでなしだが、刑事としちゃ一級だ。うちの署の誰より犯罪者を憎んでる。目星をつけた犯人を追うときはおれたちでもちょっと引くぐらい、鬼気迫るものがある。ただし、警察という組織では通じないやりかたも多い。それとな、もうひとつ教えとく。安井がホシを追うとき、入れ込みかたにムラがあるのはたしかだ」

「犯罪の種類によって、という意味ですか」

「そうだ。色恋がらみの刃傷沙汰《にんじょうざた》とか、金の貸し借りでもめたとかには、あいつはほとんど興味がねえな」

「では、どんな？」

「そうだな。たとえばな、ガキどもの無軌道な犯罪だとか、無抵抗な女を男が数人がかりでナニしたとか、そういう事件になると、我を忘れてホシを追うんだあいつは。課長でも止められねえ」

「そうなんですか」

「しかし、ちょっと不思議なことがある」

「なんでしょう」

「もう一杯いいか」

「もちろんです」

亀村はお替りを頼んで、ふたたび腕を組んでテーブルに乗せた。さっきよりも顔が近い。日本酒の匂いが強烈にする。

「その、『癖の強い』安井を強い引きでうちの署に呼んだのが、ほかでもねえ、前の署長なんだ」

「前の署長が？」

　急にはるか上空の話になった。

「ああ、牟田さんだ。前の年の四月に、署長としてうちに来たばっかりだった。牟田さんはたたき上げだから、そりゃ多少癖はあったが、お偉方の中じゃ現場に理解があったほうじゃないか」

「引き抜きだったんですか」

　失礼ながら、亀村の言葉を借りるなら「吹き溜まりみたいな」署だから、何かの不始末の結果いるのかと思っていた。引きで来たとは想像しなかった。

「おれだって断言はできんよ。副署長がちろっとこぼしたのを聞いただけだ。『署長はなんで焼けた栗を拾うような真似をするんだ』ってな」

「安井さんは火中の栗ですか」

「ただ、ひとつはっきりしてることがあって、牟田さんも安井も、萩ケ谷署は二度目なんだ」

「もしかして、その一度目の時期が重なっていたとか」

「やっぱりするでえな、おめえ。そのとおりだ。といっても、かれこれ十四、五年は経ってるはずだ。なんにしても、署長に向かって『安井とはどういう関係ですか』なんて訊けない。一方の安井はあの調子だ。本人たちにしか真相はわからない。——それから、これもかかわりがあるのかどうかわからんが、安井が異動してきてから、たった三か月で、牟田さんは本庁へ行った」

「なんだか急な話ですね」

「まあ、そうだな。最初は『栄転か』って思ったが、どうやら違ったらしい。本庁は本庁だが、事務方の閑職に左遷だそうだ」

「何かの不祥事でしょうか」

「それがわからん。そしてそのひと月後に辞めた」

それもまたずいぶんと急な展開だ。

「安井さんを引いたことと、何か関係がありそうなんですか」

「わからんが、ないだろうという噂だ。安井は変わりもんだが、そこまでの爆弾でもない。牟田さんの退職理由は病気らしいと、噂で聞いた」

「病気ですか。なんとなく、ひっかかりますね」

亀村は、特別に教えたんだぞ、というような得意げな表情だ。

このあたりで、なるほど勉強になりましたと納得するのが、聞き上手というものだろう。理屈ではわかっているが、せっかくの機会だ。ぜひ確かめたいことがあった。それに、この亀村という男、思っていたより話好きらしい。

「もうひとつだけご意見をうかがいたいんですが、現在追っている古橋亮二の一件に関して、安井さんは自分から買って出たと聞きました。しかし、自分が受けた印象ではあまり熱心ではないようです。というか、無関心という感じで。あれはつまり犯罪性がないと判断したか、あっても痴情がらみと読んだからでしょうか」

新しい酒が満ちたコップに口をつけた亀村が、あやうく噴き出しそうになった。

「あぶねえ」おしぼりで口もとを拭《ぬぐ》う。「——笑わすなよ。こぼしたらもったいねえじゃねえか。それだから若いって言うんだ。何が『自分が受けた印象』だ。安井の目を見てねえのか。あいつはな、この一件にご執心だ。飯も食わずに嗅《か》ぎまわってるぞ。まあ、もともと飯はあまり食わねえがな。——とにかく、わざと気のないそぶりを見せたのよ。おめえがしばらく放っておかれたのだって、足手まといだからだ。それが課長に何度か注意されたんで、しぶしぶ連れて行ったってところだろうな」

じゃあ今日のおいてけぼりも、と口に出しかけて、ふと思い出したことがあった。きのうの態度の変化だ。西山のところへ行ってから、露骨なほど興味なさそうになった。

「亀村さん」

「なんだよ」酒をくいっと流し込む。

「安井さんが古橋の件に熱心になったのは最初からですか。それとも、詳細がわかり始めてからですか」

「どうだったかな」とろんとした目で中空を睨んで思い出そうとしている。「——あれはたしか、うちの署に協力要請がきて、最初は別な組があてがわれたんだ。——そうそう思い出した。たしか、山内《やまうち》と近田《ちかだ》のコンビだ」

大きくうなずいて、血走った眼を宮下に向けた。

「――それから二週間ぐらいしてな、安井が自分にやらせてくれと言い出した」

「春先に、組んでいた相手のかたが、何か問題を起こしたと聞きましたが」

「そうそう。おまえが赴任してくる少し前のことだが、安井の相方だったやつの名前が、摘発したノミ屋の名簿に載っててな。ちょっとした騒動になった。――まあ、対外的にはもみ消したが、けじめは必要だ。そいつは辞めて、安井もしばらく干されていた時期だった。酔っ払いの焼死事故なんてつまらん案件、誰も追いたくはないから、すんなり安井の担当に変わった、ってわけだ」

「そんないきさつがあったんですか。――申し出るまでのその二週間のあいだに、安井さんが何かを摑《つか》んだ可能性はありますね」

「まあ、あるかもしれん。単なる気まぐれかもしれん。おれはどうでもいい。自分の頭の上の蝿を追うので精いっぱいだ。だいたい気になるならおまえさんが――」

頭の中のライトが点滅した。

「すみません、亀村さん。電話を一本かけさせてください」

「あ、ああ。好きにしろ」

ろれつが怪しくなった亀村を残して、店の外に出た。むわっと湿気のある夜風が体を巻いて吹く。夜の飲み屋街の臭いがする。

時刻はまもなく午後の十時になろうとしている。一般的にはやや非常識な時刻だが、そんなことを言っていてはこの仕事はできない。きのう聞いたばかりの西山の携帯番号にかけた。五回ほど呼び出したあとつながった。

〈はい、西山です〉

　さすがに、やや警戒気味な声だ。

「夜分にすみません。昨日お伺いした、萩ヶ谷署の宮下ですが」

〈ああ、刑事さんですね〉

「ちょっとお願いがありまして」

〈なんでしょう〉

「きのう、見せていただかなかった中学時代の卒業アルバムですが、やはり見せていただけないでしょうか」

〈えっ〉

　よく聞き取れなかったという意味合いの「えっ」ではなかった。「何をいまさら」という感じだ。嫌な予感を抑えて、もう一度用件を伝える。

「あのアルバムを、明日にもお伺いしてお預かりしたいのですが、何時ごろがよろしいでしょうか。なんでしたら、勤務先でも……」

〈ちょっと待ってください。きのうの刑事さんですよね。ふたりでお見えになった〉

　あきらかに訝《いぶか》しむような口調だ。

「はい。そうですが」

〈でしたら、きのうお渡ししましたけど〉

「きのう？　誰にですか」

〈一緒にお見えになった刑事さんに〉

「安井に？」

〈あれ、ご存じじゃなかったですか。あのあとすぐでしたよ。お二人が帰って、十分と経たないうちに戻って来て『やっぱり、アルバムを預からせてくれ』って〉

背中のうぶ毛がざわめくのを感じた。

すぐに取りに戻った——。

〈きょうも、ついさきほどいらして、こんどは中学の卒業名簿を持っていきました〉

「名簿を、ですか——」

その先が継げなかった。

信用されたなどと、一瞬でも思った自分を恥じた。詳しいことはわからない。しかし、たしかなことがひとつある。やはり安井にエイハブ船長と名付けたのは、あながち間違いではなかったようだ。

頭の中で、エイハブ船長とその一行が遭遇したような嵐が吹き荒れる宮下の耳に、屈託のない西山の声が流れ込んだ。

〈もしもし？　なので、今は手元にないので、直接あの刑事さんに連絡をとってみていただけますか〉

第六章　スポーツ新聞と仕出し弁当――安井隆三

1

安井隆三はそれまで見ていた古い卒業アルバムを、レクサスの助手席に放り投げた。毎朝買って、ただ眺めているだけで、ほとんど一行も読んでいないスポーツ新聞が、その下でくしゃっと音を立てた。

いつも人前でスポーツ紙を広げているのは、言ってみれば擬態だ。何もせずただ中空を睨んでいると、「何か考えごとですか」と訊かれる。見ればわかるだろうと答えることすら面倒だ。面倒という以前に、思考の邪魔をされるのが不愉快だ。

あるとき偶然気づいた。スポーツ紙の、それも「お色気欄」を広げていると、不思議にだれも話しかけてこない。まして、相手が安井なら近寄りさえもしない。課員から「面《つら》の皮が馬のケツより厚い」と陰口をたたかれている刑事課長の郷野だけは、ときどき覗《のぞ》き込んでは「あとで読み終わったらくれ」と言うが。

目を閉じヘッドレストに頭をあずけ、シートを少し倒した。今日もなんとなく、下腹のあたりが重苦しい感じだ。そろそろ、濃いコーヒーはやめたほうがいいかもしれない。

とにかく、このままもう少しだけ休もう。

宮下は、安井が自分の車を持っていることを知っている。しかし、それを口にしたことはない。安井が「車を出せ」と命じれば、素直に従う。使い勝手が良い。

ふだん安井は、自前のこの白いレクサスを移動手段に使うことが多い。警察では、勤務中自家用車を乗り回すことは、原則的に認められていない。自分は黙認されているらしいと気づいたきっかけは、偶然だった。

それまでもときおり上司や同僚の目を盗んで、聞き込みの移動手段に無許可で私用車を使うことがあった。

この萩ヶ谷署に転任してきてまもなくのころ、署の近くのコインパーキングに停めたところを、よりによって課長の郷野にみつかった。当然、説教なり処分を覚悟したが、ただ「いい車に乗ってるな」とだけ言われた。どうやら前任の牟田署長が指示したらしい。「多少のことは安井の好きにさせてやれ」と。理由を聞く前に牟田が異動してしまったので、その真意はわからない。

一方、現署長である吉住《よしずみ》は署内で『ヒラメ』と呼ばれている。出世にしか興味がなく上ばかり見ているからだ。自分の身に降りかからないかぎり、署内の管理監督はまったくもって部下任せだ。したがって、署長が代わっても安井の「自家用車特権」はそのまましくずしに継続している。

郷野課長が安井に甘いのは、単に牟田がそう指示したからだけではない。郷野には二歳年下の妻と、高校生の長女に中学生の長男、そして愛人がいる。管内にある『早苗《さなえ》』という小料理屋のおかみと出来ているのだ。安井はこの愛人の存在を知っていながら誰にも話していない。だから郷野も安井の多少の反則は見て見ぬふりをする。

同僚たちは面白くないはずだが、郷野が黙認しているので、表立って指弾する者はいない。

レクサスは、安井の風体からすれば、不釣り合いな高級車だ。しかしこれという趣味もなく、着るものにもかまわず、飯もろくに食わない。酒は多少飲むが、たかが知れている。養う家族もペットもない。寝どころは安アパート。となれば、車の一台ぐらいは買う余裕はある。

居住性はさすがに文句なく、シートもアパートのせんべい布団よりよほど快適だ。うっかり目を閉じるとそのまま寝てしまいそうになる。いや、睡眠の半分はここでとっているかもしれない。今こうしていても、まぶたの裏に広がる闇に吸い込まれそうになる。ゆうべは考えごとをして、ほとんど寝ていない。

古橋亮二が焼死した事件の洗い直し作業など、最初はほとんど興味がなかった。もれ聞こえてくる噂だけで「亮二はくずだった。ごくつぶしだった」とさんざんだ。十中八九は、初動捜査にあたったお隣の広河署の読み通り、酔ったあげく煙草の不始末で、勝手に焼け死んだのだろう。

かりに殺人だとしたら、似たような相手と喧嘩にでもなり、はずみで殺されて、証拠隠滅のため焼かれたといったあたりか。もしも後者だとすれば、場合によっては捜査本部が立つ程度の案件になるが、安井には興味の湧かない筋書きだ。

ところが、急に風向きが変わった。ほかの誰でもない、安井に向かって吹く風だ。

亮二が焼け死んでひと月あまり、親族から横やりが入って洗い直しが始まり、一週間ほど経ったころ、安井のもとに一通の封筒が届いた。真新しく、買ってきたばかりに見えた。宛て先はきれいな手書き文字で、安井隆三様となっている。めったに来たことがないが、DMのたぐいだろうと何気なく裏を返した。

何も記載がない。真っ白だ。書き漏らしだとすれば、表書きの几帳面《きちょうめん》な文字との落差がある。DMでないとすると、こんな手紙に心当たりはない。透かしてみると、中に入っているのは、どうやら名刺のようだ。

部屋にいた刑事に白手袋を借り、机の上のゴミをどかし、カッターナイフで慎重に開けた。

出てきたのは、まさに二枚の名刺だった。

一枚は、コンビニ店長の肩書が入った、古橋亮二のものだ。隅が焼け焦げている。一瞬緊張したが、これは遺体から抜いた証拠品ではなく、別な機会に入手したものをライターかガスコンロででも焼いたのだろう。方法はともかく、わざわざ焦がしたからには、何かのメッセージが込められているに違いない。

もう一枚は、ほかならぬ安井のものだった。それもかなり古い。所属が《警視庁萩ケ谷警察署生活安全課》となっている。白手袋のまま名刺の端をつまんで裏返してみた。書き込みのようなものはない。

二枚の名刺は引き出しにしまい、封筒だけを持って鑑識の部屋へ行き、顔見知りの田《た》口《ぐち》という係員に声をかけた。

「指紋がないか調べてくれ」

安井よりも二十歳ほど年下だが、不愛想ぐあいでは安井と似たり寄ったりの田口が、むっつりとうなずいた。

ただし、指紋程度なら裁量で調べてくれることもあるが、それ以上の細かい分析になると、手続きが必要になる。いまはとりあえず指紋だけを依頼した。

一時間としないうちに、田口が内線をかけてきた。

「何も出ませんね」

「出ない？」

「おそらく、新品の袋から出す段階から、手袋をしてたんですね」

「わかった。こんど、何か礼をする」

「べつにいいです」

ぶつっと切れた。

その後、急ぎの仕事もなかったので『アカシア』に移動し、二枚の名刺の意味について考えた。

名刺の焦げ跡といい、手書きの宛名があるのにまったく指紋を残していないことといい、これは軽い気持ちのいたずらではないだろう。

自分名義の名刺には、見覚えがある。本物に間違いない。眺めているうちに、当時のことをいろいろと思い出した。

安井が萩ヶ谷署に勤務するのはこれが二度目だ。前回は約十六年前から十二年前までのほぼ四年間、生活安全課に所属していた。名刺はそのときのものだ。当時、安井から入手した人間が、その後もずっと保存しておいたということだ。

萩ヶ谷署管内は、個人的にはいくぶん思い出のある土地だが、萩ヶ谷署そのものには特別な思い入れもない。これという大きな犯罪にはかかわらなかったし、世を騒がした未解決の事件なども記憶にない。

安井以外にも、この署に当時と繋《つな》がりがある人物がひとりだけいる。いや――正確にはいた。

前署長の牟田だ。安井が生活安全課の刑事だったときに、課長の立場にいたのが牟田だ。その牟田が署長としてこの地へ戻り、自分を呼び寄せた。本人からもほかの署員からも、その理由は聞いていない。

牟田に関する記憶をたぐる。

課長当時の牟田は、たたき上げで出世する警官には共通の、手柄にならない細かな事件にはあまり興味を示さないタイプだった。「生安は、細かい旨味《うまみ》はあるがこれという手柄が立てにくい。刑事課に移りたい」とよく言っていた。いってみれば、良くも悪くも平均的な警察官だった。

当時、牟田に個人的に可愛がられた記憶もない。むしろ細かいミスにも「おれの足を引っ張るようなことはするなよ」と何度か嫌みを言われた。二人きりで飲みに行った記憶すらない。

それがいきなりの引き抜きだ。意外には思ったが、安井は「これはどういうことですか」と自分から訊く性格ではない。牟田のほうからも接触してこないので、真相を知るすべはなかった。

しかも、二度目の萩ヶ谷署で、牟田と一緒にいた期間はわずか三か月だ。牟田が異動してしまったからだ。

一度、通路ですれ違ったとき、牟田が何か言いたそうにしたが、そばに人がいたためか、口は開かなかった。

噂で聞いたところでは、異動先は本庁とはいえ閑職で、総務部長付で実質的な部下がほとんどいなかったようだ。そして——表向きは病気ということになっているが——出世の見込みはまずないことを苦にしたのか、わずかひと月で退職したことを知った。

生活安全課の古い名刺を見たので、つい牟田のことなど思い出したが、亮二の焼死に関係があるとも思えない。

あの封筒を送り付けてきたのは、安井が昔萩ヶ谷署にいたことを知っている人間だろうが、それが誰で、どんな目的なのか、まったく見当がつかない。

ただ、可能性はいくつか浮かぶ。たとえば、たまたま安井の名刺を持っていた恨みを持つ人物が、手の込んだいたずらをしたのかもしれない。あるいは、あれはやはり放火殺人事件であり、名乗り出られない関係者が、事件解決のヒントを安井に与えようとしているのかもしれない。

牟田にもいずれ連絡はとらなければならないだろうが、とりあえずは、自分の目と耳で古橋亮二の人となりをあたることにした。

聞きまわってみると、すぐに亮二の人間像が浮かんだ。これまで耳にしたとおりだ。性格的に未成熟で半端というより、ある種の社会的不適合者といえるだろう。ただ、本質的に凶暴さはなく、子犬にほえられても身を硬くするほどの臆病《おくびょう》者だったという証言が、複数ある。

皆から殺したいほど憎まれている悪党ではない、という点が、最初の引っかかりだった。仮にこれが他殺だったと考えると、単純な恨みや金目当てではない可能性が出てくる。それは彼の人柄と矛盾するからだ。

解剖によれば、死因は気道熱傷による窒息死だ。これも留意すべきだろう。

つまり、炎に包まれたとき、亮二はまだ生きていたことになる。たとえば、殴ったり突き飛ばしたりなどの「はずみ」で殺してしまうことはあるかもしれないが、空き家に誘い込んで、あるいは運び込んで、生きたまま焼き殺す、という残忍さと手間を考えると、相当に強い動機があると考えるべきだ。事故か他殺かで、事案の見せる顔がまったく違ってくる。

名刺二枚を手に、やってみるか、と自分に問いかけた。

呼び寄せた牟田署長がいなくなり、ようやく慣れてきた相方の不始末で、もともと浮きやすい安井は、顔見知りのほとんどいない署内でますます孤立している。よく言えば自由、悪く言えば生殺しだ。暇つぶしに、他殺の可能性があるかどうかを確かめるだけでもいい。

名刺が届いて一週間後、試しに、郷野課長に、亮二案件の洗い直しをやってみたいと申し出た。すると、その日のうちに担当変更が決まった。前任のふたり組からは、やや皮肉を込めた感謝の言葉をもらった。どのみち成果がないのを見越して、堂々とサボる口実をみつけたと受け止めたらしい。

人になんと思われようと気にしない習性が身についてずいぶんと久しい。しかも、相方の不祥事のとばっちりで、ここしばらく干されているところだ。

売れるものなら、在庫一掃セールができるほど有給休暇はたまっているが、休んでみてもすることがない。ゴルフも釣りも温泉も、ましてや山歩きやジム通いなど、趣味と呼べるものには一切興味がない。妻が、野良猫のように轢き殺されたあの日から、何かを楽しんだことがない。

亮二のことを少し調べまわって、珍しくこれはてこずるかもしれないと思った。前任の二名がほっとした表情を見せたのも納得がいく。とにかく、亮二は人間関係が希薄だった。狭いというのもあるが、それ以上に薄っぺらい。

たまにゴルフに一緒に行く商店会のメンバー、行きつけの飲み屋の店員と常連客、店長を務めるコンビニの関係者、自宅マンションの住人、親族たち、多めに見ても百人は超えない。

その程度の顔ぶれならば、アリバイと動機は、すでに広河署で充分に洗っただろう。放火殺人という観点から絞り込めば、すぐに目鼻が付いたはずだ。それが事実上ほったらかしだったのは、事件としての裏も奥行きもないと判断したからだろう。

しかしそれでも、無理に挙げれば、怪しい人物は何人かいる。

まず、亮二がこの世からいなくなって欲しいと、もっとも強く願っていたのは、実の父親や兄だったかもしれない。だがそれならば、黙って人知れず始末すればいいだけで、あんな派手な演出は間違っても起こすはずがないし、「調べ直せ」などとクレームをつけはしない。

つぎに、「亭主が死んだらまずは女房を疑え」という、もはや教訓とも呼べないほどのセオリーがある。たしかに、亮二と妻の萌香《もえか》との仲はあまりよくなく、住居マンションの住人から「しょっちゅう夫婦喧嘩をしてた」「駐車場で奥さんが旦那《だんな》さんを蹴《け》ってるのを見た」などという証言が出た。

原因は、亮二が家に寄りつかないことと、そもそもその外泊理由のひとつでもある、カラオケスナック『キャッツ』のママとの浮気だ。もっとも、顔を合わせるから喧嘩をするだけで、妻の萌香のほうでも愛情は冷めていたはずだ。なぜなら彼女は彼女で、出会い系サイトで知り合った、二十二歳のトラック運転手と頻繁に会っていた。ラブホテルを使うこともあれば、亮二がゴルフの日には、大胆にもマンションに呼びつけたりもしていたらしい。

この二十二歳のドライバーは、最初に浮かんだ手ごたえのありそうな容疑者だったが、すぐに萌香と一緒にアリバイが裏付けられた。亮二が丸焼けになっていたころ、北千住《きたせんじゅ》のラブホテルに一緒にいたのだ。防犯カメラにも映っており、途中抜け出した記録もない。

萌香がべつな誰かに夫殺しを頼んだ可能性はまだ残っている。しかしその線は、広河署が萌香をいやというほど締め上げて、何も出なかったようだ。

それでも念のため、安井自身もこの萌香に会って話をした。夫が死んだことは、毛ほども悲しんではいなかった。ただただ「亮二の実家からいくらぶん取れるか」だけを気にしていた。亮二は保険に入っていたが、契約者も支払いも受取人もすべて兄だったようだ。

殺害の可能性を考えた場合、もうひとつ浮かぶ線は、コンビニの店員ルートだ。亮二は、店員に嫌われていた。それは間違いない。人使いが荒い、言葉が汚い、金に渋い、昼間から酒臭い、セクハラ、パワハラ、いくらでも出てくる。だが、ふつうそんな理由で人は殺さない。まして空き家に連れ込んで焼き殺したりはしない。もちろん、「たまには勉強しろ」と言われただけで親の首を切り落とす高校生もいるから、この世に絶対はないが、安井自身が面会したところ、店員の中にそれだけの性根の据わったやつはいなかった。

この結果から、何が導き出されるか——。

もっとも妥当な筋書きは、やはりこれはただの失火による焼死であって、送りつけられた名刺は、単に古い知り合い——ないし署内の人間——が、軽い嫌がらせの気持ちで起こした行動だった、というものだ。

しかし、これもささいなことだが、安井にはすんなりと腑《ふ》に落ちないことがある。亮二の自転車が現場になかった点だ。『キャッツ』から焼けた家に向かう路上に乗り捨ててあった。

広河署では、「亮二が酔ってどこかに置き去りにしたものを、ほかの酔っ払いが勝手に乗った」と読んでいるようだ。それにしては、亮二の指紋しか出てこないのはおかしい。出来心の自転車泥棒が、指紋のことなど気にしないだろう。

今に始まったことではないが、警察という組織は、こうと決めた筋を邪魔する証拠は、見ないふりをすることが珍しくない。

安井は、自分の刑事の勘が納得するまで続けることにした。

殺人の動機が現在にないなら、過去にあるのかもしれない。すぐには捜査線上に浮かばないほど過去の恨みを抱き続け、今になってあれほどむごい殺し方をしたのだとしたら、犯人——いるとすればだが——は意志が強く冷酷だ。

亮二の現在の人間関係をあきらめ、過去をさかのぼる調査を始めた。具体的には、少しでも古い過去を知る人間のつてをたどっていく。署内の連中には悟られないように注意を払った。

あてこすりを言われたり、多少の邪魔をされるぐらいならいいが、いよいよ獲物を目の前にしたときに、トンビにあぶらげをさらわれてはたまらない。

ひとりで好き勝手をしようと思っていたら、捜査開始二週間ほどで、若造を押し付けられた。彼の教育係役だった老刑事が、脳梗塞《こうそく》で倒れたのだ。当面、安井がそいつの面倒を見ろという、副署長の命令だそうだ。もちろん嫌だが、ほかのことではかなり目をつぶってもらっているので、むげには断れなかった。そのかわり、ほとんど毎日、専属運転手としてこき使った。

いまさら人にどう思われようと知ったことではない。

運転手がついたにもかかわらず、ひと月半ほど成果のあがらない日が続き、これは徒労だったかと思い始めた矢先だった。高校時代まで知人をあたったので、中学時代を洗い終えたら手を引こうと決めたとたん、久しぶりに獲物が釣れた。西山が提供してくれた中学の卒業アルバムだ。

西山を紹介してくれた人間の話では、「高校時代の同級生」ということだったので、あまり期待はしていなかった。それがまさか亮二とは幼馴染《おさななじみ》で、しかもあんなりと古いアルバムが出てくるとは予想外だった。

たまにはこんなこともある、と思うような幸運だったが、その一方で、思わぬ味噌《みそ》をつけるところだった。宮下が同席していたことだ。朝、課長にめずらしく「ちゃんと宮下の面倒をみろ」などと言われたので、しかたなく聞き込みに同席させたのだ。

もちろん、あんなものはただの卒業アルバムで、何も出ないかもしれない。しかし、〝お宝〟かもしれない。とにかく、自分が精査する前に、安易に宮下に見せたくなかった。興味のないふりをし、適当な口実を設けて、多少強引に切り上げざるを得なかったが、宮下は何か気づいただろうか。

あの若造は案外要注意だ。ぼやっとした顔つきで、人当たりもいい。礼儀をわきまえ、口の利き方もそこそこきちんとしている。だが、その中身はなかなかの食わせものだ。そもそも——。

ほかにだれもいない車内で、ふん、と鼻を鳴らす。あの若造のことはしばらく頭から切り離そう。今はそれどころではない。

昔の名刺を送り付けてきたのが誰なのか、その答えがこのアルバムにあるかもしれない。

簡単な引き算をすればすぐにわかることだが、安井が生安の刑事として牟田の下に就いたころ、古橋亮二は中学生だったのだ。この卒業アルバムにも、無理に眉間《みけん》に皺《しわ》を寄せた十五歳の亮二が載っている。

　これはもう偶然ではない。

2

　約束を取り付け、足立区立竹野原中学校をたずねた。

　宮下のことはほったらかしだ。自分ですべきことを見つけるだろう。

　竹野原中学は古橋亮二の母校で、幸い萩ヶ谷署の管内にある。西新井駅から南東に向かい、荒川にぶつかる少し手前だ。

《本校関係者及び許可を得ない者の立ち入りを禁ずる》と看板がかかった、正門わきのスペースにレクサスを停めた。通用門を抜けて敷地に入り、正面玄関をめざして歩く。

　校庭では体育の授業中らしい。指導の教諭がちらりとこちらを見たが、声をかけてくることはなかった。校舎のどこからか歌声が流れてくる。安井の知らない歌だった。

　あらかじめ用件は伝えてあったので、受付で名乗るとすんなり応接室に通された。

　高そうにも安そうにも見える応接セットで、事務員が淹れてくれた美味くも不味《まず》くもないお茶を飲んでいると、安井と同年配の、どこでも見かけそうな男が現れた。

「ご苦労様です。教頭の諏訪《すわ》と申します」

量は豊かだが、半分ほど白髪になった頭を下げた。安井も立ちあがって挨拶する。

「警視庁萩ケ谷署の安井といいます」

諏訪教頭は、安井が呈示した身分証を確認すると、あらためてソファに腰を下ろすよう勧めた。

「細かいお話の前にまずお伺いしたいのは、これは何かの事件の捜査でしょうか。当校の生徒の、あるいは教職員の、安全や人権にかかわるお話でしょうか」

言葉遣いは丁寧だが、暗に「警察だからといって、無条件にハイハイ言うことを聞くつもりはない」と釘《くぎ》を刺したつもりかもしれない。

教員の中には、「警察」の二文字に敵愾《てきがい》心を持っている人種が一定の割合いる。明確な理由のある者もいるし、単に虫が好かないというだけの者もいる。この教頭がそれらでなければいいがと思いながら話を進める。

「現在のこの学校の生徒や関係者のトラブルではありません」

どんな方便を使おうかと考えたが、とりあえずは正攻法で行くことにした。

「現在ではないとすると、過去の？」

「まあ、そんなところです。過去に在籍していた生徒が、ある事件に巻き込まれた可能性があって、内々に調べを進めています」

「具体的にはどんな事件でしょう。それはニュースなどでも扱われていますか」

うるさいやつだ。昨日は幸運を引き当てたが、きょうのカードはあまりよくないようだ。

「具体的な詳細はお話しできません」

まさか、おたくの卒業生が空き家で丸焦げになったとは言えない。

「何年前とおっしゃいました」

「十五年前の年度の卒業生です」

「それは、大昔とまではいいませんが、そこそこに古いですね」

「対象学年者は今年度で三十歳になります」

「当校の卒業生にかかわる案件だと、こうおっしゃるわけですね」

いらいらが顔に出たらしい。教頭は弁解するように付け加えた。

「——義務教育ですから、それなりの事情をうかがわないわけにはいきませんので」

やはり古橋亮二のことを切り出してしまおうかと、ぎりぎり迷った。しかしまだかかわりがあるとは断言できない。単に警戒心を抱かせるだけの結果になりかねない。この教頭は頭が固そうだが、同じぐらい口は堅くないかもしれない。職員会議などで話されたら、一気に広まってしまう。噂が独り歩きしてしまっては困る。

「あらためてお願いします。当時の事情を知っている先生か職員がいらしたら、お目にかかりたい。もうひとつは、やはり当時の生徒名簿ならびに職員名簿を拝見したい。どうかご協力お願いします」

「名簿を、ですか」

まだ、気乗りしないような口調だ。

「ええ。生徒に関しては、十五年前を中心に前後三年ほどのぶんを。教職員に関してはその後の転勤先も教えていただけると助かります」

諏訪はかすかにうなずき、風景画に目をやった。安井は絵画にはまったく素人だが、特別高そうには見えない。もしかすると、この教頭が自分で描いたのかもしれない。

「まず、当時を知る教員や職員は、現在当校には残っていません。それから、名簿の件ですが、実をいいますと、先にいただいたお電話で、事務の者が『十五年前』とお聞きしたようなので、わたしのほうでも少し調べてみました。その年、当校でちょっとした騒ぎがあったことがわかりました」

腹の中で舌打ちし、「そのようですね」曖昧にうなずく。

やはり、ただのぼんやりした親父ではなさそうだ。安井もその十五年前のちょっとした「騒ぎ」を知っている。いや、思い出したというほうが正確だ。もしかしたら、古橋亮二の一件とかかわりがあるのかと、考えてはいる。だからこそ来た。しかし、どう結びつくのか、それがわからない。ここはまだとぼけておく。

「あのときのことは、事件性はないという結論だったと聞いていますが」

安井がそう答えると、教頭も同意するようにうなずいた。

「わたしもそのように受け止めています。たまたま、当時の教頭だった青木先生とは面識があるのですが、話題に上ったこともありませんし」

「なるほど。――年代については、たまたまだと思います。わたしが調べようとしている人物と、あの案件がかかわりがあるとは考えていません。それに、ここだけの話ですが、あの一件に多少事件性があったとしても、少なくとも刑事事件としては時効になっているはずです」

「では、あの年に別の事件も起きていた、ということですか？」

床に落ちためしつぶのようにうっとうしいやつだ。忍耐が限界に近くなったが、抑えろ抑えろと自分に言い聞かせる。

「さきほども言いましたが、捜査中の案件ですので、詳細を申し上げるわけにはいきません。当時の在校生あるいは教職員の中に、ある事件の事情を知る者がいる、とだけ言わせてください」

諏訪教頭は、どこか同情するような目つきになった。

「最近は、個人情報の扱いに非常に神経を使います。学校の連絡網もありません。保護者どうしの公式なつながりはなく、連絡は一斉メール配信です。職員の転勤先もしかり」

「それは知っています。もちろん、知りえたことを外に漏らすつもりはないし……」

「外へどうの、という問題ではありません。警察に提供すること自体の是非です」

恐れていたタイプ、そのものだった。よくないカードどころか、ババを引いたようだ。

教頭は表情も変えずに続ける。

「――ご趣旨は理解いたしました。しかし、正式な令状などもお持ちでないようですし、わたしの一存では決められませんので、教育委員会に指示を請います。その結果が出たら……」

「ならいい」

声が荒くなっていた。

「そういう手続きの時間が惜しいから頼んでるんだ。このことはなかったことにしてくれ」

席を立った。

「――他言無用。もしこの話が漏れたら、しかるべく対処する」

「お役にたてずに申し訳ありません」

感情のこもらない声を背に受けて、応接室を出た。

校門脇に停めたレクサスの中で、猛烈な勢いで煙草をふかした。あっというまに燃え尽きた一本目をコンクリートの壁に投げつけ、二本目に火をつけた。

仕方ない――。

ある程度外堀を埋めてからと思っていたが、いきなり本丸を攻めるか。

安井は、郷野課長にもらった手書きのメモを取りだした。

書いてあるのは、牟田の自宅住所、固定電話番号、携帯電話番号だ。牟田が署長だったときに、緊急連絡先として教えられたものだそうだ。

「言うまでもないが、ほんとはいかんことだからな」

郷野はにやにやしながら、恩に着せた物言いをした。

まずは牟田の携帯に掛けてみる。聞こえた音声案内は意外なものだった。電源が入っていません、ではなく、使われていません、なのだ。買い換えて番号を継続しなかったのかもしれない。過去と縁を切りたければそれもありうると思い、こんどは家の固定電話に掛けた。数回コールしてつながった。

〈はい。もしもし〉

暗い感じの女の声だ。気配からして、牟田の妻かもしれない。

「牟田警視のおたくでしょうか」

あえて現役のときの階級名を口にした。

〈そうですが、どちらさまでしょう〉

「わたくし、萩ヶ谷署時代にお世話になった安井と申します。牟田警視はご在宅でしょうか」

少々お待ち下さい、という返事を待ったが、しんと静かだ。間違えて切れてしまったわけでもなさそうだ。「もしもし」と言いかけたところで、ようやく声が聞こえた。

〈夫は亡くなりました〉

「亡くなった？」

つい、声が大きくなった。

「しかし、今年の四月に異動されるまで、わたしは同じ署におりましたが……」

〈それからまもなく。急病で〉

最後のほうは聞き取れないほど小さな声になった。そんなに急に死亡するとは、心筋梗塞か脳梗塞だろうか。

「それは、なんと申し上げてよいか」

〈とにかく、そういった事情ですので……〉

「あ、待ってください」切りそうな気配を感じたので、あわてて言葉をつなぐ。「では、ぜひ、ご焼香させていただけませんか」

しばらくの沈黙。

〈失礼ですが、もう一度お名前をうかがってよろしいでしょうか〉

「安井と申します」

沈黙。

〈宅の場所はわかりますか〉

郷野に書いてもらった住所を読み上げる。合っているようだ。場所は中野《なかの》区の北部だ。

一時間後に訪問する約束をした。

3

牟田の家は、古くからありそうな、戸建て住宅街の一画にあった。最近は見る機会が少なくなった、大谷石《おおやいし》の塀にかこまれた、ごく平凡なつくりの家だ。表札も古く、世帯主は牟田忠司《ちゅうじ》のままだ。妻の名が篤子《あつこ》ということを初めて知った。門柱のインターフォンで案内を乞《こ》い玄関に向かう途中、少し身を曲げて庭をのぞき見た。初めて訪れる家ではそうするのが習慣になっている。庭の状態はその家の住人の経済状態や精神状態を表す。

牟田家の庭は、最近までよく手入れされていたものが、ここ最近は放置され荒れてしまっている、という印象を持った。今の季節は、雑草の伸びが早い。

悲しみというより、絶望が顔に浮いた未亡人に、ほとんど言葉にならない挨拶《あいさつ》をし、まずは焼香させてもらうことにした。

もとは客間だったらしい、和室に置かれた仏壇が真新しい。

焼香し終えるとリビングに案内された。庭と違って、家の中は奇麗に——それこそ「チリひとつないほど」に——片付けられていた。篤子の表情に笑みはなく、それがひとえに夫を亡くした悲しみ故なのか、あるいはほかに理由があるのか、すぐには読み取れなかった。

「いただきます」

グラスに注がれた麦茶を半分ほど飲んだ。

「——お亡くなりになったことを存じあげず、申し訳ありませんでした」

「いいえ。あまり名誉になることでもないので、あえてお知らせはしないでいただいたので」

警察は身内意識の強い組織だ。ある程度の階級以上になると、たとえ退職後でも訃報《ふほう》が厚生団体の会報誌などに載るらしい。らしいというのは、安井はまったく興味がないので見たことがないからだ。その「お知らせ」を断った、という意味だろう。

「それにしても、あまりに急ですね」

能面のように無表情だった篤子の口もとがほころんだように見えた。たしかに笑っているようだが、その唇はかすかに震えてもいた。

「自殺したんです」

うすうす察していたので、そうですか、と短く答えた。大げさに驚いて見せるのは、かえって侮辱であるような気がした。

だまっていると、篤子が「ロープで首を吊《つ》りました。庭の柘植《つげ》の木で」と説明した。

庭が荒れていた理由はそれかもしれない。単に面倒になったのではなく、庭に出られなくなったのだ。

「立ち入ったことをうかがいますが、それは警察をお辞めになったことと関係があるのでしょうか」

篤子は視線をテーブルの上に落としたまま、ぼそぼそと答える。

「詳しいことはとうとう教えてもらえませんでしたが、何か女の人と不始末を起こして、それが上のかたなどに知れたようで」

〝女〟が原因で異動になり、居づらくなって退職し、さらにそれを恥じて発作的に自殺した、そういう構図だろうか。だとすれば、牟田という男に抱いていた印象と矛盾しない。

それはそれとして、安井の引き抜きと時期が重なるのは、偶然だろうか。少なくとも、安井はその浮気相手のことをまったく知らない。

グラスに残った麦茶を浴びせられてもかまわない覚悟で質問した。

「ここまで事情をうかがったついでに、もう少し詳しく教えていただけないでしょうか。その『女の人』の氏名や素性などはわかっていますか」

篤子は首を左右に振った。

「わたしは知りません。ただ——」

そこで言葉を切って、つっと立ちあがった。さっき線香を上げた仏壇へ向かい、小引き出しから一通の封書を取り出して戻った。

「これを」

差し出した封書を受け取った。しっかり封がしてある。

「自殺する一週間ぐらい前だったと思います。それをわたしに預けて『もし、おれになにかあって、その後にこの名前の男がたずねてきたら、渡してくれ』と言っていました」

裏返すと小さな字で《安井隆三》と記してあった。電話で名を告げたとたん、すんなり会ってくれた理由がわかった。

　封筒を透かしてみる。中には、はがきか写真のようなものが入っている。

「開けてもよろしいですか」

「かまいませんが、わたしは少し休ませていただきます。まだあまり調子が良くなくて」

　血の気のない顔で言う。

「そういうことでしたら、すぐに失礼します」

「封筒の中をご覧になったら、それをお持ちになって、どうぞお引き取りください。玄関の鍵《かぎ》はそのままで結構です」

　そう言うと、安井の返事を待たず、階段を上がっていってしまった。

　安井は、サイドボードの上のペン立てに差さった鋏《はさみ》で、封を切った。中に入っていたのは、一枚の写真だった。夜に望遠で撮ったらしい。撮影の感度を上げたためか、粒子が若干粗い。あきらかにラブホテルとわかる入口から、腕を組んだ男女が出てきたところだ。ただ、半分で切り落とされているので、男のほうは腕しか写っていない。

　この腕だけの人物がおそらく牟田で、写真を切ったのも牟田自身だろう。死んだ後も不名誉な写真を残したくなかったのだ。

　女は夜だというのにサングラスをかけ、ごていねいにマスクをしているので、ほとんど人相はわからない。だがまだ若そうだ。

　写真の裏を返した。封筒に書かれた《安井隆三》と同じ筆跡で、短い書きつけがあった。

《サトウミサキ》

牟田の家を辞し、レクサスで帰路についた。しかし、あれこれと考えが浮かんでは消え、運転に集中できない。気乗りはしないが、最初に目についたファミレスに入った。

コーヒーを頼み、左右のこめかみをそれぞれ二本の指先でもみほぐした。

頭の中で、さまざまなパーツが渦を巻き、絡み合いもつれ合っている。目を閉じるとぐらぐら揺れるようだ。興奮のせいか、下腹の重苦しさがぶりかえしている。

ほかの客に聞こえないように、静かに深呼吸した。

これはいったいどういうことなのか——。

竹野原中学の教頭には無関係だと答えたが、古橋亮二の焼死は、やはり十五年前のことと関連があるのかもしれない。しかし、何がどうつながるのかまったくわからない。

今回のことがあるまで、すっかり忘れていた、あの揉《も》めごとについて記憶をたぐる。

事件とも呼べないほどの、ちょっとした騒動だった。

時期としては二学期の初め、たしか九月の一日だった。中学生の男子生徒が、首つり自殺を図った。場所は荻ケ谷署管内の児童公園、当該少年の自宅から、徒歩で十分とかからない距離だ。

時刻は早朝だった。散歩中の近隣住人が、桜の木の枝からぶら下がった少年を発見し、助けを呼び、通報もした。処置が早かったため一命はとりとめたが、脳が酸素欠乏症になり、障害が残ったと聞いた。それ以上の詳しいことは覚えていない。

この騒ぎそのものはすっかり忘れていたが、男子生徒の母親のことは覚えている。名を佐藤《さとう》晴恵《はるえ》といったはずだ。安井は、いや安井だけではない、何人もの萩ヶ谷署の職員が彼女のことを知っていた。

当時、萩ヶ谷署では、希望者は午前中に仕出し弁当を注文し、昼にまとめて届けてもらうというサービスを受けていた。たしか五百円程度で、そこそこボリュームのある日替わり弁当が食えるということで、人気があった。利用者のほとんどは内勤者だが、机仕事が長引き昼過ぎまで署内に居残りそうな刑事も注文していた。安井もなんどか頼んだことがある。

この弁当を配達に来る要員のひとりが、佐藤晴恵だった。生活安全課や刑事課のある二階が彼女の担当で、いつも元気で愛想がいいため、署内でも人気者だった。

その息子が自殺を図って障害が残ったというので、当時、ちょっとした話題になった。だが、安井にとっては、ほかの署員に知られていないその先があった。目を閉じると、晴恵の痩《や》せた胸と白く吸いつくような肌を思い出す。

サトウミサキ——。

写真の女の名だろうか。佐藤という姓は多い。しかし、これは偶然ではない気がする。晴恵に娘がいたかどうかも覚えていない。いるとすれば、自殺を図った少年の姉妹だ。

今、生きていれば三十歳前後だろうから、写真の女と年代は合う。

西山翔太に借りたアルバムで、晴恵の息子の名を調べようと思ったが、佐藤姓の男子が四名もいる。その中で、皆と一緒に並んでおらず、上部に顔だけ丸囲みになっているのは一名だ。

この、佐藤浩紀《ひろき》という生徒ではないかとあたりをつけた。自殺未遂後は登校できなかった可能性があるし、記憶にある佐藤晴恵に、目やほおぼねのあたりが似ている気もする。

会話の内容をほかの客に聞かれたくなかったので、トイレに入った。携帯電話を取り出し、記憶させた番号を呼び出す。

〈はい〉

若いころ喉《のど》をいためたらしく、かすれたような声だ。名は塩野《しおの》といい、事実上の個人営業の調査会社を営んでいる。

「至急調べて欲しいことがある」

〈それで？〉

「十五年前、足立区兼松《かねまつ》に住んでいた一家を追ってもらいたい。住んでいたのは——」

今、正確な地番はわからないが、と断って、ある団地の名を告げた。

〈名前は？〉

「母親が世帯主で、佐藤晴恵、晴れた恵みと書く。息子がいる。名は忘れたが、区立竹野原中学に在籍していた。卒業したかどうか不明」

続けて、在籍年度と、念のため四名全員の男子生徒の名を伝えた。

「おそらくは『浩紀』がそうだと思うが、確信はない。三年生の九月一日に自殺未遂をおこしている。ほかに、娘もいるかもしれない。いるとすれば名は『ミサキ』の可能性があるが、どういう字を当てるかわからない。晴恵は当時、萩ケ谷署から一キロほどの仕出し弁当屋で働いていた。店の名前は、たしかひらがなで『ときわ』だった」

メモをしているのか、一拍置いて声が聞こえた。

〈何を調べる?〉

「晴恵の現在の住所、職業、子どもたちの現況、そのほかわかることはなんでも」

〈三日くれ〉

「二日」

すぐに答えがない。じらしているのか、考えているのか。

「金は払う」

〈前もそう言った〉

「前回の分も払う」

〈前もそう言った〉

重ねて頼もうとしたとき、塩野のかすれた笑い声が聞こえた。

〈まあいい。貸しだ〉切れた。

塩野の調査会社の従業員はふたり。塩野本人と、内縁の妻であり内勤仕事を担当する女だ。結局二日で受けたということは、仕事にあぶれているのかもしれない。

塩野とは十年ほど前のある事件で知り合い、その後便宜を図りあっている。

民間調査機関では入手できない情報を流してやるかわりに、「警察」という色を消して身辺調査をしたいときや、もっと露骨に裏社会の人間の行方を追う場合などに協力してもらう。

　金銭のやりとりのない、「持ちつ持たれつ」の関係だったのだが、ここ二、三年ほどは、ほとんど塩野から輸入するばかりの大赤字だ。

　借りが増えていく最大の理由は、世間が個人情報に敏感になり、特に住民票を追うのが難しくなったせいだ。もちろん、警察として正規に手続きをとれば、ほとんどの情報は得られる。

　しかし、特に今回のようなケースは、急ぎであるし、ほかの署員に知られたくない。牟田がからんでいるらしいとなれば、なおさらだ。署長時代の不始末と関係があるなら、無警戒に掘り起こしたくはないし、握りつぶされる可能性もある。

　やむなく塩野に頼んだ。しかし彼が直接調べるわけではない。塩野には金で動く「友人」が何人もいる。特に弁護士や司法書士などの「士族」は、プライバシーを調べるのに警察よりもハードルが低いことがある。ただし、便利なのはいいが、やたらと金がかかる。

ほかにすることは――？

別の番号を呼び出す。

〈もしもし〉ささやくような声が返ってきた。

「お仕事中に申し訳ない。昨日、お伺いした萩ケ谷署の安井です」

〈ああ、どうも〉

西山翔太は勤務中らしく、抑えた声で応対している。少しだけ迷惑そうだったが、そんなことにかまってはいられない。

「ご自宅には、何時ごろお戻りですか」

〈ええとそれはつまり……〉

「至急、もう一度お会いして、聞きたいことがあります」

〈どういったご用件でしょうか〉

「昨日も頼みましたが、中学在籍中の名簿か卒業名簿があればおあずかりしたい」

〈では、捜しておきます〉

これから捜すのかと、胸の内で舌打ちをする。

「ぜひお願いします」

あまり気乗りのしないようすだったが、強引に押し切って夜の九時に約束をした。

4

西山翔太のマンションには、約束から五分遅れて着いた。

西山の妻はあきらかに迷惑そうな顔つきをしていた。最初のうちは同席していたが、すぐに子どものようすを見るなどと適当な理由をつけて、別な部屋に消えた。そのほうが、こちらも都合がいい。

さっそく、西山に中学時代の名簿はあったかと質問した。

「ありました。アルバムと同じ衣装ケースの、底のほうに入っていました」

「助かります」

相変わらず言動に緊張感がないが、手際はよさそうだ。

「これです」

西山が安井に手渡したのは、安っぽい紙の表紙が変色し、折れ曲がった冊子だった。表紙に《足立区立竹野原中学校卒業生名簿》と印字されている。今では考えられない。こんな個人情報の集合物が、無造作に配られていた、最後の時代だったかもしれない。

ぱらぱらとめくりながら、聞き取りを続ける。

「当時、佐藤君という生徒の自殺未遂事件がありましたね。覚えていますか」

「もちろんです」

西山の目に興味の色が浮いた。さっぱり意図が見えない漠然とした話から、具体的な話題に移ったせいかもしれない。

「当時の状況を、覚えているかぎりでいいので、教えていただけませんか」

「ああ、はい」

妻が別室に消えるまえに置いていった、マグカップのコーヒーをすすった。安井も、目の前におかれた来客用らしいカップから、インスタントコーヒーをすする。少し冷めて、少し薄い味がした。今日の体調では、それがありがたい。

「あ、その前に、佐藤君の下の名はなんというか知ってますか」

「ええと――」

名簿をめくっている。たしかに親友でもなければ、十五年も経ってすぐに下の名を言えるとは限らない。

「あ、あった。これですね、三年二組の佐藤浩紀」

心の内が顔に出そうになるのを、あやうくこらえる。やはり、読みは当たっていた。

安井は、断りを入れてその名のところに軽く印をつけ、きのう借りた卒業アルバムの三年二組のページを開いた。集合写真の上方に、撮影当日欠席した生徒の顔が丸囲みで三つ並んでいる。一番左端の少年が佐藤浩紀だ。ほかのメンバーは秋冬の恰好《かっこう》をしているのに、浩紀だけは春先の印象だ。彼は、二学期の最初に自殺未遂を起こした。この写真が一学期中に撮ったものだとすると――。

「彼は自殺未遂のあと、学校へ来ましたか」

「そうですね」西山が思い出すために考えたのは短い時間だった。「――いいえ。たしか卒業まで学校へは来なかったと思います」

「それでも卒業扱いになった？」

「そのへんのことはわかりませんが、名簿に載っているということは、そうじゃないでしょうか」

義務教育は、出席日数が足りなくても、卒業できると聞いた覚えがある。

「彼に姉か妹がいると聞いた覚えはありますか」

西山は、さあ、と首を傾げた。無理もない。

「それでは本題の、当時何があったのか、まずそれを話していただけませんか」

「はい」西山の口調が急に重くなる。「――あのう、実は、彼は、佐藤君は、いじめられていました」

その話は佐藤晴恵から、当時くどいほど聞かされた。何度も署に来ては、そう訴えた。しかし、彼女の話は具体性にとぼしく、証拠もなかった。中学生に捜査の手を伸ばすことに、よほどの確信がなければ警察は二の足を踏む。とらえてみたところであまり「点数」にはならないし、まかりまちがって冤罪《えんざい》騒ぎにでもなれば、署長クラスの、あるいはそれより上の人間の、首のすげ替えになる。

それに、当時学校側は、いじめの存在を認めなかった。名前はすっかり忘れていたが、きょう面会した諏訪の口から出た、青木という教頭が、当時の校内調査の責任者だったはずだ。教育委員会も、学校から上がったこの報告を、是認した。

「いじめが原因の自殺未遂」という筋書きに、瞬間風速的にマスコミがくいついたが、それらしき証拠もないことと、首を吊った少年が生きていることから興味を失ったらしく、潮が引くようにすぐに下火になった。

「その話に登場する人物に、印をつけてください」

名簿を、西山の目前に押した。

「ああ、はい」

西山は神妙な顔つきになり、ときおりこぶしで額を叩《たた》きながら記憶を呼び戻しては、ひとりずつ丸印をつけたり三角印をつけたりしていった。

「丸は中心のメンバー。三角はときどき参加したやつです。それと——」

話の最後に、「このアルバムや名簿のことを、ほかに誰か見たがらなかったか」と質問した。

もちろん、宮下を想定している。

西山はほぼ即答で「いいえ」と首を振った。

自分でも不思議だったが、かすかに落胆した。やはり買いかぶりだったろうか——。

今からでも西山に口止めするべきか少し迷ったが、そのままなりゆきにまかせることにした。もう少しで足跡に気づかないとも限らない。パンくずを、少しだけ残しておいてやる。

礼を言い、そろそろ辞することにした。時計を見ると、あと数分で午後十時になるところだった。

アパートに戻る途中、ガソリンスタンドに併設されたチェーン店系のコーヒーショップに入った。

もちろん考えごとがしたかったからだ。いまから署に戻るつもりはないし、かといってアパートでひとり悶々《もんもん》としていてもよい考えなど浮かばない。これから行ったのでは『アカシア』は閉まっているだろう。

駐車場で塩野に電話を掛け、自殺未遂をおこした佐藤晴恵の息子の名が『佐藤浩紀』で間違いないことを伝えた。

〈了解〉

「そっちから何かないのか」待ちきれずに訊いた。

〈まあ、もう少し待てよ〉切られた。

店に入ってアイスコーヒーを頼みかけ、思いとどまってホットのアメリカンを頼んだ。

さっそく、西山に借りた名簿と、説明を聞きながらメモをとったノートをテーブルに広げる。

頭が混乱している。冷静になれない、といったほうが正しいだろうか。

はじめはちょっとした興味本位から首を突っ込んだ、古橋亮二の案件だったが、思いもしなかったタイムカプセルの蓋《ふた》を開けてしまったようだ。一見、バラバラに放り出されたように見えるパーツが、実はそれぞれ磁力を持っていて、まるでお互いに引き合っているようだ。

十五年前のことはひとまずおいて、この一年あまりに起きたことを、時間の流れに沿って整理してみる。

まず今年の一月、当時はまだ萩ヶ谷署長だった牟田が、その立場を利用して安井を呼び寄せた。

強引に特定の職員を呼び寄せるのは、異例のことだがありえなくはない。目をかけていたり、才能を高く買っている場合だ。

しかし、呼び寄せただけではなかった。安井はあとになって知らされたのだが、牟田はわざわざ郷野課長に「安井の好きにさせてやれ」と命じたという。それなのに、牟田自身は安井に一切接触してこなかった。

安井を呼んでわずか三か月後の今年四月、風変わりな異動で牟田は去った。移った先は本庁だが、総務部長付の閑職で、異動後わずかひと月ほどで牟田は自殺した。他殺の疑いはなさそうだ。

牟田が安井を呼び寄せた理由については、これまでも幾度となく考えた。いくつか答えが浮かんだが、いずれも決定的ではなかった。

署長というのは、権限はあるが、機動力はほぼゼロだ。誰かに何か、内密で頼みたいことでもあったのかもしれない。しかし、自分自身が赴任してまだ間もなく、信用のできる部下がいない。腹心というわけではないが、そこそこに気心の知れた安井を呼んだ、そんな可能性はあり得る。あり得るが、人事に手を出してとなると、相当な理由だ。

もっと単純に、牟田は心を病んでいて、これという筋の通った理由などなかった、という説明もつく。何かで心細くなったりしたとき、疲れ果てたとき、とくにある程度歳をとった人間は、古い知人が恋しくなったりするらしい。

異動してきたあとの、牟田のあの煮え切らない態度も、どちらともとれる。理由などなかったのか、大きすぎて切り出せないのか。

しかし、家を訪問し、残された妻から牟田は自殺したと教えられ、どうやら浮気をネタに強請《ゆす》られていたらしいことがわかった。ハニートラップとかいうやつだ。たしかに、扱いによっては、職を失うかもしれない。

となると話は別だ。牟田はその一件を新任地の誰にも相談できず、藁《わら》にもすがる思いで古い知り合いの安井を呼んだのかもしれない。自分でも、愛想はないが口は堅いと思っている。

ここまでの筋は通る。だがすぐにまた、最初の謎に戻る。

ならばなぜ、安井を呼んですぐに相談しなかったのか。何かためらう理由があったのか。

その鍵を握るのが、古橋亮二かもしれない。

牟田の本庁への異動とほぼ同時期に、古橋亮二というろくでなしが空き家で焼死した。一旦《いったん》は事件性なしと判断されたが、遺族の抗議で再捜査になっている。その捜査にかかわっていなかった安井のもとに、差出人不明の封書が届いた。中には古橋の名刺と、十五年前の安井の名刺が入っていた。安井を巻き込む動きとも考えられる。

だとすれば、異動してきた時点で、すでに安井は巻き込まれていたのではないか。そのことがうしろめたくて、牟田は目を合わそうともしなかったのではないか。となると、牟田が呼んだのではなく、誰かに指示された。そう考えるのはいきすぎだろうか。

あの名刺、いったい誰が送ったのか——。

今日の西山の話を聞いたあとでは、ほとんどひとりの人物の名しか浮かばない。佐藤晴恵だ。

十五年前、と小さく口にしてみる。

十五年前、古橋亮二は区立竹野原中学の三年生だった。その同級生である佐藤浩紀が自殺を図った。浩紀はいじめを受けており、古橋亮二はいじめグループのメンバーだった。

十五年前、安井はその中学校を管内に持つ、萩ヶ谷署の生活安全課の刑事だった。

十五年前、生活安全課にいた安井は、浩紀の母親からしつこく捜査してくれと懇願されたが、その期待には応《こた》えなかった。

十五年前、生活安全課の課長だった牟田は、最近になって浩紀にかかわりのある女と関係を持ち、恐喝された可能性がある。

十五年前、安井は浩紀の母親の頼みに応えないだけでなく——。

着信で我に返った。見れば宮下からだ。

時刻は午後十時半を回っている。無視しようかと思ったが、宮下の性格なら何度でもかけてきそうだ。通話ボタンを押した。

「なんだ」

〈明日はどうしたらよいかと思いまして〉

夜食の出前は何にしますかとでも訊くような口調だ。アルバムのことにも触れない。

「しばらく、好きにしてくれ」

〈といいますと？〉

「言ったとおりの意味だ。どうとでも好きに行動していい。おれは単独で調べたいことがある」

〈わかりましたが、『しばらく』とは具体的に何日でしょうか〉

「ネットで検索してみろ」

〈了解しました〉

まじめな返事が聞こえた。

5

西山翔太から聞いたいじめに関する話は、細かい部分がぼやけていた。

隠しているのではなく、直接見聞きしていなかったようだ。「自分としては、やっぱりあんまりかかわりたくなかったので」とその理由を説明した。西山自身は、いじめグループに属していなかったと言うのは、おそらく本当のことだろう。

中心になっていた生徒たちの名前は、およそわかった。まずは彼らをよけて、周辺の人間からあたっていく。とぼけられて、再度裏を取る、という二度手間を避けるためだ。

思ったよりも名簿は役に立った。管内に公団や大きなマンション群などがなく、住人の入れ替わりがそれほど頻繁でないせいもあるだろう。ただし連絡はつくが、親元を離れてしまっている者も多い。

そのひとりひとりとアポイントをとり、話を聞く。久しぶりに刑事らしい働きをした。

約束通り、依頼してから二日目の夕方、調査会社の塩野から電話連絡があった。

〈金をもらったら書面にするが、とりあえず速報で知りたいだろうと思ってな〉

「恩に着る」

〈聞き飽きた。――まあいい。あまり大きな収穫はなかった。まず、佐藤晴恵にはたしかに子どもがふたりいた。あんたが言ったとおり息子の名は浩紀、その姉の名はミサキ〉

「…………」

〈聞いてるか？〉

「ああ、続けてくれ」

塩野は、ミサキがどういう字を書くか説明しなかった。安井なら知っていると思ったのかもしれない。いずれにせよ、そんなことに興味はない。

〈姉は浩紀の三歳歳上だから、今年三十三歳になるはずだ〉

牟田家で見せられた写真は、やはり浩紀の姉である可能性が高い。

「その姉は、今どこにいる」

〈まあ待て。順に話す〉安井のあせりを見透かしたように、塩野が軽く笑った。〈——ここまでは比較的簡単だった。問題はその先だな。浩紀の自殺未遂があったのが九月のはじめとか言ってたな〉

「九月一日だ」

〈ならばそれから半年あまり後の、三月二十五日に、佐藤親子は転居している〉

半年待ったのは、卒業させてやるためか。塩野は続ける。

〈——転出先は立川《たちかわ》市の郊外だ。さらにその半年後、こんどは八王子《はちおうじ》市へ転居した。メモるか？〉

「たのむ」

塩野が読み上げる二か所の地名番地を書きとった。

〈残念ながら跡を追えるのはそこまでだ。八王子市の住民票は職権によって抹消されている〉

「抹消か」

職権による抹消とは、もともとその地に住むと届け出ていた人物が、住民票を残したままどこかへ行ってしまったことが、行政当局に知れたということだ。つまり、夜逃げや単身者の行き倒れなどだ。選挙などの行政通知が不達だったり、あとから越してきた人による、同一住所の二重申請によって発覚することが多い。その場合、行政当局によって抹消される。

〈行方がわからなくなってから、すでに十四年近く経っている。いまさら跡を追うことは不可能だろうな〉

「そうか」

〈そうがっかりした声を出すな。サービスで戸籍も調べた〉

「どうだった？」

戸籍は、そんなに簡単に抹消はできない。

〈三人とも生きてる〉

「三人とも？」

意外な回答だった。明解な根拠があるわけではないが、少なくとも浩紀はもうこの世にいないだろうと思っていた。——つまり、浩紀が最近になって死亡したからこそ、十五年も経った今になって、その姉がいじめた者を相手に復讐を果たした、そういう筋ではないかとにらんだのだ。

〈ただし、あくまで戸籍上は、だがな。釈迦に説法だったか〉

塩野が言いたいのは、単に死亡届が出されていないだけ、という可能性もあるということだ。

〈そんなところでいいか〉

「充分だ。感謝する」

〈百万の感謝より、実体のある諭吉《ゆきち》さん〉

塩野が笑いながら通話を切った。

少し考えて、亮二の妻だった萌香の携帯に電話をかけた。番号は聞いている。すぐに本人が出たので、もう一度会いたい旨伝えた。

あきらかに迷惑がっている口調だったが、犯行を隠そうとしている、という印象はなかった。

まだ萌香は、夫と暮らしていたマンションで生活している。これも名義は亮二の兄の会社のものらしいが、なにがしかの金をもらうまでは居座るつもりなのだろう。

すぐに車で向かう。

通されたリビングは、それほど高級でもなく、かといって安っぽくもない、面白みのない家具が置かれていた。部屋全体から受ける印象としても、あまり生活臭がしなかった。理由は単純で、ここでの〝生活〟がほとんどなかったからだろう。

「どうぞ」

萌香が背の高いグラスに麦茶らしきものを入れて、出してくれた。軽く礼を言って本題に入る。

「もう何度も訊かれたと思いますが、あらためてうかがいます」

そう切り出しただけで、萌香は不機嫌そうな顔をした。少し首のあたりがゆるくなった、ブランド名の入ったTシャツの袖《そで》を、さり気なくまくった。蝶《ちょう》のタトゥーの下半分ほどが見えた。

「なんですか？」

「亮二さんが事故に遭われる前に、いつもと違った行動をとってはいませんでしたか」

「さあ」と首をかしげる。長めの茶髪を無造作にまとめてアップにしているが、ほつれ毛が耳のあたりにかかった。「いつもとかわらず、クズでしたけど」

気の利いたことを言ったつもりはないらしく、にこりともしない。

「いままでのつきあいとは、別な世界の人と会っていたとか」

「だから、ぜんぜん知らないんです」

「亮二さんの携帯電話の着信記録には、わりと近場の公衆電話から何度かかかっていますが」

「だったら、携帯も持ってないような貧乏人と、つきあってたんじゃないんですか」

容赦がない。警察や安井のことが嫌いなのではなく、こういう性格なのだろう。いくつか質問を重ねてみても、返答の内容はほとんど変わらない。

麦茶に口をつけたとき、リビングの隅に、インテリアには不釣り合いな段ボール箱が置いてあるのが見えた。

「荷物の処分ですか」

振り返って確認した萌香が、あああれね、とつぶやいた。

「亮二の私物。金にならなそうなものを処分するの」

「ちょっと見せていただいていいですか」

「どうぞ。ゴルフ道具とか雑誌とか、お金になりそうなものは売っちゃったけど」

さっそく中身を見せてもらった。動いていない腕時計、鍵のついていないキーホルダー、ペンが何本か、相当に古いデジカメ、サングラス、たしかに、道端に置いても盗まれそうもないものばかりだ。

「捨てるなら、少しあずからせていただけませんか」

「だったら、今、箱ごと持ち帰ってもらえます？　ついでに捨てておいてください」

数日が経って、宮下から着信があった。

「なんだ」

〈『しばらく』が過ぎましたので、連絡しました〉

愉快な気分ではなかったが、口調が冗談めいていなかったのでまじめに訊き返した。

「ほう。後学のために教えてくれ。『しばらく』とは具体的には何日だ」

〈ご指示どおり、『しばらく』について調べました。定量的に明示されており、かつ論拠として堪えるものを探したところ、気象用語がそれに該当しました。『しばらくとは、二〜三日以上で一週間以内の期間を指し』とあります。明日で一週間になります〉

無意識のうちに、ふん、と鼻が鳴った。

「若造、せっかく調べたのに悪いが……」

〈邪魔はしません。運転手に徹しますので、同行させていただけませんか〉

「くどいな。切るぞ……」

〈待ってください。わたしも……〉

「なんだ」

〈十五年前の竹野原中学で起きた、悲しいできごとについて少し調べました。お邪魔にならないよう、安井さんのあとをなぞるように関係者から話を聞きました。およそのことは把握しています〉

「どうしてそれとわかった」

〈牟田元警視と安井主任の接点から、逆算しました。入手できる限りの、当時の記録や記事にあたり、佐藤浩紀少年の自殺未遂に行きつきました。牟田さんの墓前にもお参りしてきました〉

「この一週間でか」

〈はい。――それと、自分も竹野原中学の卒業アルバムを見たいと思いまして〉

宮下が安井の返答を待つ、短い沈黙があった。

「わかった。明日『アカシア』で待ってろ。十時ぐらいまでには行く」

〈了解いたしました〉

宮下の屈託のない声が戻ってきた。

まあいい、と思った。亮二の妻からあずかって、段ボール箱に入れたままのガラクタをやつに調べさせよう。

第七章　アンケートとデジカメ――宮下真人

1

一週間近くもほったらかしにされ、ようやくまた同行を許された。

再開初日、安井と午前十時に待ち合わせ、竹野原中学校の卒業生まわりをした。

日中、それも午前中に時間を割いてもらえる人種は限られている。ひとり目は専業主婦、次が自営業の生花店の主《あるじ》、三人目は午後のパートまで時間がある主婦、という顔ぶれだった。ただし、宮下は車で待機だ。

たしかに「運転手に徹します」とは言った。

しかし、それは言葉の綾《あや》というもので、まさかほんとうに運転するだけだとは思わなかった。あらためて、安井という人物のセラミックでできたような神経を思い知る。

一緒に西山を訪ねたあの日、安井は無関心を装い、宮下に嘘をついてまで先に帰し、自分ひとりで西山からアルバムを借りた。その翌日には、卒業生名簿も入手している。

宮下からその話をしたら、あっさりと認めた。それがなければ、ずっと知らぬ顔をしていただろう。

幸い、アルバムは別の卒業生に見せてもらったが、名簿はまだだ。安井はこの件について、謝罪どころか、その後、まったく話題にもしない。宮下も、責めるようなことは言わない。しかし、出し抜かれたという事実は消えない。二度同じ手は食わないと腹の中で誓った。

同席させてもらえないので、中でどんな話になっているのかわからない。しかし、戻ってきた安井の表情を見ると、およその成果がわかる。本人はポーカーフェイスのつもりだろうが、人間は癖を完全に消すことはできない。安井も例外ではない。

仕事が思い通りに運んでいたり、興が乗ってきたときには、鼻を鳴らす。はたから見れば不満そうな態度だが、実は「ふん」を発するときには、内心の昂《たかぶ》りを抑えていることがわかった。

一方、興醒《きょうざ》めしたり不機嫌だったりするときは、喉を鳴らす。ホコリがひっかかったときのように、喉の奥で咳《せき》をするのだ。「あはんっ」が出たときは注意したほうがいい。

午前中、「ふん」は一度も出なかった。三人目が終わったときには、まるでビルの解体現場から戻ったあとのように、しきりに「あはん、あはん」と咳き込んでいた。

「食事はどうしますか」

「『アカシア』」不機嫌のきわみだ。

「了解しました」

『アカシア』で、安井はどういう風の吹き回しかホットのアメリカンと、タマゴサンドを頼んだ。宮下はいつもどおり、濃くてキンキンに冷えたアイスコーヒーとナポリタンの大盛りを注文する。白いひげの店主ひとりで切り盛りしているので、「ナポリタンを後回しにしてください」と頼むのを忘れなかった。

実は『アカシア』できちんとした食事をするのは、これが初めてだった。店主が安井の前に無造作に置いたタマゴサンドを見て驚いた。

「すごいですね」

刑事という職業がら、普段お目にかかるサンドイッチといえば、ほとんどがコンビニやスーパーで売っているものだ。形状をひとことでいえば、ひらべったい。具だくさんを謳《うた》っても、せいぜい少し厚みが増す程度だ。

ところが目の前のタマゴサンドは、二枚の食パンのへりが接していない。具が多すぎるからだ。卵まるまる二個分ほどの具材を、八枚切りのパン二枚で挟んだだけ、というそっけないが豪快な作りだ。

宮下の驚嘆を安井は無視して、サンドイッチのへりにかじりついた。ひとのものながら、具材がこぼれ落ちないか心配になる。

ほどなく出てきた宮下の「大盛り」ナポリタンは、普通でいう三人前はあった。ほかのことは、常に下調べをすませてから行動するのに、この店に関してはノーチェックだった。だが、食べられない量ではない。

ひと口食べて、うん、とうなずいた。味は悪くない。いや、旨い。ケチャップに少し焦がしたカレー粉がまぜてあり、たっぷり入った刻み玉ねぎと隠し味のガーリックが旨味をましている。

　細めのうどんほどもある麺《めん》をすすりあげていると、安井が話を振ってきた。

「どうやって調べた」

「竹野原中学のことですか？」

　黙っているということは肯定だろう。

「昨日の電話でもお話ししましたが、まずは牟田前署長と安井さんのつながりから、十四、五年前のことに関心をもちました」

「牟田さんのことは誰にきいた」

「それは、情報源の秘匿ということにさせてください」

「ふん。想像はつく。どうせ亀村あたりを安酒で買収したんだろう」

　お見通しだ。話題を変えようとした。

「午後はどこから……」

「まだおれの質問は終わっていない。佐藤浩紀の件は、どこまで把握している」

「浩紀は中学一年のころからいじめの対象になっていたこと。もともとは、いじめられるようなタイプではなく、だれかをかばったために、いわば身代わりでターゲットにされたこと。いじめ行為はだんだんエスカレートしていき、中学三年の夏休みにピークを迎え、二学期の初日に浩紀は学校へは行かず、自宅近くの児童公園で首を吊ったこと。

なぜ公園まで行ったかといえば、自宅である団地には首を吊れる適当な樹がなかったこと、団地内は早朝から人通りが多いので、ロープを垂らしたりすれば訝《いぶか》しく思われる可能性があったこと……」

「あとから首を突っ込んで、一週間でそれだけ調べられるわけがない」

　これはほめているのだろうか。

「どうということもありません。ただセオリーどおりに、人から人へたどっていっただけです。でもパンくずを拾いながらでしたので、比較的気は楽だったです」

「ふん」

「行く先々で『昨日も別な刑事さんが来ましたよ』と聞かされました。もちろん、安井さんです。だから、ああこの道で間違ってないなと安心しました」

「ふん」

「おそらく主任が聞き出したのと、ほぼ同じ話を聞きました。幸い警察の身分証がありますから、二度聞いてもたいていは答えてくれます。二度手間でめんどくさがられる、という点さえクリアすれば、むしろ二度目のほうが無駄を省いて要点だけを聞き取ることができます。効率的でした」

　エイハブの顔が歪《ゆが》んだのでどうかしたのかと思ったが、どうやら微笑んだらしいと気づいた。

「――それから、当時の新聞の縮刷版などを見ました。そちらは、扱いが少なくて、あまり参考にはならなかったですが」

安井はほおばっていたサンドイッチの残りを皿に置き、手のひらを叩いてかすをテーブルに落とした。ゆっくりもぐもぐと噛《か》みしめて、まるで生のごぼうでも飲み込むような顔で飲み下した。何も言わず、感情のこもらない目で宮下を見ている。

安井はひと口コーヒーをすすって、話題を変えた。

「おまえ、富岡鉄郎の甥《おい》っ子なんだそうだな」

好むと好まざるとにかかわらず、この組織にいる限り、この話はついてまわるのだろう。

「不肖の甥です」

この答えもお決まりだ。

「そうか」安井にしては感慨深げだ。「若いころ、管内に繁華街をかかえた署にいたことがある。強行事件が日常茶飯事で、捜査本部が立つのも珍しくなかった。そこで、富岡さんと一度一緒になったことがある。富岡さんはまだ四十ぐらいで一番脂がのっていた時期だろう」

安井がこんなに長く話すのはきわめて珍しいことだった。

短い沈黙があった。

「どんな刑事でしたか」

「厳しい人だった。他人にも自分にも」

「たとえば、どんなふうでしょう」

「真夏だった。ろくに飯も食わず足を棒にして聞き込みまわって、半分もうろうとなって署に戻った。手ぶらだった。そしたら、富岡さんに訊かれた。『何か忘れものか』ってな」

「きついですね」

「おれも意地で『新しいノートを取りに戻りました』と答えてまた出ていった」

どう感想を述べるべきか迷っていると、安井が続けて訊いた。

「伯父さんの影響で警察に入ったのか」

「ないとはいえませんが、大部分は違います」

「警察機構が好きか」

「そっちの理由のほうが大きいです」

「どうせこの世界に身を置くなら、キャリア――いや、おまえの世代なら『総合職』か、それも狙えただろう」

「さすがに難しいですよ。それに、出世や権力を望んだわけではないので。責任もとれませんし」

安井は、ふん、と鼻を鳴らしたきり、それ以上は訊いてこなかった。黙って、食べかけのサンドイッチを無理矢理《やり》という感じで口に押し込んでいる。どうやら「職質」は終わったらしい。これまでの経験では、皆この程度では納得してくれず、何か裏の事情でもあるのか、と勘繰られることが多かった。ひどいときは、警務あたりのエスだと疑われて、宴席で絡まれたこともある。

一課の有名人だった警部の甥で、国立大学を出ている巡査だと、どうしてスパイ扱いになるのか、わかるようでわからない。

「食うか」

安井が、手をつけていないもうひと切れのサンドイッチを目で指した。さっきから、宮下がちらちら見ているのに気づいたのだろう。

「とんでもないです。どうぞ、めしあがってください。主任はもう少し食べたほうがいいと思います」

「ならば捨てる」

「ならばいただきます」

少し腹はきつかったが、残すのはもったいない。手に取ってかぶりついた。優しい味だった。マヨネーズは控えめで香辛料もなく塩味も抑えてある。もしかすると、安井の体を気遣ったレシピになっているのかもしれない。安井はたぶん病気をかかえている。医学に素人の宮下にもわかる。

具体的に部位まではわからないが、ときおりへその下あたりに手を当て、眉《まゆ》を寄せている。痛むのだろう。もしかすると、濃いアイスコーヒーからホットのアメリカンに変えたのも、体にきつくなったのかもしれない。かといって、宮下が「安静に」などと言ってみたところで聞く耳を持つ男ではない。

安井が、冊子のようなものをぽいっとテーブルに投げた。手にとってみると、竹野原中学の卒業生名簿だった。

「いいんですか」

「おれはもう見た」

「ありがとうございます」

折れないよう注意深くバッグにしまった。

「食い終わったら、行くぞ」

「了解しました」

あわてて大量の具を飲み下したら、むせそうになった。

名簿の付録、というわけでもないだろうが、一日の終わりにひとつ宿題をもらった。

亮二の妻からあずかった、亮二の遺品が入った段ボール箱だ。

遺品といっても、金目のものや役に立ちそうなものは見当たらない。時代遅れのサングラスとか、インクの切れかけた傷だらけの外国製ボールペンなどだ。

アパートに持ち帰って、ひとつずつ丹念に調べることにした。

2

梅雨もそろそろ終わりに近いのか、きょうも朝から蒸し暑い。

同行再開二日目、最初の訪問相手は津多《つだ》恭哉《きょうや》という男だ。

津多は、やはり亮二の中学三年時の同級生で、当時の学級委員だ。現在の人間関係を洗う、という最初の方向性が間違っていたため、遠まわりをすることになった。いまだに、古い知人をつぶしきれていない。

そんな中で救いなのは、聞き取りの対象者が比較的管内に多く、連絡がつけやすいことだ。本人たちは独立して家を出てしまっていても、その両親やきょうだいが地元に残っているケースが多い。

津多の場合は、本人は銀行員として札幌《さっぽろ》支店に勤務しているが、両親は昔のまま、区内の戸建てに住んでいる。金融業もサービス業と一緒で、まとめて盆休みがとれない。業務に支障がないようにずらしてとるわけだが、津多も少し世間より早い夏季休暇を利用して、東京に帰省しているとのことだ。

安井がアポイントを取り、外で会うことになった。尾竹橋《おたけばし》通りから西に少し入ったあたりにある、個人経営の喫茶兼洋食屋のような店だ。

住宅街でよく見かける、二階建ての普通の民家の一階部分を店に改築したつくりだ。建物はかなり年季が入っているが、中は改装して間がないようで、新店のような雰囲気だった。

「いらっしゃいませー」

元気な女性の声が迎えてくれた。

入ってすぐのカウンターに腰かけていた男がすっと立ちあがる。

「はじめまして、津多です」

オフホワイトのコットンパンツにスリッポン、黒のポロシャツの胸元にはワンポイントのブランドロゴが刺繍《ししゅう》されている。休日の銀行員という雰囲気を、本人も意識的に表に出しているのかもしれない。人間は、外見に見合った中身に変わっていく。

「警視庁荻ヶ谷署の宮下と申します」

身分証を呈示しながら、ついでに隣の安井の紹介もした。安井も会釈して身分証を見せた。

「奥にいきましょう。この洋食屋さん、小上がりがあるんです」

津多に案内されて、店の突き当たりの小上がりに入った。掘りごたつ風になっていて、引き戸を閉めれば個室になる。

津多と宮下がアイスコーヒー、安井がやはりアメリカンのホットを頼んだ。

津多がおしぼりで手を拭《ふ》きながら、にこにこして言った。

「安井さんにはお話ししましたが、この店をやってるのも、竹野原中学の同級生で木原《きはら》樹里《じゅり》という女性です」

テーブルに指先でどういう字を書くのか説明してくれた。

「そうなんですか」それは聞いていなかった。

「ええ。もともと、この店は彼女の親父さんが、小料理屋をやっていたんですが、息子がいなくて店をつぶそうかと考えていたところ、彼女が継いだんです。ただ、交換条件が洋食屋さんに改築することだったんです。親父さんにとっては、嬉《うれ》しいような悲しいような気分でしょうね」

「では、彼女もいっしょに話に加わっていただけないでしょうか」

「ええ、ええとそちらの安井さん？」と確かめるように視線を向けてから「――にお電話でそう言われていましたので、店は少しのあいだクローズにするそうです」

「ああ、そうでしたか」

苦笑を隠しながらうなずく。安井から事前に何も説明を受けないのは、毎度のことだ。ほどなく、その木原樹里という元同級生が、人数分のコーヒーと手製らしいクッキーの載った皿を持ってきた。

安井にしては珍しく、時間を惜しむような口調で切り出した。

「では、さっそくですが、十五年前、いえ場合によってはその前年や前々年に、佐藤浩紀君をめぐってなにがあったのか、教えていただけませんか」

「佐藤君て、最初はいじめられるタイプじゃなかったよね」

津多より先に、木原が切り出した。

「うん、スポーツも勉強もわりとできたな」

津多が腕組みをしてうなずく。

「いじめのきっかけになったできごとを思い出せますか」

宮下の問いに、木原が「やっぱりあれかなあ」とうなずいた。

「――正確には転校生じゃないんですけど、中学一年に上がる直前にこっちに引っ越してきた子がいたんです。ええと、たしか小田切君の親戚《しんせき》だよね」

小田切とは、名簿に載っていた元同級生の、小田切琢磨のことだろう。

「そうそう、従妹《いとこ》とか言ってた。小田切の家に居候してたんだ。名前はたしか……」

「田中沙帆里ですね」

宮下が助け舟を出すと、派手なひまわり柄のマグカップに口をつけかけていた木原樹里が、あわててカップをテーブルに置き、人差し指を振った。

「それそれ、田中沙帆里。彼女、すごい子だったよね」

「そうらしいね」

津多がうなずき、お互いの記憶を補完しながら昔話を語ってくれた。

沙帆里はあきらかにそれとわかる訛《なま》りがあったので、当初はいじめの的になりかけた。それをかばったのが佐藤浩紀だった。浩紀はトップクラスというほどではないが、小学校時代から勉強もそこそこにできて、サッカーやバスケットなどの球技が得意、性格も明るく、人気のある少年だった。

浩紀がかばったことが奏功したのか、沙帆里に対するいじめはなくなった。宮下は、以前に興味があって調べたことがあるが、小学校から中学校に舞台が変わると、その顔ぶれに大きな変化がなくとも、人間関係のヒエラルキーというか勢力図ががらっと変わることがある。第二次性徴の個人差に起因するという説もある。

田中沙帆里の場合も、短い期間にいじめを受ける側から攻める側に立ち位置が替わったようだ。

「男を利用したよね」と木原が言う。どの時期にどの程度の深さの関係をもったのかわからないが、「ワル」系の男子を次々味方に引き入れて、狭くて小さなピラミッドの頂点に座った。

いつしか、浩紀がいじめのターゲットになった。そのとっかかりははっきりしないが、木原の説によれば「佐藤君が沙帆里を振ったから」という可能性があるらしい。自分を救ってくれた浩紀に好意を寄せるのも、そしてそれを拒絶されたときに親愛が憎しみに変わるのも、理解できなくない。

そして、集団生活でいったん始まったいじめは、それ自体が生命体であるかのように、成長し増大してゆくのだ。

浩紀に対するいじめも、中学一年の後半からエスカレートしていった。

給食にゴミを入れる、体操着や教科書を隠す、ノートを破る、休憩時間にとり囲んでトイレに行かせない、押さえつけてズボンと下着を脱がせる。それは二年生になっても続いた。

「でも、三年生になったら、治まったよね」

木原の言葉に、津多が「たぶん違う」と首を振った。

「先生にばれそうになったので、学校の外でやるようになったらしい。関係のないみんなは、受験とか迫ってくるし、無関心だった。――ぼくもひとのことは言えません」

津多の声が小さくなった。

「そして、二学期最初の日に首を吊った」と宮下が事務的に補足する。

「そうなんです。すっごい驚いて」

木原がうなずき、津多が引き継ぐ。

「学校の中も、落ち着かない雰囲気でした。担任の梅田先生に『おまえらは受験のことだけ考えていればいい』とか『マスコミとかが来ても余計なことは言わないように』とか、言われた記憶があります」

すでに何度も見たが、名簿で確認する。担任の名は、梅田尚之だ。

「佐藤君のお母さんが、何度も学校に来てるって噂だったよね」

「いじめがなかったか、調べてくれって頼みに来てたらしい」

「そうだ、思い出した。そのことでアンケートとったよね」

木原がまた指を振った。

「どんなアンケートだったか覚えていますか」

宮下の問いに、二人は顔を見合わせた。代表して津多が答える。

「アンケートっていうより、ただの紙ですよ。クラスと名前を書く欄があって、あとはただの白紙。それで梅田先生が『なにかいじめのようなものを見たことがあれば、書きなさい』とかって。ぼくは学級委員だったんで、回収しましたけど、裏返していても、何か書いてあればわかります。ほぼ全員、白紙でしたね」

「だって、めんどうでしょ。丸をつけるだけなら『いじめはありましたか』『ハイ』で済むから簡単だけど、いちいち自分で書くんじゃね。あと、ひとりだけカリカリ音をたててたら、書いてるのバレバレだし」

「それもあるかなあ」

　さらにいくつか話題を変えて、そろそろ終わりかというとき、津多が逆に質問してきた。

「でも、亮二が焼け死んだのと、浩紀のいじめ事件と関係があるんですか」

「わかりません」

　宮下は素直に答えた。

「ただ、一パーセントでも可能性があれば、調べてみないとなりませんから」

「なるほど、刑事さんも大変ですね」

　安井は、コーヒーに最初のひと口をつけただけで、それ以後はカップを持とうともしなかった。もちろん、クッキーも。いや、そんなことよりも、会話にほとんど加わらず、黙って聞いていたことが気にかかる。明らかに、初めて会った日より顔色が悪い。

車に戻ってから、安井が訊いた。

「例のガラクタ、どうした」

「ひと通り調べました」

午前三時までかかったことは言わない。言っても「そうか」と答えるだけだとわかっている。

「——特にこれというものはみつかりません」

「そうか」

「ただ、ひとつだけ、ちょっとだけ、気になったことがあります」

「何だ」

「デジカメです。型式を調べたら、十六年前に発売のものでした。ほかのガラクタは、古いといってもせいぜい数年です。なのに、一番古いデジカメにほとんど使用感がありません。数回使っただけでしまっておいたのを、最近になって引っ張りだしてきた。そんな印象を持ちました」

「それで？」

「デジカメは毎年のように型が新しくなっているし、十六年前とかいうと、画素数がぜんぜん足りなくて、今じゃ使いものになりません」

「画像は残っていたか」

どこから説明すべきか、少し迷った。

「いいえ。今は無きスマートメディアという媒体方式なんですが、ソケットは空でした」

意外に、それだけで通じた。

「それがなぜ気になる。古くて使わないものを、ただ置いておいただけじゃないか」

「そこがちょっと引っかかるんです。あのマンションに引っ越したのは三年前と聞いてます。今朝、未亡人の萌香さんに確認しましたけど、それより前の亮二の私物はほとんど実家に置いてきたそうなんです。萌香さんが、古臭いものを持ち込まないでと言ったために。ならば、どうしてそんな使い物にならないデジカメなんて、持って来たんでしょう。スマートメディアの寿命は短くて、その次の世代では互換性がなかったと思うんですよね」

「何が言いたい？」

「何か特別の理由があって、実家からわざわざ最近持ち出してきたのではないかと。つまり、撮る以外の目的が」

「ふん」

3

郷野課長経由で、広河署へ問い合わせてもらった。

亮二の遺品の中に、スマートメディアを含めた、デジカメ用のメモリーカードがあるかどうか。あればその中身について。答えは「記憶媒体類は無し」だった。子供もなく、カメラといえば携帯電話で済ませていたようだ。

ならば、なぜあんな古い機種を、わざわざ実家から持ってきたのか。素人目にも、クラシックカメラとして値段がつきそうには、とても見えない。

つまり、抜かれていたスマートメディアの中身に用があった、と考えるべきだろう。

津多と木原の話を聞いてから、さらに二週間近くが過ぎている。

日ごとに安井の顔色が悪くなっていく気がする。

「余計なお世話ですが、食事はきちんと摂《と》っていますか」

「余計なお世話だ。それより車を出せ」

野菜嫌いの三歳児に、ピーマンを食わせるほうが楽かもしれない。

ずいぶん早い時間に、小学生たちが大きな荷物を抱えて下校している。

すぐ、その理由に思い至った。今日で一学期が終わり、明日から夏休みだ。走ったりじゃれ合ったりしているどの顔も、解放感で明るい。十五年前、佐藤浩紀はどんな気分でこの日を迎えただろう。

この二週間ほど、やっていることは連日ほとんど同じだ。名簿をもとに連絡をし、会ってくれる相手には会う、転居しているものは連絡先を捜す。

そしてようやく、全体像をつかむのに必要な、最低限の情報が集まったといえるかもしれない。ひとりひとりの持つパーツは小さかったり特殊な形だったりするが、あてはめてみれば、大きな絵の一部となっていく。

ただ、佐藤浩紀いじめ事件の中核をなす人物たちにはまだ会っていない。いよいよこれからだ。

最初に安井の指示で向かったのは、団子《だんご》坂《ざか》の南側、千駄木の細い道が込み入った住宅街だった。小型なプリウスでも生垣にこすりそうな細い道なので、一時停止すらできない。少し広い通り沿いのコインパーキングに停めて、五分ほど歩いた。

安井が、一軒の家の前で立ち止まった。豪邸というほどではないが、年季が入った家が多い千駄木界隈《かいわい》でも目立つ、古風な広い家だった。屋根は、最近では見かける機会が少なくなった、入母屋造りだ。

変色した木製の表札には、《梅田》と彫ってある。梅田尚之がその母品子と二人で暮らす屋敷だ。

「ここの母親が、かなり大胆な脱税をしている」

いつもながらの簡潔な説明だ。それにしても――。

「どうしてこんなに早くわかったんですか」

安井が、喉の奥を鳴らした。あまり面白く思っていないときの癖だ。

「課長に問い合わせてもらった」

なるほど。珍しく正攻法だ。時間がなくて、課長を通じて住所を所轄署に照会したということだろう。課長の手を借りたのが面白くないのだ。

「ガサ入れするんでしょうか」

「近いらしい。だから刺激しないでくれ、と釘を刺されたらしい」

「タイミングが悪いですね」

「きっかけはタレコミだそうだ」

ならば、偶然に時期が重なったわけでもなさそうだ。

「やはりサトウミサキでしょうか」

「さあな」

宮下は、現在取り組んでいるこの案件を、遠い銀河の写真のようだと思っている。全体像がぼんやりとして、しかもその周辺部はかすんで、どこまで広がっているのか、広さも境界線もぼやけている。

「では、ここで見張るだけですか」

「母親のことは興味ない」

安井がつまらなそうにつぶやいた。たしかに、母親に話を聞くつもりはない。母親がたとえ何億何十億脱税していようと、今、宮下たちに関心があるのは、その息子尚之だ。

「尚之は、よく会うことを承諾しましたね」

今日のお膳立てをしたのは安井だ。

「会わないなら、代わりに母親に話を訊くと言ったら、簡単に折れた」

今日は品子が何かの会合があって夕方まで戻らないのだそうだ。

玄関先まで出迎えた梅田尚之のあとをついて、ひんやりと薄暗い廊下を進み、板張りの洋間に入った。重厚な雰囲気の応接セットのソファに腰を下ろすと、尚之がペットボトルからウーロン茶を注いでくれた。

「お忙しいところお時間を割いていただき、ありがとうございます」

安井は、気にくわない相手にこれほど長い挨拶ができないので、宮下が代わって口上を述べた。

「暑い中ご苦労さまです」

梅田も、こちらを探るような、やや上目遣いの視線で頭を下げ、すぐに戻した。

「――どういったご用件でしょうか」

「十五年前にあなたが担任したクラスで、何が起きたのか、聞かせていただきたいのですが」

「十五年前ですか」

梅田が顔をしかめた。その口調も顔つきも芝居がかっている。まるで練習してあったようだ。宮下としてはめずらしく、捜査対象に嫌悪感を抱いた。それを抑えて質問する。

「三年二組の中でいじめがありましたね」

「さあ」と首をかしげる。

「梅田先生。当時の、主《おも》だった生徒たちの証言は得ています。お互いに時間の無駄だから、駆け引きはやめましょうよ」

安井は口を挟まずに、やりとりを聞いている。

「ぼくはいじめなんてなかったと思っていますが、生徒たちがそう言うならあったんでしょうね。ただ、どちらにしても、ぼくはまったく知らないことです」

安井が宮下に向かって小さく顔を振った。あれを読め、という合図だ。宮下は、ノートの付箋《ふせん》を貼ったページを開いた。

「こういう証言があります。――佐藤浩紀君が自殺未遂を起こしたあと、浩紀君のお母さんが学校にしつこく頼んだそうです。『いじめがあったはずだから、調査してくれ』と。そこで、アンケートをとることになりました」

一度顔をあげて梅田を見た。無表情を装っているが、こめかみのあたりが強張《こわば》っている。緊張が顔に出るタイプのようだ。こうなっては、エイハブの銛《もり》からは逃れられない。小物すぎなければ、だが。

宮下が続ける。

「――もちろん、三年二組でも行われました。当時担任だった梅田先生にも記憶があるのでは？」

「さあ、あったような気もしますが、遠い昔のことですから」

あくまでとぼけるつもりらしい。

「遠いでしょうか。まあいいです。――アンケート用紙を配る前に、梅田先生が話した内容について、複数の証言を得ています。梅田先生はこう言いました。『現実に耐えられなくて逃げ出した人間のために、毎日がんばっているきみたちが、非難されるいわれはない。むりにいじめがあったなどと書かなくてもいい。まして、だれそれが佐藤浩紀をいじめていたなどと具体名を書いたりすれば、不幸の連鎖が起きる。もう一度言うが、あいつは弱い人間だったから、戦わずに逃げたんだ』と」

一旦ことばを止め、梅田の表情をうかがう。緊張のせいか、腹立ちのせいか、右の目の下あたりが、小刻みに痙攣《けいれん》している。証言の文言は多少脚色したのだが、ほぼ正鵠《せいこく》を得たようだ。

「何か、おっしゃることはありますか？」

「さ、さあ」額をハンカチでぬぐった。「何度訊かれても、よく覚えていないことに変わりはないですから」

突然、安井が口を開いた。

「田中沙帆里を覚えてるね」

梅田がはっとしたように、安井の顔を見た。

「忘れられるはずがないよな。教え子とやる気分はどうだった？　興奮したか」

「えっ」と、声を上げたのは宮下だった。

それは知らなかった。しかも今の口調からすると、最近のことではなく、いじめ事件があったころ、つまり沙帆里がまだ中学生のときということになる。

さらに驚いたのは、安井が得意とする〝ブラフ〟ではなく、どうやら図星だったらしいことだ。梅田の顔がみるみる朱を帯びていく。

「し、失礼な。なんの権利があって……」

「訴えるか？　事実をばらしたと」

安井は抑揚もなく言って、小雨の降る庭に目をやった。

「そ、そんなのは言いがかりだ」梅田はしきりに汗をぬぐう。

「梅田先生、暑いようでしたら、エアコンをもっと効かせていただいてもけっこうですよ」

「いや、べつに」

そう言いながらも、梅田はしきりにハンカチで額や首筋の汗を拭いている。

宮下はそのしぐさを見ながら、巨大なめくじを連想した。

梅田家を辞し、コインパーキングへ戻る途中、宮下は我慢できずに口を開いた。

「正直に言いますが、梅田と、小谷——田中沙帆里との関係には驚きました。梅田の態度は、事実だと認めていましたね」

ふん。

煙草の煙を猛烈に吐き出しているので、安井の表情が読めない。

「ですが、あんなこと、どうやって調べたんですか。元同級生たちの証言にも、そんな話は出てきませんでしたよね。なにかありそうだとは思っていましたが、まさかそんなこととは」

感嘆している宮下をよそに、安井はさっさと車に乗り込んだ。いつのまにか取り出した携帯灰皿に吸殻を押し込み、ようやくまともに答えた。

「はい、町役場ですね」

「小谷沙帆里の勤務先」

反応がない。

「まさか——」

「行ってきた」

「桑波町へ、ですか?」

ふん。

「そうだったんですか」

いまだに、安井という男が見せる、ふだんのなげやりな態度と、実際の行動力の差が重ならない。

「でも、勤務先でそんな話が聞けたんですか」

「同じ職場に、小谷沙帆里の幼馴染の女が働いている」

一日の驚いていい回数が決まっていたら、すでに使い果たしていたかもしれない。

「名前を聞かせていただいてもいいですか」

自分で調べろと叱られるのを覚悟で訊いた。安井はぶっきらぼうに、タカダモモカ、と答えただけで、どういう字を当てるのかも教えてくれなかった。

「そのタカダという女の証言が得られたんですね」

ふん。

「その話の確度はどの程度だと思いますか」

「職場でのあだ名は『防災無線』だ」

「なるほど」

安井が信じたのなら、まず間違いないだろう。

「でも、当の小谷沙帆里は、約二か月前の五月二十二日から行方不明ですね」

安井が、鼻を鳴らすかわりに、ちらりとこちらを見た。恥ずかしさで、顔が火照る思いがした。

「すみません。安井さんが現地へ行かれているのに、わたしのほうは、手抜きで職場などに電話を掛けただけです」

「それで？」

「詳しいことはほとんどわかりませんでした。ただ、沙帆里の母親がすごく気の強い人で、罵詈《ばり》雑言を浴びせられました」

「おまえらが給料泥棒だから、娘が帰ってこない」

「そんな感じです」

「役場のやつらは、もっと暢気《のんき》なもんだった。無断欠勤してるのに、上司が不審に思って電話をかけてみたのは、欠勤二日目になってからだ。どうやら行方不明らしいと騒ぎになったのは、さらにその日の夕方近くになってからだ」

「状況からみて、家出とかいうことはなさそうですね」

ふん。

「拉致《らち》だとすると、初動捜査の遅れは大きいですよね」

安井は即座に、いや、と否定した。

「もし、あの女がかかわっているのだとすれば、直後に気づいても、どうにもならなかっただろうがな」

宮下はここしばらく抱いていた違和感の正体が見えた気がした。安井はサトウミサキに対し、単なる捜査対象として以上の、強い興味を抱いている。親近感、あるいは一種の同調といってもいいかもしれない。

それが、今回の案件の特異性に由来するのか、そもそもサトウミサキという存在が特別なのか、判断がつかない。しかし、後者ではないかと感じている。宮下も、まともな写真一枚ないこのサトウミサキという女に、強い興味を引かれている。

「それにしても、アンケートの話はひどいですね」

エンジンをかけた。安井は興味がないらしく、まったく反応がない。

「さきほどの話を知ってしまうと、いじめの首謀者だった旧姓田中沙帆里のことをかばったのでしょうけど。――それにしてもひどい話です」

「次、行くぞ」

「小田切琢磨のところですね」

小田切琢磨のアパートは、車の中から見張ることにした。これまでの複数の証言から、小田切がいじめグループの中核メンバーのひとりだったことは、間違いないだろう。

「きょう、やつは遅番のバイトですね」

間をもたせようとつい口に出してみたが、わかりきったことに対して、安井は返事をしない。

現在の小田切に関することは、すでに、彼の母親以上に把握しているだろう。

小田切も今年で三十歳になる。ごく最近まで定職についていなかった。三年前に浄水器の訪問販売の会社を辞めてから、ずっとアルバイトの身分だった。なかなか決まらなかったようだが、最近ようやく病院の事務職員に採用された。

ところが、せっかく就職が決まったのに、いまだにファミレスのアルバイトをやめていない。小田切が勤務する病院は、夜勤があったり土日の出勤があったりして、休日や勤務時間帯が変動するらしい。それをいいことにシフトの薄い時間帯に掛け持ちしている。

本人に気づかれずにそれを調べるのに、少し手間取った。病院側にばれたら、下手をすれば解雇だろう。その危険を冒《おか》してまで辞めずにいるのは、どうやら女の影があるらしい。

今は、ちょっと見、幽霊のように生気のない女が恋人のようだが、少し前までまったくタイプの違う女とつきあっていたという証言を得ている。

勝田という友人の話によれば、それはバイト先のファミレスに来た少し年上の女で、「まるっきりヒモみたいに美味《おい》しい思い」をしていたらしい。飲み食いからホテル代まで女持ちで、二十万以上もするテーブルをぽんと買ってもらったと自慢していた。ところが、ここしばらく連絡がつかなくなったと嘆いているらしい。

この女と、牟田前署長がはめられたという美人局《つつもたせ》もどきの女——つまり、佐藤浩紀の姉、サトウミサキのイメージが重なると、安井は見ているようだ。小田切は、あの女の本性をどこまで知っているのだろうか。

「あいつ、焦ってますよ。美味しい思いができなくなって。へへっ」

聞き取りの最後に、勝田はそう言って嬉しそうに笑った。その彼女とよりを戻したくて、バイトを辞めずにいるらしい。

「姿を見せないということですが、安井さんが十五年前のことに気づいたので、ミサキのほうで警戒したのでしょうか」

安井と二人になったとき、そう訊いてみた。安井は珍しく鼻を鳴らすのではなく、言葉で答えた。

「いや。あの女は何も警戒なんかしていない」

そう断言できるのは、安井の勘か、それとも宮下の知らない何かをつかんでいるのだろうか。

これまで聞き込みをした、竹野原中学同窓メンバーの話を総合すると、小田切には二面性があるようだ。

ふだんは人当たりがいいのだが、思い通りにいかないと、いわゆる「キレ」た態度に豹変《ひょうへん》する。責任感がなく、人任せにするところがある。女性にだらしない、それも自分から積極的に攻めるのではなく、好き嫌い関係なくなりゆきで関係を持つ――。

あまりいい噂はない。仕事が長続きしないのも、再就職に苦労していたのも、そのあたりの性格に原因がありそうだ。

「出てきましたね」

午後三時四十二分。琢磨のきょうの勤務は、午後四時からだ。

琢磨の住むアパートは、住宅街のいわゆる生活道路からさらに奥まった場所にある。いかにも「土地を遊ばせておくよりはまし」といった風の、やる気の感じられない露天駐車場の中を抜ける細い私道を、二十メートルほど進んだ突き当たりに建っている。全部で六部屋の小ぶりなアパートだ。

畑から先は私有地なので、少し離れた道路の路肩に停めて見張っていた。見通しはいいから、居眠りでもしていなければ見逃すことはないだろう。

「つけますか」

「いけ」

尾行のときにハイブリッドは都合がいい。音が静かで、気づかれにくい。

三十メートルほど間隔を保ってつけていく。後ろから来た車が次々と、追い越しざまに、なんだこのノロマ、という顔でこちらを睨《にら》みつけていく。いちいち腹を立てていては仕事にならない。

十分ほど歩いて、小田切は『ヘブンズダイナ』という名のファミリーレストランの通用口に消えた。ここが勤務先だ。

「駐車場に停めろ」

「待ちますか」

「入る」

客として入った。いらっしゃいませー、という気のない声が迎えてくれた。

すばやく、しかしさりげなく店内を観察する。ランチタイムがそろそろ終わって、午後の喫茶タイムには少し間がある。その間隙《かんげき》のせいか、客はまばらだ。

幽霊のように生気がない女の店員が、注文を取りに来た。この女が、友人の勝田が言っていた、現在の小田切の彼女だろう。ホットのブレンドとアメリカンを注文する。小田切の姿は見えないから厨房《ちゅうぼう》の係かもしれない。

「アイスにしないのか」

「はい」

好物を口にできない病人の前で、それを注文することが苦痛になってきた。

やけに平らな顔をしているのになぜか目だけが青い女の店員が、アイスコーヒーをふたつテーブルに置いた。

「あのう」宮下がカラーコンタクトの目を覗《のぞ》き込んだ。「さっきの店員さんに、ホットコーヒーを注文しましたが。ひとつはアメリカンで」幽霊のような女を指さす。

カラーコンタクトの店員は謝るより先に顔をゆがめた。ちっと小さく舌打ちする音も聞こえた。

「少々お待ちください」

ふてくされた表情でグラスをトレーに載せ、戻って行った。ほどなくして、注文を受けた幽霊のような女と、小田切琢磨がやってきた。

「何か、問題がありましたか」

小田切が、探るような顔つきで訊いてくる。

「問題ってほどじゃないんですけど――」

宮下が、ホットを頼んだのにアイスが出てきたと言うと、すみません、すぐにお持ちしますと謝って引き下がっていった。

「変わった店ですね」

安井は、持参したスポーツ新聞を広げている。宮下のところから紙面は見えないが、連載小説の『課長さん』シリーズを読んでいるのだろうか。

ゆっくりコーヒーをすすっているあいだに、シフトの入れ替えがあったらしい。カラコンの店員の姿が見えなくなり、見るからに女子高生らしき店員がフロアを歩いている。宮下が話しかけ、さりげなくシフトについて聞き出した。小田切は今夜午後九時までの勤務らしい。

「そのころ、もう一度自分が見に来ます」

だから安井はもう上がってくれ、という意味だ。怒るかと思ったが、安井はあっさりと、ふん、と鼻を鳴らした。機嫌がいいのか、コーヒー代ももってくれた。一度安井を『アカシア』に送り届け、署に戻り、これまでの資料の再確認などをするうち、あっというまに時間が過ぎた。

先に小田切のアパートへ立ち寄り、部屋のライトがついていないことを確認してから、午後の八時ごろ『ヘブンズダイナ』の建物裏手にある駐車場にプリウスを入れた。

もう一度店に入る手もあるが、昼間つまらないことで顔を見られている。意外に、人間の顔というものは覚えている。そのまま駐車場で待つと、大きな窓越しにトレーを持って店内を歩く小田切の姿が確認できた。

裏手の駐車場はひと目につかない上に、こちらからは従業員用の出入り口がしっかりと見えて、張り込みに好都合だった。途中、コンビニで買ってきたおにぎり二個とサンドイッチ二個を交互に食べながら視線だけは外さずに待った。トイレが困るので、水分はとらない。

夜になっても蒸し暑いので、エンジンはかけっぱなしで冷房を入れておく。

午後九時十二分に小田切が出てきた。

店の残り物でも持ってきたのか、何か入ったレジ袋をぶら下げている。迷ったが、車をそこに残し、徒歩でつけてみることにした。どのみち歩いてもアパートまでなら十分ほどだ。

小田切はときおりスマートフォンをチェックしながらも、歩みを止めず、コンビニに立ち寄った。ペットボトル飲料や缶チューハイを買って、立ち読みなどはせずに出て行く。そのままどこへも寄らずにアパートに入った。あまり活動的ではなく、交友関係も広くない、という評判は当たっているようだ。

十分ほど、私道に繋《つな》がる道路を行ったり来たりしてようすを見たが、動きはなさそうだ。安井に電話をかけた。

二度ほどの呼び出しでつながった。小田切が寄り道せずアパートに戻ったことと、もうしばらくアパートを見張るつもりだと報告した。すると安井は、その必要はないと答えた。

「今日はもう何もないだろう。それより、明日朝十時に『アカシア』へ車で来い」

翌朝まず向かったのは、青木敦という人物の家だ。

青木は、十五年前の事件当時の教頭で、学校側のもみ消しの主導的立場にいた人物だ。

「しかし、ここ三年ほど病気で引き籠《こも》っているようですが」

「かまわない。それを確かめに行く。それと、痕跡《こんせき》だ」

「了解です」

青木敦は三年ほど前から心を病んで、自宅にこもり、息子の嫁が通いで面倒をみているらしい。そもそも変調を来したのも、その息子を交通事故で亡くしたのが原因だという。

この青木の家に、どうやらサトウミサキらしい女が、つい最近まで出入りしていたようなのだ。実は明日、ガサ入れの予定だ。敦が母親の遺体を自宅の床下に埋めたというタレコミがあった。それが本当なら、梅田品子の脱税より、立件は早そうだ。

そんな大事の前に、軽率な動きは厳禁だ。だから今日は、近所での軽い聞き込みをするつもりだろう。

「ちょっと失礼します」

安井に断りを入れて、ラジオのスイッチを入れた。ＦＭに合わせる。『アカシア』でいつもつけっぱなしになっている局だ。聞き取れるかどうかという程度に流れていると、なんとなく落ち着くような体になってしまった。交通情報によれば、特に激しい渋滞もないようだ――。

〈――続きまして、大田区の多摩川河川敷近くのレンタルコンテナから見つかった、一部腐乱した女性の遺体についての続報です〉

「ああ、これ」と言い、少しだけボリュームを上げた。「署内でもちょっとした話題になっていましたね。不法投棄とかで一時期問題になった、六郷土《ろくごうど》手《て》のあたりらしいですね。さすがに、こっちまで協力要請はこないでしょうけど」

昨夜、テレビニュースでもちらっと見た。発見現場の映像が映っていた。

いかにも、死体を捨てに行きそうな場所だった。人の背丈ほどもありそうな、アシだかススキだかの茂みで、北も南もわからない感じだ。

ほかに画《え》になるものがないらしく、放置された朽ちたコンテナが映った。コンテナ自体は古そうだが、派手なカラースプレーで書かれた《REAL》の文字が、妙に新しく浮いて見えた。商店街のシャッターなどに落書きしてある、あの類《たぐい》だ。こんなところまで入り込む奴がいたということだ。

〈依然としてこの女性の身元は判明しておらず、個人の特定につながる遺留品などもないことが警察への取材でわかりました。遺体は、死後一～二か月は経過しているものとみられ、年齢は二十代から四十代、出産の経験はなく、骨折などの痕《あと》もないということです。警察は引き続き、行方不明者の――〉

「ご苦労様です」

宮下は、生垣にこすりそうな細い道にプリウスを進めながら、この蒸し暑い中、虫に刺され、汚物を踏み、河原の雑草を薙《な》ぎ払いながら証拠品探しをする、同僚たちに思いを馳《は》せた。

「青木が仮病でないのを確認したら、小田切のガキを少し脅しに行くぞ」

安井が事務的に言った。

第八章　団地の獲物——安井隆三

1

腹が重い。

痛みとは少し違う。重苦しい。念のためと思ってきのう、図書館に寄って医学書を調べた。

該当しそうな病名のページを開く。腹痛、便が細くなる、残便感、便秘と下痢を繰り返す、切れ目のない倦怠《けんたい》感、体重減少、食欲不振、どれも当てはまる。当てはまるが、疲れやストレスが原因とも考えられる。

病院で検査をすればいいのだろうが、かりにそうだったとしても治療をするつもりはない。ならば時間と手間が無駄なだけだ。

安井は敷きっぱなしの硬くて薄いふとんに、横向きに寝転がった。以前は仰向けになって、天井のうすく汚れたところをみつめていると、不思議に考えがまとまったものだが、ここ最近は腹を伸ばすとなんとなく鈍痛がするのだ。横向きになっていると楽だ。

事態は進展したが、安井たちの捜査は行き詰まったまま、ひと月近くが経つ。マスコミが喜びそうな、関連すると思われる事件が続けて起きたために、動きづらくなったというのもある。

佐藤浩紀の担任だった梅田尚之が、かつての教え子で今は恋敵となった小田切琢磨を、包丁で刺した。よりによって、安井たちが小田切琢磨のアパートを訪問した直後だ。

課長の郷野はうすうす感づいているようだが、正式な報告をしていないので、責任問題になっていない。しかし、だからよかったで済む問題でもない。小田切は一命をとりとめたが、腎臓を一つなくした。

浩紀のいじめ事件を封印した張本人である青木敦は、母親の死骸《しがい》を自宅の床下に埋めていたのが発見された。死体はほぼ白骨化しており、死因は特定できない。敦本人も心神喪失状態にあって、起訴されるかどうかも怪しい。いずれにしても、安井に裁判や法の断罪などは興味がない。

敦の息子の嫁にあたる、青木茜という女がふだんから出入りし、敦の面倒を見ていたらしいが、「なんだか怪しい」と警察に通報したのもこの茜当人だ。敦がつけていた日記を盗み見たところ、おかしなことが書いてあるので弁護士に相談したら、「これは警察に連絡したほうがいい」と助言を受けたそうだ。

安井は、この青木茜にも会った。正直なところ、うさんくささを感じる。もう少し締め上げてみたいが、彼女の住居も遺体発見現場も所轄ではない。それに、亮二の事件とはあまりかかわりがなさそうだ。何か隠しているとは思うが、いま、最優先すべき対象ではない。一度はそう判断した。

それに、青木茜の通報よりも決定的だったのは、匿名で「散歩中に青木家に迷い込んだ飼い犬が、人骨らしきものを咥《くわ》えて出てきた」という趣旨の通報があったことと、それに呼応するように——おそらく同一人物か仲間の仕業だろうが——人骨の入った黒いビニール袋が、あろうことか所轄署の裏手にある、職員用駐車場の植え込みの中に置かれていたことだ。

この骨は、簡易鑑定の結果敦の母親である、青木繁子のものである可能性が大きいという。袋や骨から指紋その他の証拠はみつかっていない。

煽情《せんじょう》的な進展に、大喜びしたのはマスコミだ。

青木茜は、人骨に関する通報も遺棄も否定しているし、そんな芸当ができるとは、警察も考えていない。

しかし、これは近所への聞き込みですぐにわかったことだが、青木家に、この茜とは別の女がここ数か月出入りしていたらしい。

「梅田さんのところの、尚之さんの元彼女で、別れる別れないでもめた若い女の人に似ている」

やはり、サトウミサキが出入りしていたのだろうか。たしかに、通報と同時に、警察署の敷地に人骨を置いてゆく、という大胆さは、サトウミサキを連想させる。

もう一度、青木茜に面会して、ミサキとの関係を問い詰めようかと考え始めた矢先に、さらに大きな動きがあった。

大田区、多摩川の河原近くの空き地に放置されたコンテナから、女性の腐乱死体が見つかった、いわゆる『コンテナ腐乱死体事件』の続報だ。なんとこの死体が、五月下旬から行方のわからなくなっていた、小谷沙帆里と判明したのだ。

安井もこの仕事が長いので、顔見知りがあちこちの署に散らばっている。コンテナが置かれた現場を管轄する、六郷南署には知り合いがなかったが、捜査本部の応援で呼ばれた隣接署に、昔のなじみである刑事がいた。

所轄が違えば、同じ警察といえどほいほいと他署の調査内容を入手できるわけではない。こちらから出張って、この刑事に内々に情報を分けてもらった。

話をまとめるとこうなる。

まず、現場となった空き地は、多摩川と交差するＪＲや京急《けいきゅう》、第一京浜《けいひん》などからも近い、いわゆる六郷土手近くの私有地だ。

「空き地」といっても、子供がサッカーをやったり、若者がバーベキューで盛り上がるような開放的な土地ではない。人の背丈ほどもあるような雑草が生い茂り、元が植木畑だったのか雑木林だったのかもわからない、うっそうとした荒れ地だ。

宮下が言ったように、一時期、ゴミの不法投棄や乱立するブルーシートハウスが問題になったあたりだ。

問題のコンテナの所有者は、地場の不動産会社だった。十年ほど前に、この土地の持ち主に賃料を払って、中古のコンテナを持ち込み、月数千円から一万数千円ほどの金額でレンタル業をしていた。ところが、二年ほど前にこの不動産会社が倒産してしまった。当時の借主の書類なども残っていない。

この場所は市街化調整区域にあり、居住用の家屋は建てられず、畑や駐車場にでもするしか用途はない。しかも住宅地からやや離れた河川敷に近いこともあって、土地自体にあまり利用価値がない。だから業者が倒産したあとも、地主は金をかけてまで後始末する気にはなれず、コンテナはそのまま放置されていた。

七月の中旬に、この場所と外面に書かれた落書きの文字など正確に説明したうえで「中から異臭が漂っている。何かの死骸が放置されているのではないか」という、女性の声らしき匿名の１１０番通報があった。

地域課の警官が様子を見にいったところ、扉に鍵《かぎ》がかかっておらず、さび付いて多少固くはあったが、開けることができた。中を見た警官は腰を抜かすほど驚き、本署へ通報した。

鍵がいつ開けられたのかは不明だが、取っ手部分に溶接された南京《ナンキン》錠を通す穴に、比較的新しいこすり傷がみつかった。

現場付近には普段からほとんど近づく者もいないため、もし通報がなければ、このまま何年も気づかないままになった可能性もある。

なぜなら、コンテナの扉などにはテープで目張りがされており、外に漏れていたのは、平均的な人間の嗅覚《きゅうかく》ではほとんど感じ取れない程度の臭いだったからだ。通報時の冷静さといい、犯人ないし事情を知る人物が通報した可能性もある。

　犯人しか知りえない事実として、警察は情報を公開していないが、死体はただ床に転がされていたのではない。

　二畳ほどのコンテナ内の中央に、リビングセットなどに使うローテーブルが置かれ、死体は全裸でその上に仰向けに寝かされていた。

　四肢は、テーブルにロープで縛りつけられてあった。死因はいまだ不明だが、手足に索状痕がなく、ロープにも血痕《けっこん》や肉片などはこびりついていなかったため、死後このような姿勢をとらされたものと思われる。なぜか陰毛を焼いたあとがあったが、大きな外傷や骨折の形跡はない。また、性的暴行を受けたかどうかは不明だ。

　歯の治療痕があり、全国の歯科医に照会したが、ある程度の見込みをつけて調査依頼をするならともかく、漫然と調べてもらって偶然に該当者をみつけるのは、これもまた砂浜で小石を探すようなもので奇跡に近い。

　遺体発見から五日ほど経って、警察にふたたび匿名の通報があった。コンテナで見つかったのは、福島県桑波町で行方不明になっている、小谷沙帆里さんではないか、という。当人の住所や勤務先の役場なども正確に知っていた。

　同町所轄の警察署に照会したところ、たしかに両親によって『行方不明者届』が提出されていることがわかり、署員が現地へ行き、毛髪や爪などを採取した。ＤＮＡ鑑定や、かかりつけの歯科医から提供された、歯型やレントゲン写真などから判断した結果、遺体は桑波町在住の小谷沙帆里にほぼ間違いないことがわかった。

なお、二度目の通報の発信場所は特定されており、足立区の西新井駅近くにあるコンビニの公衆電話だった。このコンビニは古橋亮二が名前ばかりの店長を務めていた店だった。

安井は、サトウミサキに手招きされているようにすら感じている。

逃げ切るつもりなら、これほど証拠を残す必要はない。まるで安井をあざ笑うかのように、少しずつ足跡を残している。挑発なのだ。

彼女は、佐藤浩紀の姉だった女性に間違いないだろう。

しかし、十五年という時を経て、『サトウミサキ』という怪物に生まれ変わった。そして、いじめの首謀者、担任、学校や担当した警察の責任者を、断罪し始めた。この空白期間はなぜか。きっかけはなにか。そして、どこにいる——。

青木茜とかいう女に再度話を聞くことも、桑波町まで出張して、小谷沙帆里の関係者に話を聞くなり、地元警察に頭を下げてネタを分けてもらってくる役も、宮下に頼んだ。まず宮下はきょう、桑波町へ行く。一泊二日で、聞き込みをしてくる予定だ。宮下なら、何かつかんでくるかもしれない。

安井も、人任せになどしないで、みずからそうすべきなのはわかっている。

しかし、このところ、急激に体力が落ちているのを自覚している。のんきに「足で稼いで」などと考えていると、サトウミサキに邂逅《かいこう》する前に、命が燃え尽きてしまうかもしれない。

それに、宮下には悪いが、おそらく青木茜や小谷沙帆里の周辺などから、有効な手掛かりは出てこないだろうと思っている。

あの女は、もっと近いところにいる――。

安井は布団の上で、反対側に寝返りを打った。いや、打とうとした。

汚い天井が見えた。どこかで見た天井だ。

浩紀の母親の悲し気な目が、しみのように浮かぶ。

佐藤浩紀の母親、晴恵は、当初浩紀の学校へ訴えたが、埒《らち》が明かないので警察へ相談に来た。

日頃、仕出し弁当を届けているので、職員とは多少の顔見知りでもあるし、話を聞いてもらえると思ったのかもしれない。

しかし、利害関係のない弁当屋の店員と、面倒ごとを持ち込む市民とでは応対が異なる。たらいまわしにされて、結局生活安全課が担当することになった。

当時課長だった牟田が、ベテラン少年係の部下と応対した結果、事件性なしと判断した。ていよく追い返した形になったのだが、二度、三度とやってくる。

「おまえ、一度家に行って、言い含めて来い」

牟田課長は安井にそう命じた。たまたまその日手が空いていたというだけで、安井は少年係ではなかったが、命令とあっては否《いや》も応もない。さっそく佐藤家へ出向いた。家は、管内にある都営の団地だった。表札には《佐藤》としか出ていないので、家族構成はわからない。ただ、母子家庭であるとの情報は課長から聞かされていた。約束をした夜の七時に訪ねると、母親の晴恵が待っていた。自殺未遂から三週間ほど経っていたが、浩紀はまだ病院にいるという。

「脊髄《せきずい》を損傷して、首から下がほとんど動かないんです。それに、頭に血が行かなくて脳にも障害が残ったみたいで」

　その症状に同情はしたが、課長が事件性はないと断言しているので、安井にはどうにもならない。

　晴恵は泣いて訴えた。あとで知ったが、当時の晴恵は安井よりひとつ年上の四十歳、そして安井は、その八年ほど前に妻を亡くしていた。無免許の少年が運転する、暴走車に撥《は》ね飛ばされ、即死したのだ。理不尽な仕打ちに対する無念と怒りは共感できた。

　その日はそのまま帰り、二日ほど後、牟田には言わず早めに勤務を切り上げ、再訪した。悲観して、早まったことなどしないか、少し気になったからだ。

　前回のときに安井がわが身のことを語り、一人暮らしだと話したからか、料理が作ってあった。

　遠慮したのだが、どうしても食べていけというので、煮つけや炊き込みご飯などをごちそうになった。ビールも飲んだ。最初は機嫌がよさそうだった晴恵が、再び泣き出した。

なぐさめ、背中をさするうち、肩を抱き、唇を合わせていた。晴恵のほうから迫ってきた気もするが、自分に都合がいいようにねじまげた記憶かもしれない。

晴恵の、痩《や》せて肋骨《ろっこつ》が浮き出た白い裸身が、いまでも目に浮かぶ。あまり豊かでない胸に口を寄せると、晴恵は声を上げ、涙でつまった鼻から切なげな息を漏らした。肌を合わせたのは、その夜の一度きりだ。晴恵はあきらめたのか、署にやってくることは二度となかった。仕出し屋も辞めたらしく、別な人間が弁当を持ってきた。

安井は気になり、その後も何度か団地まで足を運んだ。しかしドアを叩《たた》くことはできなかった。そうこうするうち、管内で大きな事件が起き、連日遅くまで捜査に走り回り、佐藤家のことは忘れはしないが、記憶の一部になった。

佐藤親子がどうなったのか、まして浩紀にきょうだいがいたのかどうかなど、まったく知る由もなかった。

佐藤親子に関する、安井の記憶は、そこで止まっている。

安井は、死後の身の始末用にと思って、わずかばかり貯めておいた貯金から、塩野にこれまでの借りも含めてまとまった金額を支払った。急に塩野の動きがよくなり、成果も上がった。

しかし、佐藤親子の消息は、ある時点からふっつりと消えてしまう。

今回の一連の案件のどこにも、晴恵や浩紀の影は見えない。体の自由がきかない可能性が強い浩紀はともかく、晴恵にはそれなりの役目もあったのではないか。たとえば、牟田になど手を回さなくとも、晴恵本人が面会にくれば、簡単に安井を引きずり込めたはずだ。

疑問はまだある。復讐《ふくしゅう》をはじめたきっかけだ。なぜ十五年も経った今、こんなことをはじめたのか。それも、これほど手の込んだ復讐を。

どうして単純に殺さないのか、それもまた謎だ。たとえば毒物でも飲ませれば簡単に殺せるはずだ。なぜ、自分の肉体を駆け引きの道具にするような、手の込んだことをするのか。その理由が知りたい。

気休めに飲んだ整腸剤が効いてきたのか、少し楽になったような気がする。

やや晴れかけた頭で、また同じことを考える。なぜ、安井に対する小道具が、あの当時の名刺だったのか。なぜ、これほど安井を愚弄するのか。

「まだわからないの」

ふいに、まだ聞いたことがないはずの、ミサキのあざけるような声が響いた。くたびれかけていた脳髄に電流が奔った。

そうか。おれはなんとばかだったのか——。

すっかり、ミサキの挑発に冷静さを失い、ただの刑事になり果てていた。これは、安井と佐藤親子の問題なのだ。そんなことは初めからわかっていたはずだ。すべての答えは、安井と佐藤親子の接点があった、あの場所にこそあるのではないか。

安井は起き上がり、でかける支度をした。

これは狩猟ゲームなのだ。

だが、安井が猟師でミサキが獲物ではない。逆だ。自らを餌にして獣を罠《わな》へとおびき寄せるミサキこそがハンターで、安井は罠とわかっていても足を踏み込んでいく飢えた獣だ。

それならそれでかまわない。常に猟師が勝つとは限らない。獲物の逆襲を受けて命を落とす猟師も数多くいる。

自分は、あの女にたどり着かなければならない。食らいつかねばならない。

宮下にみつからないように持ち歩いている、市販の痛み止めと追加の整腸剤を一緒に口に含み、まとめて水で飲み下した。

2

団地はまだそこにあった。うす黒く汚れた壁が、十五年の時を感じさせる。

ざっと見渡すと、カーテンもなく、生活感のない——つまり〝空き〟になったままの部屋が、いくつも目につく。

ほとんど迷うこともなく、当時佐藤家が住んでいたC棟を探しあてた。一番東寄りの階段を上った三階の向かって右手――。

あの日と違うのは、たった三階まで上るのに、息をきらしたことだ。呼吸を整えながら、表札プレートを見た。予想して来たはずなのに声を上げそうになった。

《佐藤》

やはりそうだった。一家が出ていった先は追ったが、古巣は調査してもらっていなかった。この表札は、外し忘れたのではなく、今も現役なのだ。

タイムスリップしたような錯覚が湧き、きついめまいがした。壁に手をついて、呼吸を整える。

見覚えのある古臭いチャイムを押した。奥でピンポンと懐かしい音が響く。反応はない。もう一度押す。やはり反応はない。試しに、古びた丸いドアノブを握った。力をこめると、それはゆっくりと回り、軽いきしみ音をたててドアが開いた。

狭い玄関で靴を脱ぎ、中に入った。

またしても驚いた。記憶にある当時のままだ。板張りの狭いダイニングキッチンと、変色したようなクロスを床に貼ったリビングが、ひとつながりになっている。リビングには安っぽいダイニングセットがおかれ、晴恵の手料理をごちそうになったローテーブルもそのままだ。

そのテーブルの上に、書類入れのような封筒が置いてある。宛名は《安井隆三様》となっている。

安井はばねの堅いソファに腰を下ろし、封筒を手にとった。中から引き出したものをローテーブルに置く。それは一枚の写真と、A4サイズの紙を綴《と》じたものだ。

まず、写真を手に取った。

かなり粒子の粗いカラー写真だ。いわゆる「フィルムカメラ」ではなく、精度の低いデジタルカメラで撮ったものを、プリントしたものだろう。これまでの調べと矛盾しない。鮮明ではないが、何が写っているのかはおよそ判別できた。

背景に見える、薄暗い空に朱が差しているのは、夜明けではなく夕闇が迫っているらしい。アシやススキといった、人の背丈ほどの雑草が周囲に壁をつくり、視界をふさいでいる。画角の隅に古びたコンテナが置き去りにされていて、派手な色のカラースプレーで《REAL》と落書きしてある。

カメラが向けられた部分は、そこだけわざと踏みしめたのか、もとからなのかわからないが、直径数メートルほどの歪《ゆが》んだ円形の空間が開けている。

その空間のほぼ中央に、低いテーブルが置かれ、その上にひとりの少年が、仰向けに寝ている。全裸だ。そして手首のあたりからロープが伸びている。縛りつけられているのかもしれない。それを数人が取り囲んでいる。ひとりも顔が写っていないので、どんな表情をしているのかわからない。

ただ、それだけの写真だ。どうしてこういう経緯になったのか、この先何が起きたのかはここからではわからない。しかし、安井にはそのテーブルに寝かされている少年が佐藤浩紀だと確信が持てた。

　写真をテーブルに置き、レポートのような紙を持った。

《佐藤浩紀に対する暴行・傷害・恐喝の記録》というタイトルだ。何人かの署名がある。この内容を事実と認めた、という意味だろう。

　文中の登場人物はA、B、C――となっているが、冒頭にそれぞれの固有名詞が割り当ててある。すべて、佐藤浩紀の消息を追う過程で耳にした名だった。

　書かれてある内容に目を通す。津多恭哉や木原樹里ら、もと同級生に聞いたいじめの実態よりも、淡々としている。そして凄惨だった。

　殴る蹴《け》る、という、外見的にわかりやすい暴行はしない。はじまりは、津多たちも言っていたが、皆の見ている前で裸に剝《む》いて笑いものにするとか、皆で押さえ込んで失禁するまでトイレに行かせない、というものだった。それらの行為でさえ、充分に心の傷になって残ると思うが、彼らは、一個の人間の尊厳がいかにすれば破壊されるかの実験を行っていたとしか思えない。

　管理が緩いマンションの屋上に出て、手すりの外側を一周させる。修行と称して真冬にベランダに正座させ水をかける。汚物や虫などを飲食させる――。

　この写真に写っている日に何が起きたのか、それがもっとも詳細に書いてあった。

　ソファに背をあずけ、目を閉じると、その光景がまるですぐそこで起きていることのようにまぶたに浮かんだ。

夕闇の迫った河原に集まった少年少女が口々に何かわめきながら、騒いでいる。

周囲の草むらから、うるさいほどの虫の声が聞こえる。

踏みしめられて草がなぎ倒された空間の中心に、ローテーブルが置かれている。こんなものをわざわざ運んできたのではなく、不法投棄されたのを見つけたのだろう。

そのテーブルの上に、ひとりの少年が仰向けになって寝ている。前の晩に暴行を受けてから、ほぼ二十四時間、向こうに見えるコンテナに閉じ込められていたので、やめろと叫ぶ気力もない。

しかもただ寝ているのではない。まさに「大」という文字そのままに、手足をロープで縛りつけられ、口には布のようなものが押し込められている。何か大声をだしたいらしいが、くぐもった声が漏れてくるだけだ。

全裸の浩紀少年だ。あまり日に焼かないのか、母親似の白い肌と浮き出た肋骨が目立つ。

周囲を、数人の少年たちが取り囲んでいる。少女の姿も見える。煙草の火が見える。棒状のものを手にしている者がいる。

「おい、亮二。撮れよ」

「おれたちの顔は入れんなよ」

げらげらと馬鹿笑いが聞こえる。

「はい、どいてどいて」

亮二が手にしたカメラが、さらに少年の下腹部に近づく。げらげら笑いながら、覗《のぞ》き込んでいた連中が左右にどく。少年の股間《こかん》に手を伸ばして、その器官を上下にしごいているのは、あどけない顔の少女だ。その口には、煙草をくわえている。

「沙帆里、どんな感じ？」

「そろそろじゃない」

どっと笑いが起きる。

「硬くなってきた」

沙帆里が答える。

ふたたび笑いが起きる。

浩紀のふさがれた口から、くぐもった声が漏れる。何かを叫んでいるが言葉にならない。懇願か、罵《ののし》りか。

「いいよな、タダでやってもらえて」

「感謝しなさいよ。浩紀ちゃん」

「まだあ？　ちょっと疲れてきたんだけど。ねえ、誰かかわってくんない」

沙帆里がくわえ煙草で言う。

「琢磨やってみ。トモダチだったんじゃねえの」

「やだよ、そんなの。なあ、もうやめようぜ」

琢磨と呼ばれた少年が、気弱そうな声を出す。

「なんだよ、いまさら」

少年と呼ぶにはずいぶん体格のいい一人が言う。

「沙帆里の指ってなんか卑猥《ひわい》だよな」

夏休みの特権か、髪の一部を金色に染めた小柄な少年が体をゆすりながら笑う。

「きゃっ」

沙帆里が叫び声をあげる。

縛りつけられていた少年の器官から、白い液体がほとばしり出た。

「汚ねえなこいつ」という声とともに、使い捨てライターを持った誰かの手が伸びて、浩紀の陰毛を焼く。

周りで見ている少年たちが、大喜びではやし立てる。手にしていた飲料などを少年にかけ、やがて飽きたのか、そのまま少年を置いて、悪ふざけしながら去る。

その夜、浩紀はどうにか自力で、縛られているロープを解く。翌朝早く、そのロープを使い、首を吊る──。

淡々と感情を排した文体の、叙事レポートはそこで終わっている。

「そのほかにも、何枚か写真はあった」

突然の声に振り返ると、女が一人立っている。

「もっとひどいのが。でも、二度と見たくないし、誰にも見せたくない。もし、あなたの家族があんなことをされたら、あなたは犯人をどうする？」

サトウミサキが、レポートの文面と同じ抑揚のない口調で言った。

3

「サトウミサキか」

「訊《き》くまでもないでしょ」

そう言うと彼女は、テーブルに置かれた写真をあごで指した。

「写真を入手するのも、レポートをまとめるのも、ちょっと苦労した」

ようやく当人に会ったが、初対面という気がしない。いや、もしかすると覚えていないだけで、十五年前に顔を合わせているかもしれない。

「この部屋、どうしたんだ」

自分でも、質問の順番が違うだろうという気がしたが、まっ先にそんな疑問が口をついて出た。

「覚えてるの？」

「たしか、こんなふうだった」

「何度か引っ越したから、当時の家具類は途中で処分した。何年か前に、まだこの団地が壊されていないのを知って、この部屋を訪ねてみた。そしたら、身寄りのないおじいさんが一人で暮らしていたから、もっと駅に近い賃貸マンションに移ってもらって、ここはわたしが又借りしている。家具も思い出しながら似たようなのをそろえた。レトロでいい雰囲気でしょ」

　ミサキは、コーヒーでも淹《い》れるわね、とキッチンで作業を始めた。その背中に声をかける。

「ここで暮らしているのか」

「最近はね。あとは、ホテルとか、親切な男性の家とか」

「新しい餌《え》食《じき》か」

「どうとでも」

「母親と弟はどうした」

「元気にしてるわよ」

「どこで？」

　ミサキが手を止めて振り返った。

「安井さんなら、そのぐらいのことは調べがついてるんじゃないの？　やり手の刑事なんだから」

「戸籍上は今も生きている、とまでしかわからない」

「じゃあ、それでいいじゃない」

　軽い口調で応じたが、わずかに軽すぎる印象を持った。

「まあいいさ」

「それにしても、思ったより時間がかかったね」

「そうか」

「切れ者だっていう噂を聞いたけど」

「噂には尾ひれがつく」

「足腰が弱った？」

まるで親子か兄妹のようにくだけた口をきく。つい、心を許しそうになる。

ミサキがサーバーからま新しいマグカップにコーヒーを注ぎ、そのうちひとつに、あらかじめ温めてあったらしい牛乳を足した。

「最近、薄めがお好みでしょ」

「ふん」

よく調べてある。

ミサキが向かいのソファに腰を下ろして、自分の前に置いたマグカップから、湯気の立つブラックコーヒーを飲んだ。

安井はテーブルに置かれた写真に視線を落とした。

「その写真の出どころは、古橋亮二だな」

「そうよ。古いデジカメに入っていた。調べ済みでしょ」

「はじめから、こんな古い写真の存在を知っていたのか」

「さあ、どうかしら」

ミサキは、軽く首をひねり、もうひと口コーヒーを飲み下してから、カップをテーブルに置いた。

それは重要な問題だった。事件全体の流れを左右するほどの。しかし、軽くあしらわれた。短い沈黙のあと、ミサキがつけくわえた。

「ひとついえるのは、あの亮二とかいう男、さすがにそこまでばかだとは思わなかった」

「万が一外部に漏れたら、自分たちの首を絞めるようなしろものを、捨てもせずに今でも持っているはずはない、ということか」

「まあね」

「しかし、おまえがたまたま亮二と知り合って深い仲になり、その亮二が『そういえばおれ、こんなの持ってるんだぜ』と、昔の写真を自慢げに見せた——そんな偶然の筋書きはちょっと飲み込めない」

宮下という若造は、やはりいい勘をしている。古いデジカメの存在にこだわり、亮二の家族に会って話を聞き出した。

父親には若輩者扱いされて、ほとんど相手にされなかったようだが、兄の潤一には聞くことができたそうだ。

潤一にぶつけたのは、このモデルのカメラが出回ったころ、亮二は中学生だ、自分の小遣いで買ったのだろうか、見覚えはないか、という質問だ。

デジカメをひと目見るなり、潤一は「あっ、それだ」と小さく叫んだ。

「それ、とは、どういう意味でしょう」と宮下が問い返す。

「それは、たぶんわたしのデジカメです。どこにあったんです？」

亮二の遺品だと答えると、やっぱりな、と深くうなずいた。

潤一の話によれば、宮下に問われるまで正確な年数は意識していなかったが、たしかに亮二が中学二年か三年生のころ、自分が父親にねだって買ってもらったデジカメが、買ってすぐに見当たらなくなったことがあるという。

まっ先に亮二を疑った。それが初めてではなかったからだ。兄の自分が言うのもなんだが、そして死んだ人間を悪く言うのもなんだが、亮二は家の中だろうと外だろうと、平気で人のものを自分のポケットに入れてしまう性格だった。このデジカメも、潤一が自分の部屋の自分の机にしまっておいたのだから、外部の人間が盗んだはずがない。

ところが、亮二は「知らない」としらを切った。これまでのこともあって、潤一は激高した。

さすがに、普段と違う怒り具合の兄の剣幕に、これはまずいと思ったのかもしれない。ひごろはへらへらしているくせに、一度否定すると、その後はがんとして認めないのも亮二の性格だ。何度か問い詰めて、亮二の机や本棚の奥などまで調べたが見つからず、しかたなくあきらめた。貯めておいた小遣いで同じものを買って、父親の目はごまかした。

「あいつ、やっぱりどこかに隠してやがったな」

潤一は説明の最後に、そう言って苦笑したらしい。

安井は、宮下から聞いたそこまでの話を、簡潔に語った。

「まして、こんなことに使ったのがばれたらと思って、完全否定したわけだ」

「ありうるわね」

「それが、なぜ今頃になって出てきたのか」

そんなことより、とミサキが話題を変えた。

「ねえ、中学三年の浩紀が、どうしてあんなことをされても、毎日我慢していたのか、わかる？」

「いじめとはそういうものだろう」

「わたしが、天秤《てんびん》のもう片方に載っていたのよ。写真の隅にも写っているけど、図体のでかいのがひとりいて、そいつの兄っていうのがこれまた悪いやつで、似たような仲間もいた。あいつらは浩紀に『言うことに逆らうと、お前の姉ちゃんを襲わせる』って脅してたのよ」

安井は、しだいに起きているのがつらくなって、半分ねそべるような恰好《かっこう》になった。

ミサキが、そんな安井のとなりに座り、安井の腕をそっと撫《な》でた。しっとりとして、昔この部屋で肌を合わせた女を思い出した。

「詳しい病状まではわからないが、弟は、寝たきりの状態らしいな」

「そうね。ことばもうまくしゃべれなくなって、首から下は手の指先がかすかに動くくらい」

「意識はあるのか」

「ある」

「意思の疎通は？」

「そこそこに」

「自宅介護は、ましてそれだけ重症ならば、金も人手も必要だ」

これまでそっけなかったミサキの口調に、やや熱がこもった。

「そりゃ、びっくりするぐらいにね。最初は、いろいろ手を尽くした。病院も変わったし、あれこれ治療法も試してもらった。母は、怪しげな民間療法にも手を出したりした。でもだめだった。変わりはない。知ってる？　病院って基本的に治療をするところだから、病状に進展のない患者はお荷物なのよ。浩紀のことを持て余しているのを露骨に感じるようになってきた。だから、引き取ることにした」

「自宅にか」

「そう。さっき安井さんが言ったとおり、自宅で介護するのはとてもたいへんなのよ。ただ、自力呼吸はできるので、そばにだれかついていれば、すぐに命の心配はなかった。特製のベッドや緊急時の酸素吸入器なんかもそろえた。母ひとりじゃ手がまわらないし、そのうち母も体調を崩して、母自身が寝たり起きたりみたいになった。介護人を依頼して自宅で面倒を見るには、すごくお金がかかった。わたしが稼がなければならなかった。昼間のパートとかでは追いつかない」

しゃべりすぎだ、と思った。抱いていたミサキの印象と違う。鎧《よろい》の一番薄いところなのかもしれない。あるいは、何か目的があるのか。

「夜の商売をするにしては、引っ越すたびに都心から遠ざかっているな」

「なるべく昔のことを思い出さない場所、と思ってだんだん遠ざかるうちに、東京を出た。神奈川県の横浜の郊外に大き目の家を買って……」

「買ったとは嘘だな」

ふふっと軽く笑って、嘘を認めた。

「神様も、たまにはすくいあげてくれるってこと。こまかい経緯は省くけど、ゴルフ場で、ちょっと苦労して、金持ちですけべな独居老人に近づいて、そのお屋敷に入り込んだ。でも、手にかけてはいないよ。あれだけはほんとうに自然死。ただ、ちょっとハードワークだったかもね」

客に水割りを作るより稼げる方法を見つけたわけだ。

「いまもそこに住んでるのか」

ミサキは肩をすくめた。

「無駄に広い屋敷より、現金が必要だったから」

売り払った、という意味だろう。

「なるほどな。——金、金、と言うが、そういう障害者を抱えた家庭には、福祉の支援制度があるな。たとえば、国の『障害児福祉手当』だったか。ほかにも、税金の控除や公共料金の免除なんかがある。——どうした。おれがそんな説明をするのはおかしいか」

何が楽しいのか、ミサキはにやにやしている。

「ううん。続けて」

「浩紀少年が自殺未遂を起こしたあと、おまえの一家はその制度を利用している。現に、立川へ引っ越したのも、この団地よりもう少し設備のいい都営住宅に優先入居権がもらえたからだ」

「よく調べたわね。ストーカーみたいに」

それが仕事だ、とは胸を張れなかった。宮下をこき使って調べてもらったり、塩野から金で買った情報ばかりだ。

「ところが、八王子に越してから、新たに申請をしていない」

「何が言いたいの？」

「行政というのは、基本的には申請しなければ、向こうから手を差し伸べてくれない」

「そんなこともないわよ。八王子市役所からちゃんと、問い合わせが来た。『申請しますか』って。前住地の職員が個人的に気を遣ってくれたのか、そういうシステムなのか知らないけど、申し送りはあった」

「それを断った」

「そうね」

「なぜ断った」

「いろいろ手続きが面倒なのよ。定期的に書類を出したりね。それに、さっき安井さんが言った『障害児福祉手当』って、金額いくらだか知ってる」

知ってはいた。その多寡を問題にすると、話がこじれると思って出さなかった。

「月に、たかだか一万数千円よ。そんなお金のために、面倒な手続きをやったり、家庭のことに口を挟まれたりしたんじゃたまらない。その分、わたしが稼げばいい」

「たとえば、青木家に入り込んだみたいにな」

青木敦がああいう結果になって、財産の管理は、事実上青木茜に移った。ほとぼりが冷めたころ、茜は動産不動産ともに、売却処分するかもしれない。そして、その何割かがこのミサキに支払われないと断言できるか。

安井はミサキの目から視線を外さずに、少し前に抱いた印象を、言葉に出してぶつけた。

「しゃべりすぎだ」

「わたしが？」

「弁解じみて聞こえる。おまえに似合わない」

「そうかな。わたしの何を知ってる？」

「そんなことはどうでもいい。ひとつだけ訊きたい。どうして十五年も経った今ごろになって、復讐を始めた？」

「知りたい？」

「ああ、知りたい」

「教えたら、あとでわたしの頼みも聞いて」

「わかった」

「弟が死んだのよ」

あまり驚きはなかった。むしろ、そんなことではないかという気がしていた。

「いつ？　戸籍では死亡していない」

「まだ届けを出していないだけ」

「それで？」

「浩紀が死んで錯乱状態になった母親に懇願されたの。『浩紀の仇《かたき》を討って』って」

ずいぶん、時代がかった言いまわしだ。

「浩紀の死因はなんだ」

「薬が進歩したのか、介護技術が上がったのか知らないけど、浩紀は、最近ようやく体が少し動くようになった。そしたら、もう一度首を吊ったの。ベッドの金具に電気コードをしばりつけて、こんどはあっさり死んだ。それを母親が認めたくなくて、介護の人には親戚にあずけたと嘘をついて、警察にも病院にも届け出なかった」

「死体はどうした？」

「さっき言った、横浜郊外のお屋敷の庭に埋めた。深いところに」

「それにしても、なぜこんな手の込んだ、回りくどい方法で復讐する必要がある」

「実は十五年前のあのころ、わたしも少しぐれてた。母親とそりが合わなくて、金持ちの親が放任している、友達の家にずっと泊まり込んでた。弟がそんなに追い詰められているとは知らなかった。——だから、ただ復讐するだけじゃ、自分が納得できなかった。自分の体を汚すことに意味があったのよ。浩紀の味わった苦痛の何分の一かでも、自分に課したかった」

　笑うと、下腹部が痛んだ。しかし、どうしてもこみあげる笑いをこらえることができなかった。最初は肩を震わせて小さく笑う程度だったが、しだいに腹の底から笑い声を立てていた。

　あははは。

　これほど笑ったのは、何年振りか——いや、生まれて初めてだったかもしれない。

「何かおかしいことを言った？」

　ミサキが首を傾げる。安井は、親指の背で涙の浮いた目《め》尻《じり》を拭《ぬぐ》いながら、答えた。

「すまない。我慢できずに笑わせてもらった。——さっきからおまえがしゃべったことは、全部とは言わないが、ほとんどが作り話だ。真っ赤な嘘っぱちだ」

4

ミサキが、安井のそばを離れ、ふたたびキッチンに立った。特別、怒ったふうな顔もしていない。

「コーヒーお替り淹れるから。安井さんも飲む？」

「いや、おれは遠慮しておく」

「だったらわたしは——」

そう言って、キッチンの隅に置いてあったらしい、スコッチウィスキーの瓶を持ち、洗い桶に入っていたグラスに半分ほど注いだ。

冷凍庫からつかみ出した氷をカラカラと入れて、ソファに戻る。再び安井の向いに座った。

「それで、なんの話だっけ？　もうどうでもいいか」

「いや、よくはない。その決着をつけるために来た。——まずは、浩紀のその後だ」

ミサキはまだ氷がほとんど溶けず、ストレートに近い濃さのはずのウィスキーを、かぷっと音を立てて飲んだ。

「彼が、去年死んだなんていうのは嘘だな。十五年間も寝たきりの人間の面倒を見るのは、並大抵のことじゃない。性格は悪いが腕はたしかな探偵に、おまえたち一家の追跡をしてもらった。しかし、幽霊のように実体がつかめない。そんなはずはない。寝たきりのそれもまだ若い人間をかかえて、警察も含めた行政の目を逃れて、近所の目にもふれずに、十五年も暮らせるわけがない。しかし、ひとり身なら話は別だ。――それに、悪いがおまえにそんな看病疲れは見えない」

「あら、ありがとう」

「ほめたわけじゃない。――八王子に転居してから、福祉関係の申請をとりやめたのは、おまえがさっき言ったような、手続き的な問題じゃないだろう。もっと単純に、申請する必要がなくなったからだ。いや、申請できなくなった。役所の人間が訪ねてきて『本人の様子を見せてくれ』と言われたら、終わりだからな。つまり、八王子へ引っ越す前か引っ越した直後に、すでに浩紀は死んでいた。おれはおそらく越す前だと思っている」

ミサキは、小さくふっと噴き出した。笑っているようにも見えた。だが、何も言わない。安井が先を続けるのを待っている。グラスの中で、氷が小さく音を立てた。

「自然死か、それとも殺しか。殺したのはどっちだ。晴恵さんか、おまえか」

ミサキは、今朝の連続ドラマの顚末《てんまつ》にでも触れるかのように、表情を変えずに答えた。

「意味がわからない。去年自殺したって言ったでしょ」

口調は相変わらず平坦だが、その黒い瞳《ひとみ》にやや落ち着きがなくなったのは見てとった。

「証拠はない。だから逮捕もできない。おまえのために訊いている」

「わたしの？　言うことの意味がわからない」

「わかっているはずだ」

ミサキは答えずに、またウィスキーのグラスに口をつけた。

「――ならば言う。立川から八王子へ引っ越すときに、おまえが依頼した業者を見つけた」

ミサキの目が光る。

「もっとも、おれの手柄じゃない。若い相棒が見つけ出した。あの執念と嗅覚には感心する。とにかく、おまえはわざと、すぐにつぶれそうな、つまり記録も社員も残らないような小さな会社を使った。おまえの狙いどおり、その会社は三年後につぶれた。しかし、当時の配送担当者は生きている。そのうち二名から証言を得た。『引っ越すときに、せいぜい二十歳になるかどうかの若い女性以外に家族を見なかった。ふとんが二組ぐらいあっただけで、介護用のベッドなんてなかった』とね。足がつかないよう、ベッドは売却ではなくて、粗大ごみででも処分したんだろう。若い女性とは、まだ十八、九だったおまえのことだ。たいした行動力だ」

「そっちこそ、たいした空想力」

ミサキがウィスキーの残りをくいっとあおった。見ているだけで喉《のど》が焼けそうだ。

「殺したのは、たぶん晴恵さんだろう。浩紀を殺して、自分も死んだか」

ミサキは微笑もうとしているが、瞳の落ち着きはさらになくなっている。自分から語るのを待った。

ミサキが唇をすぼめ、長い息を吐いた。

「本人が——浩紀が希望したんだよ。毎日、同じ天井ばっかり見てる目から涙を流して、舌がもつれる口で『死にたい、もう死にたい』って」

「晴恵さんがそれをみかねて、ということか」

ミサキに反応はない。

「ふたりの死体はどうした？　横浜の屋敷の庭に埋めたなんていうのも、どうせ嘘っぱちだろう」

とてつもなく長く感じる、しかしおそらくは一分ほどの沈黙のあとで、ミサキは上下の唇を舌の先で舐《な》めた。

「相模原《さがみはら》の少し奥まったところにね、ほとんど人が入らないような山林がある。書面上の形ばかりの相続手続きをしただけで、地権者は九州の大分県で暮らしてる。とても、開発の手が入るような場所じゃない。百年に一度の集中豪雨にでも見舞われて、山が崩れでもしない限り、二度と人目にはつかない。だれにも邪魔されずに静かに眠ってる」

「それでいいのか。母親と弟だぞ」

「どうせ、わたしだって、ろくな死に方はしない」

めずらしく感傷的なことばを口にしたが、まともには受け止めない。どんな裏があるかわからない。

「残るは、十五年という時間と、いまごろ出てきた写真の問題だ。これは切り離せないはずだ」

ミサキが黙っているので、安井が続ける。

「これから言うことは、浩紀の死に関する推理以上に、根拠がうすい。ほどんど想像に近い」

本心をいえば、これ以上話すのは体力的に億劫だったが、ミサキが語らないならしかたがない。

「はじめは、おれを引き寄せるために、おまえは牟田さんに近づいたんだと思っていたが、それは違うらしい。亮二に近づいたのも、たしかに時期は近いが牟田さんとは前後している。おれが最初に考えた筋書きはこうだ。——初めから、脅す目的があって牟田さんと接触した。そして、まんまと牟田さんと肉体関係を持った。牟田さんの勤務先、つまり荻ヶ谷署からそう遠くない、北千住あたりのラブホテルでだ。ところがそれを、よくあのあたりで飲み歩いていた亮二に、たまたま見られた。

亮二は、おまえに見覚えがあった。おまえがさっき話した中では数少ない真実だと思うが、浩紀は『姉を乱暴するぞ』と脅されていたそうだな。十五年前、残念ながらおれはおまえに会っていないが、いまの容姿から想像すれば、当時から男を惹きつけるものがあったとは想像がつく。亮二も関心を持っていたはずだ。だから最近になってお前を見かけて、亮二はすぐに誰だか思い出した。相手の男の正体を知って、ゆすりでもしようかと、身の程知らずに首を突っ込んできて、牟田さんとおまえを脅した。それでおまえに殺された、とな」

ミサキはにやにやして、片方の眉をあげた。はいよくできました。そう言いたそうだ。

「しかし、考えてみれば、それは偶然がすぎる。いくら亮二の地元近くとはいえ、おまえが牟田さんとホテルに入るところを、たまたま亮二が見かけるなんて、そんな奇跡みたいなことありっこない。おそらく、真相はこうだ。

根っから女好きの亮二が、十五やそこらのやりたいさかりの年頃に、しかも奴隷のように扱っている男の姉に興味を持たないほうがおかしい。あいつはおまえに迫った。おまえは逃げ切れないと思い、なんらかの交換条件をつけて、亮二と関係を持った。もっともありそうなのは、いいなりになるからもう浩紀をいじめないでくれ、と頼んだのに、あっさり裏切られた筋書きだな。

おまえと牟田さんが一緒にいた夜、亮二はたまたま通りかかったんじゃない。その少しまえに、まずおまえは亮二と再会し、肉体をちらつかせて、あるいは一回ぐらい寝て、あの夜、写真を撮るよう指示した。そして、その写真を使って牟田さんを脅すようにと。相手が警察署長だと聞いて、亮二も面白がって乗ってきた。そして言われたとおり牟田さんに写真を送った。

牟田さんは困っておまえに相談した。まさか、トラップだとも思わずに。おまえは牟田さんに『なんとかするから安心してくれ』とでも言ったんだろう。そして、手を借りたいからと、おれを呼び寄せるよう指示した。牟田さんはすでに、少し錯乱してたんだろうな。いいなりになった。脅しはねちねちと、何回かやったんだろう。しかし、気をもたせたあげく、本庁へ告発状として送った。すぐには送らず、ひとまず安心させたのは、そのあとに突き落として楽しむためだ。その後のおまえのやりかたと共通している。もうひとつ言えば、亮二はこの話に登場したときから、すでに焼け死ぬことに決まっていた。——さて残るはおれの始末だ」

ミサキは、憐れむような視線を安井に向けている。

「ねえ、いまにも死にそうな顔色して、あんまりしゃべらないほうがいいんじゃないの」

ミサキのペースに巻き込まれるわけにはいかない。考えていることは話してしまう。

「おまえにしてはめずらしく、そして幸運な計算外だったのは、亮二が十五年前の、それもあのときの写真を持っていたことだ。とっておいたというよりは、兄貴のものをかっぱらって、捨てずにいた古いデジカメに残っていた。亮二からその話を聞いて、おまえは手に入れた。どのみち亮二は死ぬ運命だったろうが、ほかのメンバーに対する計画を立てはじめたのはそれからだろう」

反応がない。下腹の鈍痛が増してゆく。

「どうした。なぜ黙っている。話がしたくておれを呼び寄せたんだろう？　それとも、泣いて土下座でもしなければ、口をきいてもらえないか」

ミサキが小さく肩をゆすった。笑ったのだと気づくのに、数秒かかった。

「安井さんて、そんなにおしゃべりな人だとは思わなかった」

それは自分でも驚いていた。もう残された時間も機会もないと、自分でも意識せぬ間にあせっていたのかもしれない。ミサキが続ける。

「まあ、いいか。とりあえず今日のところは、ひとりでのこのこやって来た点を評価してあげる。——さっきの話だけど、最初に決めていたことは、亮二と沙帆里は殺す、あなたは破滅させる、それだけ。そしたら、いまあなたが言ったとおりだけど、亮二のばかが写真データを持っていて、それを見たらあの当時のことが、リアルにわかってしまった。そしたら放っておけないでしょ。全員破滅させないと、浩紀に申し訳が立たない。亮二ももう少し楽に死なせてやるつもりだったんだけどね。でもね。ほかのメンバーについては、一応は審判をしようと思ったの。当時、何があったのか、また聞きでしか知らないでしょ。だからこれをきっかけに、当事者たちにもう一回会って、その人間性というか、本性をたしかめて、それでどうしようか決めることにした。フェアでしょ」

「結局、くずばかりだった」

「そのとおり。くずっていう言葉すらもったいないやつらね。——あれは、〝いじめ〟なんていうものじゃない。〝拷問〟でしょ。拷問よりひどい言葉があるなら、それを使いたい。誕生日前だったから、あの子はまだ十四歳だった——」

安井は下腹に手をあてて、視線は薄汚れた天井に向けたまま、さきほどと同じ質問を、しかし訊きかたを変えてぶつけた。

「弟を生かすために体で金を稼ぐことと、たとえ審判だとか自分を罰するとか高尚な理由をつけてみても、そのくずみたいなやつらと寝ることとは、意味が違うだろう」

皮肉のまじった笑みを浮かべていたミサキの目に、これまでと違う気配が浮かんだ。

「平気で寝てたと思う？　ま、そういうことにしておこうか。——それでなんだっけ。ああ、そうだ。くずばかりだったって話。どいつもこいつもまとめて焼き殺してやりたかったけど、あいつらは浩紀を直接は殺さなかった。だから、わたしも生活を破滅させてやるだけにした。あとはどうなるか知らない。だけど、亮二と沙帆里は救いようがなかった。亮二はくずの中のくずだし、沙帆里は夫を殺してしれっとした顔をしてる。あいつらは、生かしておいてはいけないやつらだった」

「それでまず亮二を焼き殺した」

「そういうこと。べろべろに酔わせてね。きっと本人は、空き家だかラブホテルだかもわからないで焼け死んだでしょ。そこがちょっと残念」

「小谷沙帆里はどうした」

「スタンガン」あっさり答える。「そのうえで筋弛緩《しかん》剤。——安井さん打ったことある？」

「昔、胃カメラで」

「あれのきついやつ。体の筋肉が動かなくなって、心臓も肺もだんだん動きを止める。つまり死ぬ。だけど、アメリカで死刑に使ってる奴ほどは強くない。だからあんまりあっさりは死ななくて、少し苦しみながら死ぬ。小谷沙帆里は、アパートで待ち伏せしてスタンガンで痺《しび》れさせて、注射した。車に乗せて東京まで連れ帰るあいだに、ゆっくり死んでいったよ。こっちはたっぷり話す時間があった。まあ、検問にひっかかるなんてそうそうあるわけじゃないけど、仮にみつかっても、まさか死にかけてるとは思わないでしょ」

絹のような緻《ち》密《みつ》さと、底が抜けたバケツのような大胆さが、ここまで成功した理由かもしれない。

「あとで、安井さんにも打ってあげる。痛みも楽になる」

「そうか」

冗談なのか本気なのかわからないが、もはやどちらでもかまわない。

「大田区に捨てたのはどういうわけだ」

「いい場所がなかったのよ。昔、浩紀がひどい目にあった河川敷は、その後整備されて、今じゃきれいな公園になっちゃって。それで似たような場所を探した。あのあたりは、横浜に住んでたころに何度も通ったから、土地勘もあった」

「コンテナの落書きはおまえか」

「そうね。まあ、洒落みたいなもんだけど」

今回の一連の事案に共通するのは、単に脅したり殺したりするのではなく、手間暇をかけていることだ。その疑問をもう一度ぶつけた。

「単に、自分に罰を与えるというだけの理由じゃないだろう」

ミサキは「そうなの」と笑った。

「浩紀の仇討《あだうち》劇場だからね。ただの通り魔みたいな復讐劇にはしたくなかった。演出が派手なら、真相が明らかになったあと、世の中の人の記憶に残るでしょ。まあ、それで浩紀が生き返るわけでもないけど」

「ふん」

　ミサキがグラスのウィスキーに口をつける。

「牟田さんは、どういう位置づけだった？」

「さっき言ったとおり、牟田は最初のリストには入っていなかった。そしたら、あいつのほうから現れたのよ」

「牟田さんが？——どういうことだ」

「去年の春ごろだったかな。当時わたしが勤めていたクラブに来たのよ。偶然、客としてね。わたしは、十五年前のときに、一度だけ母につきそって警察に行った。そのとき応対したのが牟田だった。牟田はすごくいやらしい目で、わたしをじろじろ見ていた。クラブに来たときに、『あのときの娘だ』ってすぐわかったみたい。つまり、スケベ具合は亮二といい勝負だったってこと。翌日に、ママに言われた。『さっき警察の人が来て、あなたのこと、根ほり葉ほり訊いていったわよ』って。せっかく亮二を始末しようと、計画が動き出して、亮二の地元の店に勤め始めたところだった。最初は邪魔だと思ったけど、すぐにこれは幸運だと思った。あいつも巻き添えにすればいいってね。そして、そのとおりに実行した」

「その後は、計画的というより、歯止めがきかなくなったんだろう」

「そうね。そうかも。――こんどは、こっちの用件。いい？　あの場にいた連中の中で、接触できていないのがあとふたりいる。金髪の小柄なやつと、体のでかいやつ。写真にも写ってるでしょ。金髪は、五年も前に、スピードを出しすぎて自爆事故で死んだ。もう、手の下しようがない所へ行った。もうひとりの、体のでかいやつは、強盗傷害で府《ふ》中《ちゅう》刑務所に入っている。うまくすれば、来月あたり仮出所してくる」

「それを待つのか」

「それでね、安井さんに頼みがある。選ばせてあげると言ってもいい。それがこの復讐の仕上げ」

「なんだ」

「これ」

　とミサキは注射器を見せた。中には透明な液体が入っている。

「正式な薬剤名を言ってもわからないでしょ。さっき言った筋弛緩剤」

冗談ではなかったようだ。いま気づいたが、体が異様に重かった。腕を持ち上げるだけで、非常に意志の力を要した。

「ごめんなさいね。話を最後まで聞いてほしくて、弱いタイプのをコーヒーにまぜたの」

　どうりでこの体の重さは、尋常ではないと感じていた。

「そんなまわりくどいことなどせず、打つなら早く打て」

「もう少し聞きなさいよ。あなたに選択させてあげるって言ってるじゃない」

「今さら、見逃せとでも言うのか」

ミサキは注射器をもとの受け皿に戻した。

「まあ、当たらずといえども遠からず、ね。浩紀の仕返しは、なるべく早いうちに着手したかった。青木敦みたいに心が壊れたり、さっきの金髪みたいに事故で死なれちゃこまるからね」

「結論を言え」

「わたしは、いじめグループの最後のひとりが出所するのを待って、仕上げをしないとならない」

「すればいいだろう。おれを殺して」

「ふん、せっかちね。もう一つの選択肢がある。わたしを逮捕させてあげる」

「だれに」

「安井さんによ。手柄にさせてあげる。ただ、その場合、最後のあの体のでかいひとりはあなたが殺すの。あいつは噂を聞いて警戒するでしょう。いつ狙われるかって。まさか警官が自分を狙っているとは思わないからね。想像しただけで、楽しそうでしょ。ただね、いまの安井さんを見てると、あと一か月生きてるかなってちょっと心配になった」

沈黙が続いた。ミサキも仕上げの計画変更を視野に入れているのかもしれない。

「仮に生きていたとして、おれが約束を守らなかったらどうする。『わかった』と答えておまえを逮捕し、やつに何もしなかったら」

「その心配はしてない。あなたは守る。なぜなら、母に借りがあるでしょ。あのときわたし、隣の部屋で聞いていたから。――それにね、わたしにはわかる。安井さんはその時を楽しみにするはず。くずを始末する自分への大義名分があるわけだから」

晴恵との関係を、感づかれている可能性は考えたが、まさか聞かれていたとは思わなかった。

「わかった。おれが第三の選択肢を言う。今はおまえを逃がす。そしておれは警察を辞める。最後のひとりがムショから出てきたら、おまえはおまえのやりかたで復讐を果たせ。おまえのことは、おれの相方の若造が逮捕する」

ミサキが笑った。楽しくてしかたがないというふうに顔を上げ、白い喉を見せて長い時間笑った。

「なるほど。そういう手もあったか。部下思いね、安井さん」

どことなく、上の空に感じた。

「強要はしない。このまま殺すなり、好きにしろ。おれの死体を利用しようが、道端に捨てようがかまわない。しかし、ひとつ忠告しておく」

「なに？」

「さっきも言ったが、おれと一緒におまえを追っている若いのがいる」

「知ってる。宮下とかいう可愛い子でしょ。わりと好みよ」

「必ずあいつがおまえを追い詰める」

「楽しみね」

「冗談で言ってるんじゃない。あいつは、一度決めたら成し遂げる」

「ずいぶん、買ってるのね。わたしだって冗談では言ってない。彼にどのぐらい根性があるか、楽しみに待ってる。それに、わたしがすり寄って、パンツを下ろさなかった男はいない。——まあそれにしても、くっついたばかりの相方の自慢をするなんて、噂に聞いてた安井さんらしくない」

「なんとでも言ってくれ」

目を閉じた。久しぶりに死んだ妻の笑顔が浮かんだ。

もうそこへ行ってもいいのだが、ひとつだけはっきりさせておきたい。目を開け、ぼやけかけている視点をミサキに合わせた。

「命をやってもいいが、ひとつ正直に答えてくれ。そこがもやもやしたままだと、死にきれない」

「なに、おおげさに」

「いままでおまえがはぐらかしてきた、核心だよ。どうして破滅させる男と寝たのか。おまえが言うとおり、男は亮二以外殺していない。人生を滅茶苦茶にしただけだ。しかし、そのために寝る必要があったのか。たしかに、その人間を壊すには、懐に深く入る必要がある。そのためには寝るのが一番かもしれない。だが、おまえぐらい頭が働けば、そんなことはしなくても目的は果たせたはずだ。なぜだ」

「もしかして、妬いてる？」

「ふざけるな」

「ふん。あとで、もう一度同じことが言えるかしらね。——言ったでしょう。わたしは浩紀を救えなかった。浩紀が味わった苦痛の何十分の一でも、味わう義務があった。だからそうした。それに、いま安井さんが言ったとおり、やつらを破滅させるには、わたしの虜にする方法が確実だった」

疲れてきた。もう寝てしまいたい。そのまま、永遠に起きたくない。だが、納得はしなければならない。

「浩紀に対する贖罪、たしかにそれもあるだろう。だが、本質のところは違うな」

「また妄想？」

「さっき、交換条件を出して亮二と寝たと、おれが指摘したとき、否定しなかった。読みが当たったが、残念でもあった。——お前の中には、自分の体を痛めつけたい、汚したい願望があるんだ。最初の体験がいつだったか知らない。だが、おまえは自分の肉体が、武器になることを覚えた。多少の金や権力よりも、有効で確実な武器だ。それを生き抜く道具にしているあいだに、自分の体が道具にしか思えなくなった。だから使わずにはいられない」

ミサキが、またばかにしたように、ゆっくりぱちぱちと手を叩いた。

「大正解、と言ってあげたいけど、違うね。やり手の刑事でも、人の心はわからないんだね。わかった。あなたにだけ、教えてあげる。――いい？　ぜんぜんそんな理由じゃないの。ただ、快感を得たい。やりたいのよ。それも、くずみたいなやつと。金持ちのかっこいい男なんてまったく興味がない。わたしみたいな体を抱いたことなんかない、犬の糞ほどの価値もない男が、死にものぐるいでむしゃぶりついてきて『死んでもいい』とか感動しているのを見ると、こっちも死んでもいいぐらいの快感になる。そして、その余韻が残るうちに、破滅させてやる。はめられたとわかったときの、そいつらの絶望を想像すると、膝が震えるぐらい興奮する。だから、梅田尚之が小田切琢磨を刺したって聞いたときは、失神しそうになった」

途中から目を閉じて聞いていたが、そこで目を開けた。

すぐ近くまで顔を寄せたミサキが、ぷっくりとふくれた下唇を舐めた。ふっと笑って、右手を安井の股間に伸ばす。

「お母さんね、たぶんあなたのことが好きだったのよ。だから、警察に何度も押しかけるのはあなたに迷惑だと思って、身を引いたんだと思う」

「うそだ」

ミサキはそれには答えず、安井のズボンに手をかけた。

「あのとき、あの河原で、沙帆里が浩紀にしたのと同じことをしてあげる。浩紀はね、首から下の随意筋はほとんど動かなくなったけど、男性機能は元気だった。だから、母の目を盗んで、わたしがときどき楽にしてあげた。あなたにもしてあげる。――だけどその前に、ひと眠りして、すこし元気になって」

　短い空白をおいて、ゆっくりと絞り出した。

「おれも正直に言おう。おまえをここまで追ってきた理由だ。――ひとこと謝罪がしたくて、探していた」

「どういう意味？」

「申し訳なかった」

　ミサキは黙っている。安井が静かに続ける。

「今もそうだが、おれは自分の妻が無残な死に方をしたことを、ずっと引きずっていた。だから相談を受けたとき、心のどこかに『いじめぐらいなんだ。生きてるだけましじゃないか』という気持ちがあったかもしれない」

　ミサキが小さく笑いを漏らし、その瞳が光ったように見えた。

「生きてるほうが地獄のこともあるって、今ごろ気がついたのね」

　安井が笑い返す。

「ようやく、おれに復讐できるな」

「そう。あなたへの罰が始まる。引き返せない闇に引きずり込んであげる。いままでのやつらより深い闇に。とても楽しみね」

　ミサキの漆黒のような双眸《そうぼう》が、安井の視界を塞《ふさ》いだ。

第九章　新聞の切り抜きとメモ――宮下真人

「本日付で着任いたしました、宮下真人であります。どうぞよろしくお願いいたします」

頭を下げる。ぱらぱらと拍手が起きる。もう一度軽く頭を下げ、きびきびとした動作で一歩下がる。

少なくとも歓迎されているとは思えないので、よけいなことは言わない。媚《こび》を売るようなことを言うと、ますます嫌われる。目立たなくしているのが一番いい。

宮下の挨拶《あいさつ》のあと、課長がついでにその他の連絡事項を伝えて、朝礼は終わった。

あらかじめ指定された席につく。周囲の人間に、もう一度挨拶をする。

「おう」とか「ああ」とかいう反応があっただけましだと考える。

正月明け、時季外れの異動はやはりそれなりの訳がある。もちろん、みなその〝訳〟を知っているが、言葉には出さない。知らんぷりは温情のつもりだろう。もっとも、宮下としては何も悪いことはしていないと思っているので、それはそれでよけいな気遣いだ。

「今日から相方になってもらう」

係長が、隣の席の女性刑事を紹介した。事前情報では、たしか宮下より三歳ほど年上だ。

「よろしくお願いいたします」

頭を下げる。ここでもよけいなことは言わない。

「よろしくね」

目立たないスーツを着た巡査部長が、こちらを見て、抑揚なく返した。不愛想で口数が少ない人には慣れている。そしてなぜか結果的にウマが合う。

ようやく椅子に腰を下ろし、周囲には気取られぬように浅めの深呼吸をした。

前日のうちに許可を得て、若干の私物は持ち込み、整理してある。相方に視線を向けるが、まだすぐには出かけそうもない。催促するわけにもいかないので、机の書類の順番でも揃えようかと思った。

一番上の引き出しをあける。今日持ってきた唯一の私物である、透けて見えないタイプのクリアフォルダをバッグから取り出す。

それをしまいかけて、周囲のどの視線も向いていないのを確認してから、中身をそっと引き出した。

中には三枚の紙、うち二枚は新聞の切り抜きをコピーしたものだ。本体はＰＤＦとテキストのファイルにしてパソコンに保存してある。

《痴情のもつれか！　団地で見つかった男女の遺体、男は元刑事か》

それが見出しだ。「か」が小さく打ってあるので、一見断定的だ。秋が本番になりかけた十月初旬の、あの人が好きだったスポーツ新聞の記事だ。

《去る十月二日に、都内足立区の団地の一室で見つかった二つの遺体のうち、男性のほうは、元警視庁荻ヶ谷警察署刑事課勤務だった、安井隆三さん（54歳）であることがわかった。安井さんは今年八月末で、病気を理由に退職しており、解剖の結果、死因は全身転移のがんであることがわかった。病死と思われる。なお、一緒にみつかった、白骨化した女性の遺体は、依然身元がわかっていない。警察によれば、この遺体は死後すくなくとも数年は経ており、一度土に埋められて、最近掘り出された可能性があるという。年齢は三十代後半から五十代後半、身長は百五十五センチ前後と推定されるとのことだ。

　この部屋の借主の男性は、現在都内の賃貸マンションに暮らしており、警察の調べに対し『若い女性に部屋を貸してくれと頼まれた。代わりに今のマンションに住んでいいと言われた』と説明しているという。なお、このマンションの賃料は今年いっぱいまで支払われているようだ。警察は、この男性に部屋の交換を申し出た女性と、この二つの遺体との関連について、さらに死亡した安井さんと遺体の女性の生前の関係への調べをすすめるとともに、行方不明者の中に、該当するものがいないか、引き続き調査する予定である》

　この舞台を作ったのは、サトウミサキだろう。これで幕引きのつもりなのだろうか。

　安井の死因が病死であったことが救いだ。他殺であれば、それこそ刑事の職をなげうってでも、すぐに犯人を追っただろう。

　だが、安井は七月の時点で、医学には素人の宮下がみても、死相が浮かんでいた。長くはないことを自覚もしていただろう。その安井が、最後に何を決断したのか。

新聞には書いていないが、突然行方が分からなくなって以来、安井の姿を誰も見ていない。連絡もとれていない。ワープロ打ちに押印した退職届が郵送で届き、やむなく署で受理したと聞いている。宮下も何度か連絡をとろうと思ったが、つかなかった。

メモ書きのような手紙を一枚もらったが、それがすべてだった。

この結果が安井の望みだったのか。安井は、満足だったのだろうか。エイハブ船長は何を思い、どういう気持ちで死んでいったのか。白鯨をみつけて、それで満足し、あとはどうでもよくなったのだろうか。これでもう終わりなのか——。

わからない。安井のことを多少理解できるようになったつもりでいたが、やはり謎の人物のままだった。

これでもう終わったのか——。

何千回、何万回、頭の中でつぶやいただろう。夜中にこの問いが聞こえると、眠れなくなる。

いや、終わってはいない。胸の内で、そう答える。この先は、自分とサトウミサキの闘いだ。

そもそも、見つかった白骨は、サトウミサキのものではないだろう。夏にぴんぴんしていたサトウミサキが、化学処理でもしなければ白骨になるわけがない。

もちろん、男の遺体は安井だろう。だが、白骨遺体は、サトウミサキではない。彼女の趣味の悪い演出だ。ではだれか──。

宮下は、彼女の母親、佐藤晴恵ではないかと思っている。

物語は終わっていない。まだ終わっていない証拠がある。

もう一枚の記事を出す。

《猟奇殺人！　無人の民家に惨殺死体》

こちらは九月上旬の事件だ。台東《たいとう》区の住宅街の、住人がいなくなって放置された民家で、死体がみつかった。

三十歳の男で、強盗傷害の罪で懲役刑になり、この八月に仮出所したばかり。死体は全裸で、体中無数といっていいほど刺し傷があり、死因は失血。男性器は切り取られていた。

この男の名前もあのリストに出ている。

佐藤浩紀に拷問を加えていたグループのボス格だ。

犯人はもちろん、サトウミサキだろう。

彼女は生きている。しかもすぐ近くで宮下をあざ笑っている気がする──。

取り出した最後の一枚は、短い手紙をコピーしたものだ。本物は、自分の部屋に大切に保管してある。これは、安井と連絡がとれなくなった直後、『アカシア』のマスターから「あずかっている」と渡されたものだ。

《どんな形でおれが見つかろうと、病死である。忘れてくれ》

ただそれだけ。署名もないが書いたのは安井だ。

忘れるわけにはいかない。

「それじゃ、いきましょうか」

相方になる女性巡査部長が、立ち上がりながら声をかけてきた。

「あ、はい。すぐに出られます」

読んでいたものをあわてて引き出しにしまい、急ぎ立ち上がる。

終わってはいない。始まったばかりだ。

これは、安井さんの弔いではない。あの女と自分との闘いだ。必ず追い詰めてやる。

世界のどこにいようと――。

解説

吉《よし》田《だ》大《だい》助《すけ》

本の表紙が顔であるならば、書名は目だ。ここ最近、書店へ足を運ぶと必ず顔を見かけ、よく目が合うようになったな……と、本好きならばきっと体験を共有できる一冊が、伊岡瞬《いおかしゅん》の『代償』だろう。五〇万部突破の影響は他の著作にも波及し、既刊をズラリと並べた伊岡瞬コーナーが今や、書店の風景の一部となりつつある。その中に、単行本刊行から約二年半を経て文庫化された『本性』が新たに加わることとなった。いいツラ構えをしているでしょう？　他の著作と隣り合わせてみることで、気が付くこともあるはずだ。この一冊は他の本と――特に眼光の鋭さが――似ている。『悪寒』や『痣《あざ》』や、何より『代償』と。

確認しよう。伊岡瞬は広告代理店を経て二〇〇五年に『いつか、虹の向こうへ』（応募時のタイトルは「約束」）で第二五回横溝正史ミステリ大賞の大賞とテレビ東京賞をW受賞し、作家デビューを遂げた。以降、第五作『桜の花が散る前に』（『桜の咲かない季節』から改題）まで、彼が書き継いでいったのはハートウォーミングなミステリーだ。その先に突如現れたのが、第六作『代償』だった。明から暗へ。いや、闇へ。法廷を主な舞台に展開する現在パートも強烈だが、少年時代を描く過去パートは、子供ゆえの言葉にできなさ&行動に移せなさが相まって、痛みと悲しみが格別突き刺さる。文庫版解説で香《か》山《やま》二三《ふみ》郎《ろう》氏が指摘しているように、この物語に登場する達也《たつや》とその母・道子《みちこ》の手による他者のマインドコントロール、一家乗っ取りの構図は、日本で実際に起きたいわゆる「尼崎事件」「北九州監禁殺人事件」を彷彿《ほうふつ》とさせるもの。強いていうならば、『代償』で描かれた怪物・達也は「ヤドカリ（宿借り）」タイプなのだ。達也は圭輔《けいすけ》一家以降も、狙った人物や家という獲物は外さず、そこの住人のカネと命を吸い尽くす。

ただ、ヤドカリは同時に二つの家に住まうことはできない。『本性』に登場する怪物は、違う。豊富な運動量で複数の家に出入りし、住人や関係者らを次々と毒牙《どくが》にかけていく。

第一章で視点人物＝ターゲットになるのは、文京区《ぶんきょう》千駄木《せんだぎ》に建つ一二〇坪ほどの一軒家で母と暮らす、四〇歳独身の冴《さ》えない私立中学教師・梅田《うめだ》尚之《なおゆき》だ。一三回目の参加となるお見合いパーティーで、一番人気だった三三歳の女性・サトウミサキと第一希望同士となる。初めてのデートでホテルに入り、彼女のリードでめくるめくセックスを味わうことに。たちまち結婚を心に誓うが……。

読者は尚之よりもずっと早く、なんならあっという間に、結婚詐欺だろうと気付くはずだ。デートのたびに散財しまくる尚之を見て、「財産狙いなのにさ」とかすかに冷笑し、「どうしてわからないんだ？」とどこかで下に見る。登場人物への共感ではなく、むしろ反感や嘲《あざけ》りを抱くことが、物語を読み進める推進力になる。伊岡瞬は、ここが巧《うま》い。

ところが、第一章のクライマックスでサトウミサキは意図不明な言動を取る。その意味が宙吊《ちゅうづ》り状態のまま第二章へ進むと、さらなる不思議が巻き起こる。第二章で視点人物＝ターゲットになるのは、三〇歳のフリーター・小田切《おだぎり》琢磨《たくま》だ。職場のファミレスにサトウミサキが現れて逆ナン、たちまちセックスにまで至る。だが、琢磨には資産など皆無だ。「どうしておれなんかと？」。胸にその疑問が生じているのは、読者も同じ。ただ一つだけ言えることは、尚之と琢磨の性格的な共通点は明らかであるということ。もしも「プライドが高いですよね？」と聞かれたら、「高くねえよ！」と激怒するタイプの人間だ。日々の生活の中ではなんとか抑え込んでいるそれが、サトウミサキというすこぶる「いい女」とセックスできている現実により、日常にも漏れ出していく。

何かおかしなことが確実に起きているけれども、それが何かはわからない。サスペンスの気配をさらに盛り立てるのが、第一章に続き、第二章でも流れるテレビの報道番組のニュース。大田《おおた》区の多摩《たま》川《がわ》河川敷近くのレンタルコンテナで、一部腐乱した女性の遺体が発見された――。

長編でありながら連作短編集としての味わいもある本作において、特筆すべきポイントは第三章だ。今回の視点人物＝ターゲットは認知症を患いながら東京の一軒家で一人暮らしをしている、青木《あおき》繁子《しげこ》。ハニートラップは通用しない。サトウミサキは優しい孫のオーラをまとって青木家に潜り込み、家主の信頼を少しずつ得ていく。この章は、独立した短編ミステリーとしても優れた達成を誇る。もちろん、前の二章があるからこその演出が効いているのだが……もしかしたら伊岡瞬の短編は、これがベストかも？

　ここで強烈なサプライズを一撃かまし、明確な「事件」を読者の眼前に突きつけたところで、物語は後半部へと進んでいく。第五章以降の視点人物となるのは、ベテランの安井《やすい》隆三《りゅうぞう》と若手の宮下《みやした》真人《まさと》という刑事コンビだ。廃屋で男性の焼死体が見つかった「事故」を調べていくうちに、サトウミサキの影に触れる。

　さまざまな家に出入りするサトウミサキの運動量の豊富さに比例し、本作は伊岡瞬作品ではかつてないほど複雑に物語が動く。前の章までに描かれたさまざまなエピソードが次の章で別の視点から語り直され、明かされずにいた謎が蓋《ふた》を開けて、無数の人間ドラマが錯綜《さくそう》し感情が沸騰していく。

　全ての中心にいるのが、サトウミサキだ。彼女は『代償』の達也のように、自ら手を汚すようなことはしない。相手の「本性」を引きずり出すことで、相手を悪へと促すのだ。悪の権化と言える達也は恐ろしかったが、悪の伝染性は低かった。サトウミサキのそれは、極めて高い。しかも、外から植え付けられるのではなく、内なる悪の眠りを覚ますから、怖い。ここで描かれているのは、人間存在そのものの「本性」だ。

　本作のミステリーとしての特殊性を記したい。作者はクライマックスにおいて、サトウミサキの影を追いかける警察関係者だけでなく、読者もまた抱いていたであろう一つの違和感を、最後にして最大の謎に措定する。つまり――サトウミサキはなぜ、男たちに対して簡単に、むしろ積極的に体を差し出すのか？　彼女ほどの知能の持ち主であれば、舌先三寸でもうまくいくのではないか。そのアンサーは、ミステリー的な「偽の真相」と、その先にある「真の真相」の二段構えとなっている。ところが、視点人物の価値観のフィルターを一旦《いったん》外して文章自体を比較検討してみると、「真の真相」が正しいか否かは、実は確定できない。実は「偽の真相」の方に真実が眠っているのではないか？　つまり――サトウミサキの「本性」は、わからない。

一歩踏み込んだ推測を記してみたい。『代償』の達也は、日本社会で実際に起きた「尼崎事件」「北九州監禁殺人事件」の犯人たちとの精神的なシンクロが感じられた。『本性』のサトウミサキの人物像には、「東電ＯＬ殺人事件」の被害者女性の面影が溶かし込まれているのではないか。一九九七年に発生した事件の背景は佐野眞一《さのしんいち》のノンフィクション『東電ＯＬ殺人事件』や、桐野夏生《きりのなつお》の小説『グロテスク』に詳しいが、被害者女性は高学歴エリートで金銭的な余裕があったにもかかわらず、渋谷の街に立ち数千円で体を売り、不特定多数の相手と性交渉を繰り返していた。彼女が抱えていたであろう葛藤《かっとう》は、決して彼女一人の問題ではない。人間存在の痛みや悲しみ――「本性」に関わる問題だ。

その問題は、いかにフィクションとはいえ「解決」されるべきではない。だからこそ伊岡瞬は、オープンエンドとも取れるエンディングを用意したのではないか。文庫化に当たって書き下ろされた第九章の読後感が、その推測を裏付けているように思う。

伊岡瞬の小説を読むと、内なる悪や、生きる悲しみや痛みを抱えた人間存在の「本性」を知ることができる。その経験が、人を最悪の選択へと向かわせることを食い止める、ワクチンとなる。

本書は、二〇一八年六月に小社より刊行された
単行本を加筆修正のうえ、文庫化したものです。

本《ほん》性《しよう》

伊《い》岡《おか》 瞬《しゆん》

令和２年 10月25日　初版発行
令和２年 12月20日　４版発行

発行者●堀内大示

発行●株式会社KADOKAWA
〒102-8177　東京都千代田区富士見2-13-3
電話　0570-002-301（ナビダイヤル）

角川文庫 22368

印刷所●株式会社暁印刷
製本所●株式会社ビルディング・ブックセンター

表紙画●和田三造

●お問い合わせ
https://www.kadokawa.co.jp/（「お問い合わせ」へお進みください）
※内容によっては、お答えできない場合があります。
※サポートは日本国内のみとさせていただきます。
※Japanese text only

ISBN 978-4-04-109593-5　C0193

◇◇◇

角川文庫発刊に際して

角　川　源　義

第二次世界大戦の敗北は、軍事力の敗北であった以上に、私たちの若い文化力の敗退であった。私たちの文化が戦争に対して如何に無力であり、単なるあだ花に過ぎなかったかを、私たちは身を以て体験し痛感した。西洋近代文化の摂取にとって、明治以後八十年の歳月は決して短かすぎたとは言えない。にもかかわらず、近代文化の伝統を確立し、自由な批判と柔軟な良識に富む文化層として自らを形成することに私たちは失敗して来た。そしてこれは、各層への文化の普及滲透を任務とする出版人の責任でもあった。

一九四五年以来、私たちは再び振出しに戻り、第一歩から踏み出すことを余儀なくされた。これは大きな不幸ではあるが、反面、これまでの混沌・未熟・歪曲の中にあった我が国の文化に秩序と確たる基礎を齎らすためには絶好の機会でもある。角川書店は、このような祖国の文化的危機にあたり、微力をも顧みず再建の礎石たるべき抱負と決意とをもって出発したが、ここに創立以来の念願を果すべく角川文庫を発刊する。これまで刊行されたあらゆる全集叢書文庫類の長所と短所とを検討し、古今東西の不朽の典籍を、良心的編集のもとに、廉価に、そして書架にふさわしい美本として、多くのひとびとに提供しようとする。しかし私たちは徒らに百科全書的な知識のジレッタントを作ることを目的とせず、あくまで祖国の文化に秩序と再建への道を示し、この文庫を角川書店の栄ある事業として、今後永久に継続発展せしめ、学芸と教養との殿堂として大成せんことを期したい。多くの読書子の愛情ある忠言と支持とによって、この希望と抱負とを完遂せしめられんことを願う。

一九四九年五月三日